Astrid Thadewaldt / Carsten Bauer

KREUZKÖNIG

Astrid Thadewaldt / Carsten Bauer

KREUZKÖNIG

Thriller

KRIMI IM GMEINER-VERLAG

Bibliografische Information
der Deutschen Bibliothek
Die Deutsche Bibliothek verzeichnet diese
Publikation in der Deutschen Nationalbibliografie;
detaillierte bibliografische Daten sind im Internet
über http://dnb.ddb.de abrufbar.

Besuchen Sie uns im Internet:
www.gmeiner-verlag.de

Im Ehnried 5, 88605 Meßkirch
Telefon 07575/2095-0
info@gmeiner-verlag.de

1. Auflage 2006

Lektorat: Claudia Senghaas, Kirchardt
Umschlaggestaltung: U.O.R.G. Lutz Eberle, Stuttgart
unter Verwendung eines Fotos von photocase.de
Gesetzt aus der 9,5/13 Punkt GV Garamond
Druck: Fuldaer Verlagsanstalt, Fulda
Printed in Germany
ISBN 13: 978-3-89977-678-2
ISBN 10: 3-89977-678-X

Teil Eins

1

Der Wind roch nach Holz, als die beiden Kriminalisten zum Tatort fuhren.

»Sie haben die Leichen im Wald gefunden. Nackt an Holzpfähle gebunden und von mehreren Pfeilen durchbohrt.«

Hauptkommissar Frithjof Arndt sah sein schemenhaftes Spiegelbild in der Autoscheibe. Es sah blass und müde aus. Zweiundvierzig Jahre alt und ich sehe aus, wie ich mich fühle, dachte er. Die dunkelblonden Haare kurz geschnitten. Einige Falten neben den Augen, ein leichter Bartwuchs von einigen Tagen um einen vollen, rosa geschwungenen Mund.

Frithjofs Stimme klang ruhig, als er die kurze Beschreibung kommentierte. »Mit Pfeilen?«

Er forderte seinen Kollegen Lars Hennings auf, Näheres zu erzählen. »Es ist eigentlich schon das, was ich sagte. Der Förster hat heute Morgen die Polizei gerufen und berichtet, er hätte zwei an Holzpfähle gebundene Menschen entdeckt. Schutzbeamte sind hinausgefahren und haben mitgeteilt, dass die beiden Toten von mehreren Pfeilen durchbohrt wurden. Ein- und Austrittswunden lassen auf weitere Pfeile schließen, die durch die Körper geschossen wurden und irgendwo im Wald liegen.«

Rotbraunes Laub lag in den Gräben, die die Fahrbahn säumten. Regen setzte ein. Der Scheibenwischer hatte seinen eigenen Takt, der Regen einen anderen. Lars stellte die Regulierung des Intervalls ein. Er hatte kleine, fast mädchenhafte Finger, die nicht so recht zu seiner Körpergröße passten. Sie überstieg die von Frithjof noch um einige Zentimeter. Er hatte ein breites, zum Anlehnen einladendes Kreuz, das von regelmäßigem Krafttraining herrührte. Seine blauen, fast durchsichtigen Augen mit den langen weißen Wimpern fixierten die Straße, die sich irgendwo im Nebel zu verlieren schien.

»Die Spurensicherung ist schon vor Ort«, fuhr er fort.

Morgennebel hing über den Feldern. Kahle Laubbäume säumten die Straße. Auf der rechten Seite tauchte die Stör auf. Dunkel floss das Wasser träge in die Stadt hinein. Noch immer befand sich auf dem Burggraben des Schlosses Breitenburg eine dünne Eisschicht. Sie bogen ab in Richtung Kronsmoor. Hier gab es fast nur noch Felder und Kreidelöcher. Grau und weiß klafften die Löcher in der Landschaft. Von Tau behangene Spinnennetze hingen in den Büschen. Das ist Tristesse, die einem das Herz schwer werden lässt, ging es Frithjof durch den Kopf. Eine graue Welt, die einen in die Depression treibt, die einem die Kehle zuschnürt, die einem den Atem nimmt und auf den Brustkorb drückt und die Bewegungen schwer macht.

Eine einzige Straßenlaterne warf fahles Licht auf eine alte Eiche. Vor der Nebelwand sahen die Äste wie verwinkelte übergroße und filigrane Adern aus, in denen schwarzes Blut pochte. Schulkinder standen an einer Bushaltestelle, die aus dem Nichts auftauchte. Müde, verschlafene Gesichter sahen zu ihnen her.

Eine Frau mit einem Kaffeebecher in den Händen stand im Morgenmantel in einem Vorgarten und schaute ebenfalls. Sie hatte ein zufriedenes Lächeln auf dem Gesicht. Noch hatte der Tag dieses Lächeln nicht zerstört.

Die Straße und die Felder veränderten sich nicht. Nur gelbe Schilder wiesen andere Namen aus. Die Orte endeten meist auf *Moor* und nach einer Weile wies Frithjof Lars an, rechts abzubiegen. Sie verließen die markierte Straße und der Wagen holperte eine lange Allee entlang, die von alten kahlen Eichen gesäumt war. Dahinter waren wieder nur Felder zu sehen.

»Ich bezeichne das immer als Gerippen-Allee«, flüsterte Frithjof. Am Ende der Allee leuchtete ein Licht. Ein einsames Fenster in der Dunkelheit.

Das erleuchtete Fenster gehörte zu einer alten Gaststätte. Sie sahen zu dem schäbigen Haus hinüber. Nackter Knöterich schlängelte sich an moosig roten Backsteinwänden empor. Eine *Holsten*-Reklame hing schief an der Fassade. Rüschengardinen in den Fenstern. Ein verblichenes *Coca-Cola*-Schild stand vor dem Eingang. Die Farbe war durch die Jahre im Freien abgeplatzt und verblichen. Eine Kaugummireklame mit Fahrradständern daran lag auf dem Boden. Die Reklame der Firma gab es schon lange nicht mehr.

Es begann, stärker zu stürmen. Frithjof meinte, er wolle nicht über das Wetter reden, als Lars anfing aufzuzählen, was ihm am norddeutschen Wetter missfiel. »Nur Leute, die sich nichts anderes zu erzählen haben, reden über das Wetter«, stellte er fest.

Lars verstummte, grummelte etwas, was Frithjof nicht verstand.

Zwei Rehe tauchten auf einem Feld auf. Ihre Beine waren durch den dichten Nebel nicht zu erkennen. »Guck mal«, sagte Frithjof leise. Fast andächtig betrachtete er die Tiere, wie sie langsam und vorsichtig mit kleinen Schritten über das gefrorene Feld gingen. Die Rehe reckten ihre Köpfe und dann kam von irgendwoher ein Schuss. Augenblicklich waren die Rehe verschwunden. Hier schien der Tod nicht fremd zu sein. In dieser farblosen Einöde war er zu Hause. Von hier aus machte er sich immer auf.

»Weißt du, wer von der Spurensicherung da ist?«

Lars schüttelte den Kopf.

»Ich hoffe, dass Blanca heute Morgen Dienst hat.«

Beide Kommissare hatten augenblicklich Blanca Falcones Bild vor Augen. Sie war seit einigen Jahren die Leiterin der Pathologie und der Spurensicherung des Kreises. Frithjof und sie waren schnell gute Freunde geworden und konnten ausgezeichnet zusammenarbeiten. Das ging allen Kollegen in Frithjofs Team so. Lars stimmte ihm zu, als er sich wünschte, Blanca anzutreffen.

»Wissen wir, wer die Toten sind?«

»Nein, die Beamten haben keine Kleidungsstücke gefunden. Auch keine Ausweise oder etwas Ähnliches.«

Zwei nackte Menschen. Durchbohrt von Pfeilen. Festgeschnürt an Holzpfählen. Frithjof schloss für einen kurzen Moment die Augen. Versuchte sich ein Bild zu machen.

Im Winter streifte Frithjof zum letzten Mal die Schuhe eines anderen Menschen über. Versuchte, in ihnen zu gehen. Die Schritte zu verstehen. Nachdem der Fall abgeschlossen war, zog Frithjof diese fremden, nicht gewollten Schuhe aus. Nun standen neue Schuhe für ihn parat. Sie würden zuerst nicht passen. Sie würden drücken. Zu groß oder zu klein sein. Sie würden sich nicht schnüren lassen. Würden immer wieder aufgehen. Die Sohlen würden ihn rutschen, stolpern, davon gleiten lassen.

Ich gehe tief in den Wald. Entziehe mich neugierigen Blicken. Zwei Menschen sind nackt. Ich fessle, knote, schnüre sie an Holzpfähle. Ich habe Pfeile dabei. Richte sie auf die Menschen. Die Pfeile durchbohren ihre Körper. Ich lasse die toten Körper zurück. Husche in die Dunkelheit des Waldes.

Träge Wimpel hingen um die Tür eines Bauernhauses. Eine goldene Fünfzig prangte schief in der Mitte des Kranzes.

»Wie kann man hier in der Einöde so lange zusammenleben, ohne sich gegenseitig umzubringen?«, fragte Lars.

»Was soll man hier alleine?«

»Was will man hier überhaupt?«

Vereinzelte Häuser tauchten ab und an auf. Umrisse von Menschen waren zu erkennen. Ein schmutziger Bach schlängelte sich um die Häuser. Ein müder Hund mit gelb schmutzigem Fell gähnte feuchte Atemluft aus.

Dörfer und Felder reihten sich aneinander. Aber

eigentlich war es immer nur ein und dieselbe Straße, mit zwei, drei Häusern und noch mehr Weiden und Wiesen, die alle drei Kilometer einen neuen Namen zugewiesen bekamen.

Der Himmel wurde immer dunkler. Äste fielen auf die Fahrbahn und Lars versuchte, ihnen so gut es ging, auszuweichen.

Ein Bahnübergang tauchte auf. Es gab keinen Bahnhof. Keine Chance von hier zu entkommen, dachte Frithjof und sah den Schienen nach.

Lars hielt den Wagen gegen den Sturm. »Hier kommt doch nichts mehr.« Sein Blick war konzentriert. Seine Hände fest um das Lenkrad gelegt. Ein Schaukasten mit amtlichen Bekanntmachungen stand an der Straße. In ihm gab es keine Notiz.

Ein Schlachthof tauchte auf. Die Wände waren grau und die Scheiben blind, nur mit einer schmutzigen, steif herunterhängenden Gardine geschmückt. Hier wohnt der Tod, dachte Frithjof. Hier hängt er seine Opfer an stumpfe rostige Haken, um sie von Zeit zu Zeit einzeln und scheinbar wahllos herunterzunehmen.

Nach einer Weile bog Lars in einen weiteren Feldweg ein. Die ersten Bäume und Sträucher trugen Knospen und Blätter. Der betonierte Weg mündete in eine Spurbahn und nach einer Weile ging er in einen Forstweg über. Schlaglöcher ließen sie auf ihren Sitzen umherwippen. »Eine gottverlassene Gegend«, kommentierte Frithjof ein weiteres Loch, in das Lars den Wagen gelenkt hatte.

»Du machst das mit Absicht, oder?«, fragte Frithjof, als sein Kopf beinahe gegen das Seitenfenster geschlagen wäre.

Lars lächelte müde und meinte: »Sicher«, und dachte an seine Reifen und Stoßdämpfer.

Über dem Nebel thronte ein Hochsitz. Lars schaute zu ihm hinüber. »Ob dort jemand sitzt?«

»Wer sollte das Nichts betrachten wollen?«

Der Weg schien kein Ende zu nehmen. »Wir sind falsch, Lars.« Frithjofs einigermaßen gute Laune schien langsam aber sicher zu schwinden. Lars reagierte nicht auf die Bemerkung. Einige Male noch stellte Frithjof Lars' Orientierung in Frage, bis sie die ersten Einsatzfahrzeuge vor sich sehen konnten.

Die Wagen standen auf einem kleinen Waldparkplatz. Ein dreckiger, dunkelgrüner Landrover vom Forstamt parkte ebenfalls dort, gleich neben einer Waldkapelle.

Die Kollegen der Spurensicherung gingen in weißen Anzügen um sie herum.

Als sie ausstiegen, grüßten die Männer. Die Kapelle hatte ein Kupferdach. In ihrem kleinen Türmchen hing eine Messingglocke. Auf dem Türmchen befand sich ein Kreuz.

Die Gittertür der Kapelle war nach außen geöffnet. Vier eiserne Rosen rankten um die Gitter. Die Rosenknospen waren rot bemalt. Kerzen leuchteten im Inneren.

»Habt ihr hier etwas gefunden?«, wollte Frithjof wissen.

»Wir sind noch dabei die Spuren zu sammeln«, antwortete der Mann.

»Was sucht ihr in der Kapelle?«

»Wissen wir noch nicht. Aber du kennst ja Blanca. Lieber einen Fingerabdruck mehr, als einen zu wenig.«

Frithjof nickte und sagte, dass er sich umsehen wollte. Der Mann nickte. Frithjof betrat die Kapelle. Sie war nicht groß, vielleicht fünf Meter im Durchmesser. Sieben Meter hoch.

Ein Bild von Maria und Jesus hing an der Wand. Daneben ein Bild des heiligen Ambrosius, »Imker, ein Freund der Natur – in Wald und Flur«. Auf einem kleinen Holzregal lagen eine Bibel, ein Gästebuch und ein Buch von Dr. Martin Luther »Christlicher Wegweiser für jeden Tag«.

Frithjof wandte sich einer Inschrift zu: »Und er sprach zu mir, es ist geschehen. *Ich bin das A und O. Der Anfang und das Ende. Ich werde dem Durstigen geben von der Quelle des lebendigen Wassers – umsonst.«*

Ein Rosenkranz lag neben der Inschrift.

Ich bin das A und O. Der Anfang und das Ende. Zufall dachte Frithjof. Nahe den Toten, dieser heimliche Ort mit dieser Textzeile. Eine Marienstatue sah ihn an. Er schaute weg.

»War die Gittertür verschlossen?«, fragte Frithjof, als er die Kapelle verließ.

»Nein.«

»Wo ist der Fundort?«

Der Mann wies mit der Hand zu einem schmalen Waldweg. »Dem Weg folgen und dann dem Absperrband. Ihr müsst durch das Unterholz. Ziemlich dreckige Angelegenheit bei dem modrigen Boden.«

Es war noch immer nicht hell geworden, als Frithjof und Lars den Weg entlang gingen. Im Wald war es noch dunkler. Von weit her vernahmen sie leise Stimmen. Licht von Scheinwerfern drang schwach durch den Wald, als sie das Absperrband erreichten und durch den Wald stapften. Sie zogen ihre Mäntel enger um sich. Regen perlte auf ihren Gesichtern ab, als sie über Geäst und Baumstämme stiegen. Ihre Schuhe sanken in den Boden ein. Er war schlammig durch den tagelangen Regen. Sie bemühten sich, nicht auszurutschen.

Frithjof beneidete die Kollegen der Spurensicherung nicht. All ihre Utensilien, Instrumente und Gerätschaften hier durch dieses Dickicht schleppen zu müssen.

Hier war kein Weg für ein Fahrzeug. Auch der Täter musste hier entlang gekommen sein. Wie hatte er die Menschen transportiert? Hatte er sie getragen? Gezogen?

Das würden Spuren auf den Körpern zeigen, ob zum Beispiel an den Füßen Haut abgeschürft war. Dann hätte er sie unter den Achseln gepackt und geschleift. Waren Spuren am Kopf müsste er sie an den Fußgelenken gehalten haben.

Äste peitschten ihnen ins Gesicht. Der Wind nahm zu. »Was ist das nur für ein beschissenes Wetter?«, fluchte Lars.

Noch bevor Frithjof etwas entgegnen konnte, sah er Blanca mit einigen Polizisten reden. Seine gute Laune kehrte zurück. Leise sprach er ihren Namen und lächelte.

Um sie herum war dichter Nadelwald. Vereinzelt standen dazwischen kahle Laubbäume.

Sie sahen aus, als würden sie auch im Laufe des

Frühlings keine Blätter bekommen. Blanca entdeckte sie und winkte ihnen zu. Sie trug einen weißen Schutzanzug. Ihre schwarzen, kräftigen Haare hatte sie zu einem Pferdeschwanz zusammengebunden. »Moin«, rief sie aus einiger Entfernung. Lars und Frithjof grüßten zurück und passierten das rot-weiße Absperrband, mit dem eine große Fläche in dem Wald markiert war. Beamte nickten ihnen zu. Sie sagten einige kurze erklärende Worte, die die beiden erneut nickend, aber kommentarlos, entgegen nahmen.

»Wenn ihr weiter wollt, müsst ihr Schutzanzüge tragen«, sagte Blanca und lächelte Lars belustigt an. Sie wussten alle Drei wie unvorteilhaft Lars' Körper, bedingt durch sein Bodybuilding, in den Anzügen der Spurensicherung aussah.

»Hört auf zu grinsen«, presste er hervor.

»Wie sieht es aus«, wollte Frithjof wissen.

Blanca wischte sich Haarsträhnen, die sich aus dem Zopf gelöst hatten, aus dem Gesicht und blickte in den Wald. Ihre grünen Augen hatten sich verdunkelt. Sie biss die Kiefer aufeinander und ihre Wangenknochen traten hervor.

»Ich habe schon einiges gesehen«, fing sie an und machte eine Pause, »aber das«, sie hielt sich ihre behandschuhte Hand vor den Mund und schüttelte unmerklich den Kopf. »Eine Frau und ein Mann. Ich schätze sie auf Mitte, vielleicht Ende zwanzig. Beide sind nackt. Hängen etwa einen Meter über dem Boden gefesselt an Holzpfählen. Beiden wurde ein Pfeil durch die linke Brust geschossen, der wahrscheinlich das Herz durchbohrt hat. Die Pfeile sind am Rücken wieder aus den Körpern ausgetreten.« Sie versuchte, stark zu wirken. »Die Körper weisen noch weitere Ein- und Austrittswunden von Pfeilen auf. Wir sind dabei, den Wald nach ihnen abzusuchen.« Blanca senkte den Blick und betrachtete ihre Schuhe, über die weiße Füßlinge gezogen waren. »Ein Pfeil steckt bei der Frau in der Brust, ein weiterer in ihrem Bauch. Die Pfeile sind in ihren Körper geschossen worden, haben sich in das Holz des Pfahles gebohrt und den Körper somit fixiert.«

Lars schnaufte. Sein Blick war ernst. Er kniff die Augen zusammen. »Und der Mann?«

»Hier nur ein Durchschuss. Mitten durch das Herz. Ihm stecken vier Pfeile im Körper. Im Bauch, der Brust, der Kniescheibe und dem rechten Auge. Alle Pfeile traten auf der Rückseite des Körpers aus und bohrten sich in das Holz.«

Für einen Moment schwiegen sie und ließen die Worte auf sich wirken. Krähen erhoben sich. Ein schwarzer Schwarm flog über sie hinweg. Ihr Rufen war ohrenbetäubend.

»Waren die beiden schon tot, als man sie festgebunden hat, oder sind sie hier im Wald gestorben?«, fragte Lars.

»Das Blut, das an den Körpern hinuntergelaufen und nun getrocknet ist, zeigt, dass sie noch gelebt haben müssen, als die Pfeile auf sie abgegeben worden sind. Genaueres wird die Leichenöffnung zeigen.«

»Sie wurden hingerichtet«, stellte Frithjof mehr für sich als für die anderen fest.

Ich stehe auf einer Lichtung. Zwei Menschen hängen über mir an Holzpfählen. Ich habe sie gefesselt. Der Wald schluckt alle Hilferufe. Ich ziele und töte die beiden Menschen. Sehe, wie das Blut an ihren nackten Körpern hinunterrinnt.

Frithjof und Lars folgten Blanca durch den Wald. Sie gingen auf einem Trampelpfad, den die Kollegen vor ihnen hinterlassen hatten und den sie nicht verließen. Es roch nach Moos und Holz.

Einmal noch, bevor sie die beiden toten Menschen sahen, blickten sich Frithjof und Lars an. Es war ein angestrengter Blick. Konzentriert. In sich gekehrt. Keine Zeit der Welt hätte ausgereicht, sich den Anblick auszumalen, den sie in wenigen Augenblicken präsentiert bekommen würden. Es sollte das Grauenhafteste sein, das sie je gesehen hatten.

Blanca drückte Tannenzweige zur Seite und sie betraten die Lichtung. Als Frithjof und Lars die Körper erblickten, drehten sie reflexartig ihre Köpfe zur Seite und blieben abrupt stehen.

»Heilige Scheiße«, fluchte Lars, der sich nach vorne beugte und auf seinen Oberschenkeln abstützte. Es würgte ihn. Er schüttelte seinen Kopf. Kniff die Augen zusammen. Ganz fest, als würde er seinen Augen nicht mehr erlauben wollen, noch einmal nach vorne zu sehen.

Frithjof legte ihm eine Hand auf den Rücken. »Alles klar?«

»Nein! Nichts ist klar!« Lars war wütend und richtete sich wieder auf. »Scheiße, Frithjof, was ist das?« Er drehte sich zur Lichtung und sah die in sich zusammengefallenen Körper, die an den Pfählen hingen.

Der Kopf der Frau hing mit dem Kinn auf ihrer Brust. Knapp darunter ragte ein Pfeilende aus ihrem Körper. Fast schien es, als würde der Kopf auf dem Pfeil liegen und ihn halten. Die Arme waren in Bauchhöhe hinter dem Körper verschwunden. Dunkelrote Linien, Bahnen von getrocknetem Blut überzogen ihren Oberkörper. Liefen hinunter zu dem zweiten Pfeil, der aus ihrem Bauch ragte und weiter hinab in ihren Intimbereich.

Bei Eintritt des Todes hatte sich der Körper entleert. Darm- und Mageninhalt hatten sich mit dem Blut vermischt, schlängelten sich um ihre Ober- und Unterschenkel und erreichten die Füße. Ein braunes, blutgetränktes Seil befand sich an den Fußknöcheln.

Der Kopf des Mannes hing nicht auf der Brust. Durch die Wucht eines Pfeils war er nach hinten gedrückt worden. Der Pfeil steckte in seinem linken Auge und hielt den Kopf aufrecht. Die Konturen der unteren Gesichtshälfte waren durch das ausgetretene Blut verfälscht. Blutklumpen hatten sich gebildet. Ein Teil des geplatzten Auges hing aus der Augenhöhle heraus.

Eine Schulter des Mannes schien ausgekugelt zu sein.

In seinem Unterleib steckte ein weiterer Pfeil. Auch sein bleicher Körper war überzogen mit dunkelroten Linien.

Am schlimmsten jedoch waren die Wunden, die die Vögel an den Körpern hinterlassen hatten. Auf den Schultern der Beiden erkannte man längliche Einschnitte, die von Krallen herrührten. Die Vögel hatten in die leblosen Körper eingehackt. Mit schweren, scharfen Schnäbeln hatten sie Fleisch aus der Brust, dem Hals und den Oberarmen gerupft. Im Gesicht hatten sie die Augen zerhackt. In den Augenhöhlen geschabt. Die Lippen aufgebissen und auseinandergezogen.

Die Gesichter waren von ihnen deformiert worden. Jetzt nur noch groteske Masken.

Über die fast drei Meter hohen Pfähle hatte die Spurensicherung große, weiße Planen gehängt. Befestigt an Gerüsten, die errichtet worden waren, damit Blancas Kollegen an alle Stellen der toten Körper kommen konnten.

Ein Mann von der Spurensicherung kam auf sie zu. In seinen Händen hielt er einen Glasbehälter, der mit Erde gefüllt war. »Das stammt vom Erdreich unterhalb der Pfähle«, sagte er und Blanca nickte ihm zu. Er ging an ihnen vorbei den Trampelpfad entlang und verschwand im Dickicht des Waldes. Kurz darauf folgte ein weiterer Kollege, der ebenfalls einen Glasbehälter mit Erde trug. Blanca hielt ihn auf. »Wo habt ihr die neutrale Probe ausgehoben?«

Der Mann wies mit dem Kopf etwa zehn Meter neben die Pfähle. »Gleich dahinten. Zwischen Wald und See. Da kann eigentlich kein Blut eingesickert sein.«

»Gut«, meinte Blanca und ließ ihn gewähren.

»Ein See?« Lars sah sich um.

Blanca deutete an den Pfählen vorbei. »Von hier aus kaum zu sehen. Ich hätte es auch nicht gewusst, wenn der Förster es uns nicht gesagt hätte. Ziemlich umständlich, von hier aus dorthin zu kommen. Dichter Wald, unwegsamer Boden, Schilf.«

Sie wandte sich vom Wald ab und sah hinauf zu

dem Gerüst. Männer in weißen Anzügen spachtelten mit Skalpellen Teile der Rinde aus den Pfählen und verstauten diese in Glasröhrchen.

Ein Mann, der auf dem Gerüst kniete, sah zu ihnen hinunter. Die Kapuze des Anzuges ließ allein sein schmales Gesicht mit müden grün-gelblichen Augen zum Vorschein treten. Etwas Hartes war in seinem Blick. Er schien Frithjof und Lars zu mustern.

Weder Frithjof noch Lars hatten ihn vorher schon einmal gesehen.

»Ein neuer Kollege«, stellte Blanca ihn vor. »Herr Frankenstein.«

Frithjof fand es nicht angemessen Witze zu machen. Er sah Blanca streng an. Unverständlich sah sie ihn an. »Was?«

»Das muss jetzt nicht sein, Blanca.«

Blanca hob kurz die Schultern und verstand nicht. »Herr Frankenstein kann nichts für seinen Namen«, erklärte sie lapidar und beugte sich zu ihrem Koffer hinunter, der neben dem Gerüst stand.

Frithjof sah hinauf zu dem Mann. »Sie heißen wirklich so?«

Herr Frankenstein nickte. Sein Blick war noch immer nicht freundlicher.

»Sie sollten mit so einem Namen nicht in der Pathologie arbeiten«, stellte Frithjof nüchtern fest.

»Den Toten ist es egal, wie ich heiße«, sagte er und kam die Sprossen des Gerüstes hinunter. »Schall und Rauch sozusagen.«

Sie reichten sich nicht die Hände. Das hatte nichts mit Unhöflichkeit zu tun, sondern lag an den Handschuhen, die sie trugen. Spurenleger nannte man Kollegen, die unachtsam am Tatort arbeiteten. Sie nickten sich daher nur kurz zu.

»Sie sind neu«, Frithjof versuchte die Konversation aufrecht zu erhalten.

»Auch das ist den Toten egal.«

Blanca sah zwischen den Beiden hin und her. Merkte, dass sich hier eine gewisse Spannung aufbaute und unterbrach sie, in dem sie auf Frithjof zeigte. »Frithjof Arndt«, dann wies sie auf Lars, »Lars Hennings.«

»Angenehm.« Die Stimme war kühl. Herr Frankenstein blickte beide kurz an und sah dann hinauf zu den toten Menschen über ihnen. »So etwas habe ich noch nie gesehen.« Seine Augen wanderten wieder zu Frithjof. »Sie?«

»Nein.« Er schüttelte den Kopf. Der Kapuzenrand scheuerte an seinem Gesicht. Er deutete nach oben. »Waren es Vögel?«

»Ja. Wie Geier. Wird unschön, wenn wir erst einmal wissen, wer die beiden sind. Die Angehörigen müssen sie identifizieren. Das gibt sicher einen Zusammenbruch. Wette ich mit Ihnen.«

»Ich wette nicht. Das ist nicht mein Stil. Das ist makaber.«

Blanca ging um sie herum und forderte sie auf, mit an die Rückseite der Pfähle zu kommen. »Wir fangen hinten an. Dort, wo die beiden an die Pfähle geknotet sind. Wir versuchen, den Ablauf zu rekonstruieren.« Frithjof unterbrach sie:

»Du weißt, dass Vermutungen hier noch nichts zu suchen haben. Das kommt später. Erst einmal zählen nur die Fakten. Dann wird alles zusammengesetzt.«

Herr Frankenstein mischte sich in das Gespräch

ein indem er trocken kommentierte, dass es eher unwahrscheinlich wäre, wenn der Täter die beiden toten Körper, erst nachdem sie mit Pfeilen durchlöchert wurden, dort angebunden hatte. »Das Wörtchen *unwahrscheinlich* trifft die Sache ganz genau, Herr Frankenstein. Sie können mir noch nicht sagen, welche Fesseln wann zugeschnürt wurden oder doch? Hat der Täter zuerst die Hände angebunden oder die Füße? Oder nur die Hände? Dann geschossen und danach die Füße verschnürt? Zuerst die Frau angebunden, geschossen, dann den Mann angebunden und geschossen oder umgekehrt? Wie hat er die beiden Körper dort hinauf bekommen? Waren sie bewusstlos? Waren es mehrere Täter?«

Frithjof machte eine Pause. Keiner sagte etwas. »Das alles wissen wir noch nicht. Ich möchte nicht, dass wir uns etwas einreden, das unsere Ermittlungen in die Irre laufen lassen und uns wertvolle Zeit stellen könnte. Hier und jetzt zählen nur die Fakten: zwei junge tote Menschen. Pfeile ragen aus ihren Körpern und weitere Ein- und Austrittswunden sind vorhanden. Vögel haben wie Geier auf sie eingehackt.« Frithjof stand nun genau hinter den Pfählen und sah auf die Fuß- und Handgelenke. »Beide Menschen sind an die Pfähle gebunden.« Er sah zu Herrn Frankenstein. »Mehr wissen wir noch nicht. Sie und Frau Falcone berichten uns, was sie finden und *unsere* Aufgabe ist es dann, diese Ergebnisse zusammenzuführen, wie ein Puzzle. Haben Sie das verstanden?« Die letzten Worte sprach Frithjof lauter aus, als eigentlich beabsichtigt. Er bereute seine Lautstärke jedoch nicht. Herr Frankenstein hatte anscheinend verstanden. »Natürlich, Herr Arndt.«

»Ich heiße Frithjof und das ist Lars«, bot Frithjof Herrn Frankenstein mit ruhiger Stimme das Du an.

»Ich heiße Frank.«

Leere trat in Frithjofs Gesicht. Er starrte den Kollegen an. Frank Frankenstein. »Sag mir, dass du deine Eltern dafür verklagt hast.«

Frank lachte.

Eis gebrochen, dachte Blanca und sah zu Lars hinüber, der ebenso erleichtert schien.

»Was ich euch zeigen wollte.« Blanca wies auf den Holzpfahl, an dem der junge Mann hing. Ihre Hände berührten den Pfahl in Höhe der angebundenen Füße. »Hier gibt es eine größere Einkerbung.« Alle betrachteten eine etwa zwanzig Zentimeter lange und zehn Zentimeter tiefe Einkerbung.

»Habt ihr die schon untersucht?«, fragte Frithjof.

»Ja, wir haben Abschabungen gemacht. Bisher schien sich nichts in ihnen befunden zu haben außer den Spänen, die durch die Arbeit an dem Holz entstanden ist.«

Frithjof sah an dem Pfahl empor. Dann hinüber zu dem anderen. In nicht regelmäßigen Abständen befanden sich weitere Einkerbungen. Alle schienen die gleichen Maße zu haben, wie die Unterste. Wozu waren sie gut? Keines der Seile befand sich in ihnen. Das hätte für ihn einen Sinn gemacht, dass die Kerben verhindern sollten, dass ein Seil an den Hand- oder Fußgelenken herunterrutschte.

»Habt ihr in den anderen Kerben etwas gefunden?«

»Nein.« Frank sah an beiden Pfählen hoch und runter und schüttelte den Kopf. »Nichts. Wir müssen die Laboruntersuchungen abwarten. Vielleicht können wir mit bloßem Auge nicht alles erkennen.« Lars deutete auf die Seile. »Sind das Tampen?«

Blanca bejahte. »Diese Art Tampen verwendet man in der Regel beim Segeln. Das Interessante an ihnen sind die Knoten. Wir haben insgesamt vier. Zweimal Hände und zweimal Füße. Und jeder Einzelne ist auf eine andere Art geknotet worden.«

Sie sahen sich die Knoten an den Füßen des Mannes an und gingen einige Schritte hinüber zu dem Pfahl der Frau. Es waren unterschiedliche Knoten. Frithjof kannte sich damit nicht aus und auch Blanca, Lars und Frank schüttelten die Köpfe. Lars meinte, er könnte einen Doppelknoten von einer normalen Schleife unterscheiden, was aber auch schon alle Fähigkeiten waren, die für diese Situation nützlich wären.

Blanca kommentierte Lars' Äußerung mit einem italienischem Ausdruck, den nur sie verstand, rollte mit den Augen und bestieg die Stufen des Gerüsts. Die Anderen folgten ihr.

Sie stand nach einigen Augenblicken auf einem kleinen Podest vor dem toten Körper des Mannes.

Soeben waren die Kollegen fertig geworden, die die Holzstücke aus dem Pfahl geschabt hatten.

Lars trat an das Gerüst. Ein Camcorder war gegenüber den toten Körpern angebracht. Er betätigte den Rekordknopf und ein rotes Lämpchen leuchtete auf. An dem Camcorder befand sich ein LCD-Bildschirm, den er zu sich herumdrehte, um zu sehen, dass die Kamera alles erfasste. Nachdem alles eingestellt war, nickte er Blanca zu.

Sie legte ihre linke, behandschuhte Hand auf die Brust des Mannes. Dicht neben die Eintrittswunde über dem Herzen. »Der Pfeil ist mit einer enormen Wucht durch den Körper geschossen worden.«

Sie berührte nacheinander die Schultern, dann das Becken und beugte sich hinunter zu den Füßen. »Hellrote Totenflecke.« Sie drückte auf die Flecken. »Sie verlagern sich nicht, ich kann sie jedoch noch wegdrücken«, stellte sie fest. »Das heißt, der Mann ist weniger als zwanzig Stunden tot.« Blanca nahm leicht den Körper in die Hände und versuchte, die Arme und Beine zu biegen. »Die Totenstarre ist eingetreten. Wenn der Körper von dem Pfahl geschnitten ist, kann ich mehr sagen.« Sie sah zu Frithjof. »Darf ich vermuten?«

Er nickte.

»Nach acht bis zwölf Stunden ist die Totenstarre voll ausgeprägt und beginnt erst nach achtundvierzig Stunden, sich langsam von oben nach unten aufzulösen.«

»Das heißt, wir können einen sehr vagen und großen Zeitabschnitt als Todeszeitpunkt errechnen.«

»Einen sehr vagen. Kälte verzögert den Prozess der Totenstarre.« Wieder kniete die junge Frau nieder und betrachtete die Fußfesseln. »Zwischen den Tampen ist die Haut hervorgetreten. Man erkennt punktförmige Blutungen. Die Haut ist rötlichbraun.

Die Blutgefäße werden abgedrückt und es gibt eine vitale Reaktion, die die Haut färbt.«

Aus ihrem Koffer nahm sie ein Skalpell und setzte es unter dem linken Brustkorb an. Nachdem sie die Haut an der Schnittstelle auseinander schob, führte sie ein Thermometer ein, um die Lebertemperatur zu messen. »Die Körpertemperatur sinkt um circa 0,5 Grad in der ersten Stunde nach Eintreten des Todes und um circa 1,5 Grad in den darauf folgenden.«

Blanca betrachtete die Anzeige. »27,9.« Dann rechnete sie. »Sechs bis acht Stunden. Man muss die Außentemperatur mit einbeziehen. Es war kalt heute Nacht.«

Frithjof und Lars nickten. »Fangt ihr jetzt an, den Körper abzukleben?«, wollte Frithjof wissen.

»Ja. Frank wird mir helfen. Wir filmen alles und ihr könnt es euch dann später im Präsidium ansehen.« Sie verschränkte die Arme vor dem Körper. »Oder wollt ihr helfen?«

Lars wedelte verneinend mit den Händen. »Das letzte Mal reichte mir«, sagte er gepresst und dachte an die Morde im Winter. Dachte an die toten Frauen, bei denen sie helfen mussten, durchsichtige Klebestreifen auf die Körper zu legen und abzuziehen, da eine Margendarmgrippe einen Großteil von Blancas Kollegen ans Bett gefesselt hatte.

Auf den Klebestreifen blieben kleinste Partikel hängen, die später im Labor untersucht wurden. Die Untersuchungsergebnisse würden ihnen reichen. Sie sahen sich an und schienen sich blind zu verstehen. Frithjof hoffte, Blanca würde nicht auch noch fragen, ob sie bei der Leichenöffnung dabei sein wollten. Nur ungern dachte er an das erste Opfer im Winter. Damals hatten sie keine einzige Spur, nicht den Hauch eines Ansatzes, dem sie hätten nachgehen können und er bestand darauf, bei der Leichenöffnung zugegen zu sein. Er erhoffte sich, neue Erkenntnisse sofort aufnehmen zu können, um ihnen nachzugehen.

Am Ende fand er sich auf dem kalten Boden des Pathologieflurs wieder. An der Wand sitzend und vor sich hinmurmelnd. Was in ihm vorging, konnte er nicht mehr sagen. Bilder und Worte verschwammen ineinander. Es schien ihm heute, wie damals, dass das alles nicht real gewesen war. Nur wann war es das schon?

Als Frithjof und Lars das Gerüst verließen, tauchte Sebastian, ein weiterer Kollege von Blanca, auf. In der Hand hielt er einen durchsichtigen Plastikzylinder, in dem sich ein gut fünfzig Zentimeter langer Pfeil befand. »Das ist der Zweite, den wir gefunden haben«, sagte er.

Blanca streckte die Hand aus und Sebastian reichte ihr den Plastikzylinder.

Frank betrachtete den Pfeil. »Kein Blut und keine Fleischstücke, wie bei dem anderen. Den ersten haben wir in einem Baum gefunden. Steckte ziemlich tief in der Rinde. Scheint vorbeigeschossen worden zu sein.«

»Wo habt ihr den Pfeil gefunden?«, fragte Blanca.

»Der lag auf dem Boden. Muss an Zweigen und Ästen abgeprallt sein und ist dann heruntergefallen.«

»Wie weit von hier?« Lars sah in den Wald hinein.

»Vier- bis fünfhundert Meter.«

Sie sahen Sebastian mit großen Augen an.

Wenn der Pfeil fast einen halben Kilometer durch den Wald zurücklegen konnte, ohne dass es ihn vorher aus der Bahn geworfen hatte, muss er eine enorme Geschwindigkeit drauf gehabt haben, dachte Frithjof. »Wie schnell muss der gewesen sein?«

»Das kann man nur vermuten, Frithjof«, bemerkte Lars.

»Lass ich zu, weil ich keine Ahnung habe, wie schnell solche Dinger werden können.« Er zeigte auf den Zylinder. »Was wiegt der?«

»Wir haben den ersten gewogen«, berichtete Sebastian, »31, 7 Gramm. Der hier scheint das gleiche Modell zu sein. Der erste war zweiundzwanzig Zoll lang. Also 55, 8 Zentimeter in etwa.«

»Noch einmal zu meiner Frage: Wie schnell wird so ein Pfeil?« Frithjof gab den Zylinder an Sebastian zurück.

Lars zuckte mit den Schultern. »Wir fragen den Förster. Vielleicht weiß der so etwas«, hoffte er und ging den Trampelpfad entlang in Richtung der Einsatzfahrzeuge. Frithjof folgte ihm. Noch einmal sah er zurück zu den Pfählen. Zu den beiden toten Körpern. Was würde noch alles auf sie warten, fragte er sich.

Er hatte Angst vor der Antwort.

2

Nachdem sie ihre Schutzanzüge ausgezogen hatten, fragten sie einen Beamten, der einen Kaffeebecher in den Händen hielt, wo sie einen Kaffee bekommen könnten. Der Beamte zeigte hinter sich. »Mein Kollege hat sicher noch was in seiner Thermoskanne. Kommen Sie.«

Wenig später wärmten sie sich an weißen Plastikbechern die Hände. Heißer Dampf stieg aus den Bechern auf. Frithjof sah sich um. Der letzte Frühnebel löste sich langsam auf. Gespenstisch traten Baumwurzeln und umgestürzte Bäume hervor. Ein Eichhörnchen flitzte einen Baum hinauf. Vögel kreischten. Der Duft des Waldes war frisch und angenehm.

Frithjof wandte sich an einen Schutzbeamten, der in seiner Nähe stand. »Organisieren Sie bitte mit einigen Beamten die Begehung der Umgebung. Vielleicht findet sich etwas. Irgendwo muss hier ein Haus sein. Vielleicht haben die Leute etwas Ungewöhnliches gesehen. Man kann nicht vollkommen unbemerkt die Pfähle hier aufstellen und Menschen anbinden. Irgendjemand muss einfach etwas gesehen haben.«

Ihm fiel der grüne Landrover ein, den sie an der Waldkapelle gesehen hatten, und er erkundigte sich nach dem Förster. Ein Beamter sagte ihm, man hätte den Mann zu den Einsatzfahrzeugen gebracht, es würde ihm nicht gut gehen, nach dem Anblick der beiden toten Menschen.

Lars und Frithjof gingen den Weg zurück zu den Fahrzeugen. Ein Kollege der Spurensicherung kam ihnen entgegen. Eine Hälfte seiner Kleidung war voll nasser Erde. Er musste ausgerutscht sein.

»Egal wie das Wetter hier ist. Es regnet immer«, schimpfte er.

Der Förster war jung und stellte sich mit Magnus Schuldt vor. Noch keine dreißig, schätzte Frithjof. Der Junge zitterte. Sein Gesicht war bleich. Die Wangen waren von der Kälte gerötet. Er sah müde aus, versuchte jedoch, einen wachen Eindruck zu machen.

»Wie geht es Ihnen?«, fragte Lars.

»Es geht einigermaßen, danke.« Er wischte sich mit beiden Händen über das Gesicht und sah danach an den beiden vorbei in den Wald. »Wie kann ein Mensch so etwas tun?«

»Sie sind der Förster?«, hakte Frithjof nach.

»Ja.«

»Ich habe mir Förster immer anders vorgestellt.«

»Wie denn?«

»Älter.«

Magnus Schuldt lächelte. »Wahrscheinlich ein wenig dicklich, mit einem Zwirbelbart. Und neben dem Förster sitzt der unruhige Dackel.«

Auch Frithjof lächelte und meinte, dass der Förster in seiner Vorstellung einen kleinen, grünen Filzhut trüge.

»Sie sehen zu viel *Forsthaus Falkenau*.« Magnus

Schuldt sah die beiden abwechselnd an. »Mein Vorgänger starb vor einem Jahr und man fragte mich, ob ich die Stelle übernehmen wolle. Ich habe hier meine Ausbildung gemacht und einige Jahre mit ihm zusammengearbeitet. Ich kenne diesen Wald sehr gut.«

Er blickte wieder auf den Boden. Seine Augen suchten etwas, was nicht gefunden werden konnte, da es nichts zu finden gab. Nervös drehten seine Hände ein imaginäres Seil. Die Fingerkuppen des jungen Försters waren weißlich und hoben sich von dem Rot der Hände ab.

»Wollen Sie eine Decke haben?«, fragte Lars.

»Nein, danke. Das würde jetzt nichts mehr bringen. Ich bin nass. Bei diesem Regen trocknet nichts mehr.«

Lars sah zu dem wolkenverhangenen Himmel hoch. Regentropfen tropften auf sein Gesicht und den Hals hinunter und schienen sich hinter seinem Mantelkragen verstecken zu wollen.

»Wann haben Sie die beiden Personen gefunden?«, erkundigte sich Lars.

»Gegen acht, schätze ich. Ich habe nicht auf die Uhr gesehen.«

»Wieso waren Sie hier?«

»Das Revier ist groß, in regelmäßigen Abständen kontrolliere ich die einzelnen Abschnitte.«

»Wusste jemand, dass Sie heute Morgen *diesen* Abschnitt kontrollieren würden?«

»Nein. Dafür habe ich keinen Plan. Ich notiere es erst, wenn ich einen Abschnitt inspiziert habe, und sehe dann nach, welcher der nächste ist.«

»Gibt es da eine Reihenfolge?«

»Nein.«

»Warum heute hier?«

»Das kann ich Ihnen gar nicht so genau sagen. Dieser Abschnitt war lange nicht mehr dran, außerdem bat mich der Pfarrer, Kerzen in die Kapelle zu bringen. Die seien alle heruntergebrannt, wie man ihm mitgeteilt hatte.«

»Kümmern Sie sich auch sonst um die Waldkapelle?«

»Nein. Nur solange, bis Pfarrer Fröbel seinen Hexenschuss auskuriert hat.« Magnus Schuldt lächelte schüchtern und fragte, ob er nach Hause gehen könnte. »Wissen Sie, das alles ist mir auf den Magen geschlagen. Mir geht es nicht sonderlich gut.« Verlegen wies er hinter sich in den Wald, wo Frithjof und Lars Erbrochenes erblickten.

Lars sah höflich zur Seite und sagte, sie seien gleich fertig.

»Warum sind Sie gerade heute so weit in den Wald hineingegangen?«

»Ich bin dem Hund gefolgt.«

Frithjof und Lars sahen sich um. Der Förster bemerkte ihre suchenden Blicke. »Er sitzt im Wagen. Ein Pointer. Er heißt Herr Wagner.«

Jetzt sahen sie einen Hundekopf, der interessiert durch die beschlagenen Scheiben des Rovers zu ihnen herüberblickte.

»Ich bin ihm nachgelaufen, er kläffte und hörte nicht auf meine Rufe, was ungewöhnlich ist. Herr Wagner pariert ausgezeichnet. Als ich ihn sah, bellte er die beiden Pfähle an.« Er schluckte, »vielmehr die beiden Menschen.«

»Wie nah sind Sie heran gegangen?«, fragte Frithjof.

»Nur einige Meter. Die Körper tauchten aus dem Nebel auf und ich war erschrocken. Nach einigen Rufen hörte Herr Wagner endlich, er kläffte und kläffte und wollte gar nicht mehr aufhören, wissen Sie? Als hätte er gewusst, wie grausam das alles war, was dort geschehen war.« Er brach ab, fuhr sich mit den Fingern durch die nassen Haare und strich Strähnen aus seinem Gesicht. Die Hände zitterten dabei. »Ich habe versucht, auf den Hund zu sehen und nicht zu den Menschen.« Seine Stimme brach. Einige Worte waren unverständlich und er musste sie wiederholen, bis sie einen Sinn ergaben. »Ich habe das Blut gesehen ... die Pfeile ... die bleiche, die bleiche Haut. Sie war so bleich wie der Nebel ... als würde er von den Körpern ausgehen ... .«

Er stockte. Die Bilder schienen ihn zu verfolgen.

»Haben Sie gleich die Polizei gerufen?«

»Es dauerte eine Weile, bis ich den Hund im Griff hatte. Ich bin ein Stück zurückgegangen und habe über Handy die Polizei gerufen.«

»Sie haben also nichts an den Pfählen, oder an den Menschen verändert«, wollte Lars wissen.

Erschrocken sah Magnus Schuldt zu ihm. »Nein! Ich war nicht dort. Das habe ich Ihnen doch gerade erzählt!« Er würgte und konnte sich nur schwer wieder beruhigen.

»Haben Sie aus der Entfernung die Knoten gesehen, die sich an den Händen und Füßen der Opfer befanden?«

»Nein, wie auch? Es war neblig.« Lautlos flossen Tränen aus seinen Augen und seine Unterlippe begann zu zittern. »Ich habe sie da hängen gesehen und bin ... ich bin gegangen ... mit dem Hund ... es war doch neblig ... ich wollte das nicht sehen ... ich konnte es nicht ertragen!«

Ohne darauf einzugehen, fragte Frithjof ihn, ob er Ahnung von Knoten hatte. Verstört sah Magnus Schuldt auf und sah Frithjof an. »Was meinen Sie damit? Ahnung von Knoten?«

»Man kann Knoten auf verschiedene Arten machen. Wenn wir Ihnen Bilder von einigen Knoten zeigen, können Sie damit etwas anfangen?«

»Sicher. So etwas habe ich in meiner Ausbildung gelernt. Man muss Wild verschnüren, um es fortzuschaffen.«

»Wir würden Ihnen gerne einige Knoten zeigen«, sagte Frithjof.

»Jetzt?« Der Förster blickte hektisch zwischen beiden hin und her. Es schien, als hätte er Angst.

»Nein, das muss nicht sein. Morgen reicht auch.« Lars zuckte mit den Schultern. Für ihn war für diesen Moment alles gesagt, aber er hakte nochmals nach: »Warum könnte sich ein Täter gerade dieses Waldstück ausgesucht haben?«

»Woher soll ich das wissen?«

»Hätte jemand denken können, dass dieser Abschnitt für eine längere Zeit nicht inspiziert werden könnte?«

»Ich weiß es nicht. Wie ich Ihnen schon sagte, habe ich keinen festen Plan.«

An Lars' Blick merkte Frithjof, dass der junge Kollege noch nicht fertig war.

»Auf die beiden Menschen wurden Pfeile abgegeben.« Lars wurde von Magnus Schuldt unterbrochen.

»Ich habe sie gesehen ... sie ragten aus den ... aus den Körpern heraus ... aus dem Nebel ... da war überall Blut ... und der Hund kläffte ... er hörte gar nicht mehr auf. Er hat gewusst, dass etwas Grauenhaftes geschehen war. Da stiegen tote Seelen aus den Körpern!« Fast schien es, als würde er in eine Art Trance fallen. Seine Stimme nahm eine monotone Stimmlage an. »Die Körper waren mit Tau benetzt und die schwarzen Vögel kreisten über uns. Sie haben gerufen.« Lars legte wieder eine Hand auf seinen Rücken. Als würde ein Schalter umgelegt werden, hörte Magnus Schuldt auf zu sprechen.

»Jagen Sie mit Pfeilen?«

»Nein, ich habe Jagdgewehre.«

»Haben Sie eine Ahnung, wie schnell solche Pfeile werden können, die man zur Jagd benutzt?«

»Es werden wahrscheinlich keine Armbrüste sein, wie man sie sich von Wilhelm Tell vorstellt, sondern große Waffen, große Armaturen, die eine enorme Kraft haben.«

»Eine solche Kraft, durch Körper hindurchzuschießen?«

»Die neuen Armbrüste aus Amerika schießen die Pfeile mit bis zu dreihundert Stundenkilometer von sich.«

Lars und Frithjof pfiffen durch die Lippen und sahen sich mit großen Augen an. Dreihundert Stundenkilometer, dachte Frithjof. Das würde die Weite des Pfeils erklären, den Sebastian tief im Wald gefunden hatte. Eine solche Kraft erklärte auch die Durchschlagkraft. Diese Pfeile bohrten sich durch Fleisch, Knochen und Organe wie ein heißes Messer durch

Butter. Frithjof hatte sich einen klassischen Bogen vorgestellt, aber nicht eine gewaltige Armbrust. »Wie schwer sind diese Armbrüste?«

»Leicht. Sie sind aus sehr leichtem Material. Bei der Jagd darf eine Waffe nicht zu schwer sein. Welches Material es ist, weiß ich nicht.«

»Besitzen Sie eine solche Armbrust?«

Wieder war er erschrocken und schien Angst zu haben. »Nein! Ich habe Ihnen gesagt, dass ich Gewehre habe. Ich kann sie Ihnen gerne zeigen!«

Versucht ruhig zu klingen, wiegelte Frithjof ab und fragte, ob es einen Unterschied mache, ob ein Mann oder eine Frau eine solche Armbrust bedienen würde. Magnus Schuldt verneinte. »Die Handhabung ist kinderleicht.«

Ich halte eine Armbrust in meinen Händen. Ich schieße Pfeile mit über dreihundert Stundenkilometern auf die Körper. Ich höre, wie sie sich durch brechende, splitternde Knochen bohren und vernehme dumpf das unvergessliche Geräusch zerschnittener Organe. Die Nacht gibt in dieser ländlichen Umgebung keinen Ton von sich. Zwei Menschen sterben. Ich sehe zu. Ich sehe sie schemenhaft in der Nacht. Ahne das dunkelrote Blut, das sich um die Körper schmeichelt, sie umgarnt, wie tastende, liebende Hände eines Verliebten.

Frithjof merkte plötzlich, wie er in die fremden Schuhe getreten war und sah sich ruckartig um, damit er aus ihnen heraussteigen konnte. »Wie könnte der Täter zu dieser Stelle im Wald gekommen sein?«, fragte er. »Wie wahrscheinlich ist es, dass er von der Seeseite gekommen ist?«

»Vom See?« Ehrliches Erstaunen war in Magnus Schuldts Blick.

»Ja«, Frithjof war sich nicht bewusst, was einen solchen Blick hervorgerufen haben könnte.

»Versuchen Sie es, viel Spaß dabei!« Magnus richtete seinen Körper auf und drehte seinen Kopf einige Male, um eine Verspannung zu lösen, die ihn zu plagen schien. Kein Wunder dachte Frithjof, bei dieser Kälte, so, wie er da saß.

Magnus Schuldt deutete auf Bäume, die zur rechten Hand von ihm standen. Bäume, mit kahlen Stämmen, die nur oberhalb Nadeln trugen. »Das ist Stangenholz, man kann den Namen von der Form des Schnittes ableiten. Es hört einige hundert Meter weiter im Wald auf. Dort sind die Bäume nicht künstlich von uns behandelt worden. Das wird erst geschehen und deshalb war ich hier, um mir ein Bild zu machen.« Er deutete in den Wald hinein, in Richtung der Pfähle. »Dort hinten beginnt ein Dickicht aus wüstem Wuchs von Bäumen und Sträuchern. Es wird undurchdringlicher, je näher man zum See kommt. Da beginnt ein kleiner Streifen Moor, der zum Ende mit Schilf bewachsen ist und in einen normalen Abschnitt, ähnlich eines Strandes, mündet. Nur, dass dieser nicht zugänglich ist.« Er sah Frithjof an. »Es sei denn, man nimmt viele Kratzer im Gesicht in Kauf und sieht hinterher so aus, als hätte man seine Großmutter ausgegraben.«

Frithjof gefiel ein solcher Vergleich, er wischte sich über die nassen Bartstoppeln, was ein kratzendes Geräusch verursachte. »Und der See?«

»Der See ist ein beliebtes Ausflugsziel. Im Sommer«, schränkte der Förster ein. »Und im Frühjahr, wenn die Karpfen abgefischt werden. Dann ist es hier am See ein riesiges Volksfest mit allerlei Buden. Glühwein, Pommes, Wurst, Fisch, Crêpes, all das fettige und ungesunde Zeug. Die Leute glauben, nur weil sie an der frischen Luft sind, tun sie ihrem Körper etwas Gutes.« Er schloss die Augen. Schien sich das Szenario bildlicher vorzustellen. »Das Wasser des Sees wird abgelassen und es bleibt nur eine schmale Rinne in der Mitte des Seebettes. Der Seepavillon macht dann richtig Reibach.«

»Es gibt dort ein Lokal?«

»Ja. Die *Seeterrassen* auf der anderen Seite des Sees.«

»Und sonst?«

»Ein Freibad. Dient seinem Zweck. Die Jugendlichen kommen ohne fahrbaren Untersatz hier nicht weg. Da ist jeder glücklich und froh über die kleinste Kleinigkeit. Auch wenn es nur ein kleiner Strand ist mit einer maroden Rutsche.«

Frithjof fing an zu frieren und er trat unruhig von einem Fuß auf den anderen. Eigentlich hätten sie schon längst fertig sein können mit dem jungen Mann. Aber wann hatte man schon einmal das Glück, an so viele Informationen zu kommen? »Gibt es einen Weg von den *Seeterrassen* und dem Freibad hierher in den Wald?«

»Den üblichen Großmutter-Ausgrabe-Weg«, antwortete Magnus Schuldt und wieder schüttelte er sich vor Kälte.

»Wollen Sie nicht doch eine Decke haben«, fragte Lars.

»Nein. Ich dachte wir sind gleich fertig«, wieder fiel er in diese monotone Stimmlage, die eine Art Abwesenheit symbolisierte. »Wie verarbeitet man das? Ich meine, wie oft haben *Sie* so etwas schon gesehen?«

»Zu oft«, gab Frithjof ihm schnell eine Antwort.

»Vergisst man es irgendwann?«

»Nein.« Frithjof hätte ihm gerne etwas anderes geantwortet, wollte ihm jedoch nichts vorlügen. Das wäre nicht fair gewesen. Solche Anblicke vergaß man einfach nicht, wie sehr man sich auch anstrengte. Gesichter tauchten plötzlich auf. Und das nicht nur, wenn man schlief. Nachts war es am schlimmsten. Weil man nicht davon laufen konnte. Es gab auch die Gesichter, die plötzlich auftauchten, wenn man durch die Stadt ging und man sich bei bestimmten Orten oder Gerüchen an etwas erinnerte. Dann tauchten sie auf, die leeren, ausgehöhlten Fratzen der Toten, die sie auffordern wollten, die Geschichte zu Ende zu erzählen. Sie verschwanden so schnell wie sie gekommen waren und das machte einem Angst.

»Das muss schwer sein, nicht vergessen zu können«, sagte Magnus Schuldt.

»Man versucht irgendwie, mit jeder Last fertig zu werden. Oder sie zu verdrängen«, ergänzte Frithjof und in seiner Stimme klang ein wenig Resignation mit. Er merkte es und wollte sie sich nicht eingestehen. Schnell wechselte er das Thema und meinte, man könne das Gespräch auch morgen weiter führen. Magnus Schuldt sah ihn an. Noch mehr Fragen schien er sagen zu wollen. »Die Knoten«, half ihm Frithjof. »Wir würden Ihnen gerne Bilder der Knoten zeigen, mit denen die Menschen angebunden waren. Sie könnten uns helfen.«

»Natürlich.« Magnus Schuldt nickte und fragte, ob er nun gehen könnte. Frithjof ließ ihn gewähren und bedankte sich bei ihm für die Zeit und Geduld, mit der er ihre Fragen beantwortet hatte.

Der Förster ging langsam und bedächtig auf seinen Wagen zu, in dem Herr Wagner immer noch auf sie blickte und nun einen Laut von sich gab, als sein Herrchen sich in den Wagen setzte. Liebevoll streichelte er dem Hund über den Kopf und schmiegte sich an ihn.

Lars raunte Frithjof zu: »Wie muss es ihm jetzt gehen, nach dem er all das gesehen hat?«

»Ich will es mir gar nicht vorstellen, weil ich selber nicht weiß, wie ich es verarbeiten soll.« Sie sahen dem Landrover nach wie er an der Waldkapelle vorbei, Waldboden hinter sich aufwirbelnd, den Wald verließ.

Frithjof wollte sich mit Lars die Umgebung des Sees näher anschauen. Sie erkundigten sich vorher bei einem Beamten nach dem schnellsten Weg zu den *Seeterrassen*. Es regnete noch immer. Sie waren froh, wenigstens für eine Weile im trockenen Auto zu sitzen. Keiner sagte etwas. Ihre Köpfe waren voll von Eindrücken und Bildern. Nach einer Weile, in der es Frithjof schien, als hätte sich Lars wieder einmal verfahren, rief er seine Sekretärin Gabrielle im Präsidium an. Er bat sie, sich nach dem Inhaber der *Seeterrassen* zu erkundigen. Ebenso wie nach dem Besitzer des Freibades.

Papier raschelte und Gabrielle räusperte sich. »Die

Presse hat schon einige Male hier angerufen.« Sie wurde von Frithjof unterbrochen, der kein Freund der Presse war. Sie hatte ihm vor Jahren übel mitgespielt, was er ihr bis heute nicht verziehen hatte.

»Die sollen die Pressekonferenz abwarten, verdammt!«

»Kommt ihr heute noch mal rein?«, wollte sie wissen.

»Vermutlich nicht. Wir werden uns die Umgebung ansehen und versuchen, mit einigen Leuten zu sprechen. Sag Staatsanwalt Quint und Alfred Bescheid – sollten wir uns heute nicht mehr sehen, treffen wir uns morgen früh um neun zur Besprechung. Warum fragst du?«

»Weil Frau Bommel hier ist und ich dachte, ihr würdet euch vorstellen.«

»Wer ist Frau Bommel?« Frithjof wusste wirklich nicht, wer das war und warum man sich vorstellen sollte.

»Eure baldige *Dame für alles*«, erklärte sie ihm geduldig.

»Verdammt«, fluchte Frithjof und erinnerte sich nun, dass Gabrielle heute anfing, ihre neue Kollegin einzuarbeiten, die die Koordination der Abteilung übernehmen sollte, wenn sie selbst in wenigen Monaten in Rente ging. Frithjof mochte sich gar nicht vorstellen, wie es ohne Gabrielle sein würde. Es schien ihm, als würde *sie* die ganze wilde Truppe, die sie waren, zusammenzuhalten und zur Ordnung rufen, wenn der Ton unter ihnen wieder einmal zu harsch wurde.

»Gabrielle, nutze den Tag, um der neuen Kollegin

alles zu zeigen. Wann hast du sonst schon einmal die Gelegenheit in aller Ruhe zu arbeiten? Ab morgen sind *wir* wieder da.«

»Erinnere mich nicht daran«, scherzte sie und stoppte abrupt. Sie rief etwas nach hinten in den Flur. Ihre Worte hallten nach. »Vorsicht! Frau Bommel! Das sind ganz empfindliche Proben aus dem Labor!« Danach hörte man ein hässliches Geräusch von zerberstendem Glas und Gabrielles hektische Worte. »Das war nicht gut! Wir müssen hier raus!« Die Verbindung wurde unterbrochen und Lars erkundigte sich erstaunt, wer denn Frau Bommel sei.

»Jemand, der gerade etwas mit Proben aus dem Labor angerichtet hat.«

»Die Neue?«

Frithjof zuckte mit den Schultern und wies Lars vorsichtig darauf hin, dass sie seiner Meinung nach einen falschen Weg eingeschlagen hatten.

»Es wird Zeit, dass du deinen Wagen bekommst«, meinte Lars.

»Soll nächste Woche geliefert werden.«

»Fahr' den nicht gleich wieder zu Schrott.«

Noch bevor Frithjof etwas erwidern konnte, klingelte sein Handy.

»Arndt?«

»Ich bin's, Gabrielle.« Sie hustete.

»Was ist los bei euch?«

»Frau Bommel hat die Proben auf den Boden fallen lassen. Das ganze Präsidium stinkt. Wir laufen alle mit Taschentücher vor dem Gesicht herum. Ganz furchtbar, Frithjof. Ganz furchtbar!«

»Was ist mit den Namen?«

»Herr Gero Westfalen ist Inhaber der *Seeterrassen* und Herr Ingo Finke ist der Besitzer des Freibades am See.« Frithjof notierte sich die Namen und die dazugehörigen Adressen und Telefonnummern, die Gabrielle ihm durchgab, und legte auf.

Herr Gero Westfalen wohnte ganz in der Nähe des Sees und Frithjof entschied sich, ihm einen Besuch abzustatten, nachdem sie um den See gegangen waren. Er wählte die Nummer, stellte sich vor und berichtete kurz, was geschehen war, wobei er versuchte, so wenig wie möglich preiszugeben. Er erkundigte sich, ob es passe, wenn er in etwa einer Stunde vorbeikommen würde. Herr Westfalen schien mit der Situation ein wenig überfordert zu sein. Er meinte, seine Frau und er hätten eine Einladung zum Essen. Er könne das nicht einfach so entscheiden.

»Gut«, sagte Frithjof, »wir machen uns auf den Weg«, und legte auf. Schnell wählte er die zweite Nummer. Das Handy von Ingo Finke war ausgeschaltet. Er würde es später wieder versuchen.

Lars bog links auf einen Parkplatz ein und vor ihnen erblickten sie die *Seeterrassen.* »Da sind wir. Wer sich hierher wohl verirrt«, meinte Lars kopfschüttelnd.

Der Seepavillon war geschlossen. Ruhetag, wie ein Schild verkündete. Es war kein Auto auf dem Parkplatz zu sehen. Frithjof klopfte an die Eingangstür und wartete. Nachdem keine Antwort kam, vermuteten sie auch keinen Angestellten in dem Gebäude und gingen auf die Terrasse, die über den See gebaut worden war. Auf der rechten Seite standen braune Plastiktische mit dagegen gelehnten braunen Stühlen, die über den Winter nicht hereingeräumt worden waren.

Auf der linken Seite der Terrasse befand sich ein kleiner Anbau, der den wilhelminischen Herrenhäusern der Ostsee nachempfunden war, weiß gestrichen, mit einem kleinen, spitzen Turm.

Das Wetter der letzten Wochen hatte die Scheiben beschmutzt. Lars sah durch sie hindurch und erblickte Holzstühle und weiß gedeckte Tische.

Teenager mussten hier gefeiert oder einfach nur gesessen und getrunken haben. Eine leere Campariflasche stand auf der Mauer, gefüllt mit Regenwasser, das sich durch hineingeworfene Zigarettenkippen gelblich verfärbt hatte. Das Etikett der Flasche war verschwommen und wellig. Weitere Wein-, Sekt- und Bierflaschen standen auf dem Boden.

Lars' Handy klingelte. Nach einem kurzen Blick auf das Display schaute er zu Frithjof und entschuldigte sich für einen Moment. »Meine Mutter«, erklärte er und ging an die Mauer, die an die Seeseite der Terrasse grenzte. »Ja?«, fragte er. Sein Gesichtsausdruck wurde ernst. Frithjof beobachtete ihn. Nur im äußersten Notfall rief Lars' Mutter an. Meistens nur dann, wenn etwas mit seinem Bruder Rai war. Vor etwa zehn Jahren, rechnete Frithjof, hatte Rai einen Autounfall. Er war gerade achtzehn geworden und überschlug sich mit seinem Auto. Ein Freund von Rai starb in dem Wagen. Er selbst war nach dem Unfall querschnittsgelähmt. Sein Gehirn hatte eine lange Zeit keinen Sauerstoff erhalten, sodass er ins Koma gefallen war, aus dem er erst Monate später wieder erwachte. Lars' Eltern hatten ihren kranken

Sohn nach Hause geholt, wo sie ihn seitdem pflegten. Von Zeit zu Zeit mussten Maschinen das Atmen für Rai übernehmen. »Obwohl er nicht tot ist«, hatte Lars einmal gesagt, »ist er irgendwann in den Jahren gestorben.« Sein Blick war bei dieser Äußerung leer gewesen.

Der junge Kollege hatte das Gespräch beendet und kam schweigend auf Frithjof zu. Eine Weile gingen sie wortlos einen kleinen Weg entlang, der am Ufer des Sees entlang führte. Sie mussten sich unter überhängenden Ästen hindurchducken. Ein kleiner Wasserlauf begleitete sie und mündete in einem Auffangbecken, das für das Abfischen der Karpfen in wenigen Wochen diente.

»Rai geht es schlecht. Ein Arzt war heute Nacht da. Er hat Probleme mit der Atmung«, beendete Lars das Schweigen. »Meine Eltern können nicht mehr vierundzwanzig Stunden am Tag auf ihn aufpassen«, er schluckte und blieb einen Moment stehen. »Du müsstest sie sehen. Die Jahre haben sie gebrochen.« Er schüttelte den Kopf und vergrub sein Gesicht in seinen Händen. Er weinte nicht. Stand nur so da.

Frithjof legte ihm einen Arm um die Schulter. »Ich mach das hier alleine, wenn du nach Hause willst.«

»Ich soll heute Abend kommen. Jetzt kann ich eh nichts für sie tun. Der Arzt hat Rai etwas gegeben, damit er und meine Eltern den Tag besser überstehen.« Tief atmete er aus und blickte auf den See. »Wie lange soll das noch so gehen?«

Enten landeten auf dem See und tauchten in den letzten Nebel ein, der sich auf der Wasseroberfläche tänzelnd bewegte und sich durch das Schilf schmiegte. Bizarr schnitt der Regen längliche Fetzen durch den Dunst.

Das Wasser des Sees reichte nicht bis an das Ufer, sodass sich der Saum des Sees betreten ließ. »Als wäre Ebbe«, meinte Lars, als er den Pfad verließ und hinunter an den See ging. Frithjof folgte ihm. Sie gingen bis zur Wasserkante und spähten zum anderen Ufer. Genau gegenüber von ihnen befand sich ein Freibad mit einer armseligen, türkisen, kleinen Rutsche. Das Freibad war eingesäumt von Schilf.

Erschrocken drehten sie sich um, als plötzlich ein großer Schäferhund hinter ihnen bellte. »Ganz ruhig«, sprach Lars in leiser Tonlage und versuchte einen Besitzer auszumachen.

Aus dem Dickicht trat ein Mann in blauer Wachsjacke hervor. Seine grauen Haare waren zum größten Teil von einer Mütze verdeckt. Der Mann schien in den Sechzigern zu sein. Seine Stimme klang heiser, nach jahrelangem Zigarettenkonsum. »Moin, was tun Sie da unten?«, fragte er interessiert.

»Wir betrachten den See«, sagte Frithjof.

»Haben Sie etwas mit der Sache dahinten zu tun?«

»Sind Sie von der Polizei?«

»Ja.«

»Schlimme Sache?«

»Gehen Sie lieber mit Ihrem Hund. Sie wollen die Antwort gar nicht wissen. Vertrauen Sie mir.«

»So schlimm?« Der Mann schüttelte langsam den Kopf. »Was ist das nur für eine Zeit? Dieses Land verkommt und keiner vermag es aufzuhalten.«

»Gehen Sie hier regelmäßig spazieren?«

»Jeden Morgen. Ich wohne gleich dort hinten.«

»Ist Ihnen in letzter Zeit etwas Ungewöhnliches aufgefallen?«

»Was meint die Polizei bloß immer damit? Etwas Ungewöhnliches aufgefallen? Wenn mir etwas aufgefallen wäre, hätte ich es doch sicherlich gemeldet und man hätte ein Verbrechen verhindern können.« Er veränderte seine Tonlage. »Vorausgesetzt, die Polizei kümmert sich um solche Hinweise.«

Frithjof überhörte die letzte Äußerung. »Wenn Sie hier jeden Morgen mit Ihrem Hund spazieren gehen, dann fällt ein fremdes Auto auf, ein fremdes Gesicht. Man erinnert sich vielleicht erst später daran. Sie leben hier auf dem Land, da gibt es keine Anonymität wie in der Stadt.«

»Nein, ich kann mich nicht erinnern.« Er klang etwas enttäuscht, für die Polizei nicht wichtig zu sein.

Sie schwiegen eine Weile und blickten auf den See. Dann sagte der alte Mann: »Der Herbst und der Frühling sind hier die schönsten Jahreszeiten. Im Herbst leuchten die Bäume in Hunderten von Farben. Es weht ein frischer Wind, der die letzte Wärme des Sommers fortbläst. Dann sind die Menschen nicht mehr hier draußen, sondern sitzen im Seepavillon und man hat seine Ruhe.« Der Mann lächelte. Seine Augen glitten langsam zu den Bäumen auf der anderen Seite des Sees. »Und im Frühling fängt das Leben an, sich hier auszubreiten. So als würde Dornröschen aufwachen.«

»Und im Sommer?«, fragte Lars.

»Unerträglich. Menschen, Wochenendtouristen, Kinder. Geschrei und Unruhe. Dieser Ort braucht seine Zeit von Herbst bis Frühjahr um sich zu erholen. Menschen können anstrengend sein.« Er klopfte seinem Hund auf den Rücken und augenblicklich wetzte das Tier den Pfad entlang. Sie verabschiedeten sich und der Mann folgte seinem Hund.

»Warum hier?«, wollte Frithjof von Lars wissen. »Warum dieser See? Dieser Wald? Was verbindet man damit?«

Lars sah zum Freibad hinüber. »In diesen Freibädern findet man die erste Liebe. Oder feiert nachts wilde Partys, wenn das Bad eigentlich geschlossen ist.« Menschen tauchten vor seinen Augen auf. Junge Menschen, die ausgelassen in der Sonne herumtollten, mit braungebrannten Körpern, nassen Haaren, die wie Algenstränge am Hals klebten. »Man geht ins Schilf und will unbemerkt sein. Hofft, dass kein anderer stört – oder gerade, weil man es darauf anlegt.« Er lächelte, kannte diese Spiele aus seiner Teenagerzeit. »Vielleicht fing im Schilf eine Geschichte an, die nun dort hinten an den Pfählen geendet hat.«

»Passt Liebe zu dieser brutalen Tat?«

»Liebe lässt Menschen alles machen, auch das.«

Schweigend gingen sie weiter. Der Wind zeichnete Wellen auf die Seeoberfläche. Regentropfen hinterließen Krater, die sich in Kreisen auflösten.

»Vielleicht sollten die Menschen erst viel später gefunden werden«, führte Lars seine Vermutungen fort. »Der Täter hat nicht damit gerechnet, dass der Förster gleich am nächsten Tag diesen Abschnitt des Waldes inspiziert.« Vor seinen Augen tauchten die

Pfähle im Nebel auf. »Es gibt sie also doch noch, diese abgelegenen Plätze«, stellte er leise fest.

»Es muss sie geben, sonst würde man durchdrehen«, Frithjof blieb abrupt stehen und starrte auf das andere Ufer. Etwas hatte dort seine Aufmerksamkeit erregt. Mit einem großen Schritt kletterte er über einen Strauch und gelangte wieder auf das Seebett. »Warte mal«, sagte er und schritt so dicht es ging an das Wasser heran, winkte Lars heran und forderte ihn auf, rechts an dem Freibad vorbei auf das Schilf zu sehen. »Siehst du das?« Er zeigte mit einem Finger auf einen Gegenstand.

»Ein Boot. Eine kleine Jolle, ohne Mast, für vielleicht eine oder zwei Personen. Das sieht mir aber nicht wie eine Anlegestelle für ein Boot aus.«

Frithjof ging ein wenig in die Hocke. »Es scheint, als wäre es dort hingetrieben.« Er richtete sich wieder auf, spähte am Ufer des Sees entlang und fragte gleichzeitig, ob Lars irgendwelche Anlegestellen für Boote sah. Der verneinte nach einem kurzen Moment, als er sich umgesehen hatte.

Frithjof kramte in seiner Manteltasche nach seinem Handy und wählte Blancas Nummer.

»Wir haben ein Boot gefunden, das im Schilf festhängt.«

»Nicht anfassen und nicht aus dem Wasser ziehen«, befahl sie streng.

»Keine Sorge, es ist auf der anderen Seite des Sees. Weit weg von uns«, witzelte er.

Blanca ging nicht darauf ein und fragte nach dem genauen Ort des Bootes.

»Der Junge wird sich jetzt durch das Dickicht

schlagen und an das Ufer kommen«, sie gab das Handy an Sebastian weiter, der sich erkundigte, was genau von ihm erwartet wurde.

»Erst einmal zum See durchschlagen.«

»Da durch?«

»Du bist jung und Narben machen sexy«, versuchte es Frithjof und erntete ein müdes Grunzen.

Es dauerte einige Zeit, bis sie Sebastian durch das Schilf kommen sahen. Zornig suchte er die Ufer nach ihnen beiden ab und hielt das Handy ans Ohr. »Du kannst dir gar nicht vorstellen, wie sexy ich bin!«

Der Wind ließ das Schilf pendeln, bedrohlich hingen dunkle Wolken über dem See. Frithjof deutete auf das Boot und Sebastian folgte seinem Blick.

»Ich kann es sehen.«

»Sind dort irgendwo Spuren im Sand oder am Ufer? Ist das Schilf zur Seite geknickt worden?«

Sebastian sah sich um. »Nichts zu erkennen«, berichtete er und lief den schmalen Uferstreifen entlang. Auf einmal stutzte er und ging in die Hocke. »Schleifspuren«, stellte er fest. »Eine tiefe Rinne in der Mitte einer größeren Fläche.«

»Treffer«, meinte Frithjof. »Deine Kollegen sollen kommen und Spuren sichern. Sag denen, wo sich das Boot befindet. Sie sollen es ebenfalls unter die Lupe nehmen.«

»Der Weg durch den Wald ist nicht der einzige Weg zu unserem Tatort«, bemerkte Frithjof und sah Lars an.

»Ist der Weg über das Wasser realistisch? Das Boot kann sonst wem gehören und dort hingetrieben sein. Wer bringt zwei Menschen, die vielleicht gefesselt sind, durch das Schilf und durch das Dickicht? Schlimmstenfalls sind sie bewusstlos, dann müsste der Täter sie getragen haben.«

»Der Weg durch den Wald scheint mir auch plausibler. Nur ausschließen dürfen wir nichts«, meinte Frithjof und sah hinüber zu dem Boot, das auf den Wellen gegen das Schilf wippte.

Er wählte die Nummer von Ingo Finke. Dieses Mal hörte er ein Freizeichen.

»Finke«, kam es verschlafen von dem anderen Ende der Leitung.

»Arndt, Mordkommission.« Eine kleine Pause entstand. Herr Finke sagte nichts. So sprach Frithjof weiter. »Sind Sie der Besitzer des Freibades am Bekelner See?«

»Ja.«

»Verleihen Sie auch Boote?«

»Ja.«

»Herr Finke, ich bin am See. Ist es möglich, dass wir uns treffen?«

»Ja.«

Frithjof beschloss, seine Fragen so zu formulieren, dass es unmöglich war, sie nur mit einem Wort zu beantworten. »Können Sie mir sagen, wo Sie die Boote über den Winter gelagert haben?«

»In Moordiek.«

Zwei Worte. Frithjof schmunzelte triumphierend. »Wissen Sie, ob eines der Boote fehlt?«

»Nein.«

»Könnten wir uns in Moordiek treffen?«

»Ja.«

»Wann könnten Sie dort sein?«

»In einer Stunde.«

Drei Worte! »Wo genau lagern sie die Boote?«

»In einer Scheune.«

»Wo genau befindet sich die Scheune?«

»Kennen Sie Moordiek?«

»Wir sind heute Morgen durchgefahren.«

»Bei der Kneipe.«

»Da ist die Scheune?«

»Ja.«

Frithjof dachte an die Gerippen-Allee, an das erleuchtete Fenster in der Dunkelheit. Ihn machte dieses Gespräch aggressiv. »Ist es Ihre Kneipe?«

»Nein.«

»Wem gehört sie?« Jetzt hörte er sich genervt an. Lars sah ihn von der Seite an und runzelte die Stirn. Frithjof rollte mit den Augen.

»Einem Bekannten.«

»Verstehe, bis in einer Stunde dann«, sagte Frithjof rasch, legte auf und ihm entfuhr ein lauter, langer Schrei. Neben ihm zuckte Lars zusammen. Drei Enten quakten aufgeregt.

»Der hat nicht mehr als drei Wörter in einen Satz gepackt! Das hat mich wahnsinnig gemacht! Ja. Ja. Ja. Nein. Ja«, äffte Frithjof ihn nach. »Na, das wird gleich ein Spaß, sag ich dir.«

»Ich glaube, ich rede mit ihm.«

»Das glaub' ich auch.«

3

Das Haus der Westfahlens passte nicht in diese ländliche Gegend. Die Stahl- und Betonkonstruktion des scheinbar schwebenden Daches über dem Gebäude mit seinen grauen Sichtbeton- und Lamellenwänden stand in einem krassen Gegensatz zu den Friesen- und Bauernhäusern der Umgebung. Große, schwarz getönte Fenster hielten neugierige Blicke ab.

Ein mit weißen Steinen gepflasterter, gewundener Weg führte auf eine große, dunkelviolette Eingangstür. Ein kleines, gläsernes Dach bot den beiden Kommissaren Schutz vor dem stärker werdenden Regen.

Ohne, dass sie klingeln mussten, öffnete Herr Westfalen die Tür. Ein wenig erschrocken ging Frithjof einen Schritt zur Seite und stieß gegen einen weißen, mit Tannenzweigen geschmückten Blumenkübel, der von seinem Podest kippte und in einem hässlichen Geräusch den Weg hinunter rollte, um an einem großen Stein zu zerbrechen.

»Rekord, Frithjof. Noch nicht einmal eine Minute und du hast etwas zerdeppert«, bemerkte Lars schadenfroh, der die zwei linken Füße und Hände seines Chefs nur allzu gut kannte.

»Das macht nichts«, sagte Herr Westfahlen und zwinkerte Frithjof zu. Er war ein kleiner Mann Mitte fünfzig. Dunkle, gescheitelte Haare lagen adrett auf einem runden, pausbackigen Kopf. Wieder zwinkerte er mit dem linken Auge. Es schien ein Tick zu sein. Mit einem kurzen Gruß trat er hinaus zu ihnen unter das Vordach. In einer Hand hielt er einen Zigarettenpackung Lucky Strikes. »Meine Frau mag den Geruch nicht«, erklärte er und hielt ihnen die geöffnete Packung hin. Lars als Nichtraucher verneinte. Frithjof sagte knapp, er versuche aufzuhören.

»Wollen Sie trotzdem eine?«

»Ja, gerne«, Frithjof nahm dankend eine Zigarette. Es war die erste Zigarette, die er seit Tagen rauchte, und er merkte beim ersten Zug, wie ihm übel wurde. Von irgendwo aus seinem Körper kam ein Würgen. Dein Körper sagt dir, du sollst damit aufhören, dachte er und versuchte das plötzlich auftretende Schwindelgefühl zu unterdrücken.

»Wie kann ich Ihnen helfen?«, fragte Herr Westfahlen. Seine Augen sahen müde aus. Versucht höflich lächelte er die Kommissare an.

»Ihnen gehören die *Seeterrassen*?«, fing Frithjof an und blies so ungeschickt Rauch in den Wind, dass er ihn ins Auge bekam. Nun musste *er* zwinkern. Herr Westfahlen sah ihn irritiert an.

»Ja, mir gehört das Lokal.«

Vorsichtig wählte Frithjof seine Stimmlage und versuchte, nicht reißerisch zu klingen, sondern nüchtern. »Wir haben auf der anderen Seite des Sees zwei tote Menschen gefunden.« Er vermied es, Einzelheiten preiszugeben. Das ging Herrn Westfahlen nichts an. »Ich möchte von Ihnen nur wissen, ob Sie in den letzten Tagen, in den letzten Wochen etwas bemerkt haben? Irgendetwas Ungewöhnliches.«

»Zum Beispiel?« Herr Westfahlen schien wirklich erstaunt zu sein und zwinkerte wieder.

Schon der Zweite, der heute fragte, was mit *ungewöhnlich* gemeint war. War es das? War es wirklich so ungewöhnlich, diese Frage zu stellen? Oder breitete sich auch hier auf dem Land die gleiche Anonymität wie in der Stadt aus? Keiner achtete mehr auf den Anderen. Niemanden interessierte es, was um ihn herum passierte. Gesichter gehen an einem vorbei, man sieht kurz hoch und dann hat man diesen Menschen, dieses Gesicht auch schon wieder vergessen.

»Die beiden Menschen, die wir heute gefunden haben, müssen irgendwie dort hingekommen sein«, sagte Frithjof.

»Der Wald ist groß. Ich sehe nicht oft hinaus, wenn ich arbeite.«

»Was ist mit einem Auto? Mit fremden Menschen? Die fallen auf in einer so kargen Gegend.«

Herr Westfahlen lächelte wieder müde. »Ich führe ein Restaurant, da kommen viele fremde Autos und fremde Menschen.«

Frithjof sog ein letztes Mal an seiner Zigarette, warf sie auf den Boden und trat sie aus. Er merkte, wie unnütz diese Fragen waren. Jedoch wollte er es nicht unversucht lassen. Hier war jemand, der in der Nähe des Tatortes arbeitete, der da war, der etwas gesehen haben könnte. »Lassen wir Ihr Restaurant mal beiseite, Herr Westfahlen. Was ist mit dem See? Haben Sie dort etwas bemerkt?«

»Nein.« Er sah auf den Boden zu Frithjofs ausgetretener Zigarette. »Wenn meine Frau das hier entdeckt, gibt es ein ziemliches Donnerwetter. Egal ob

Sie Kommissar sind oder nicht.« Er bückte sich, hob die Kippe auf und behielt sie in der hohlen Hand.

»Tschuldigung«, sagte Frithjof und trat verlegen von einem auf den anderen Fuß. »Was ist nun mit dem See, Herr Westfahlen?«

»Während dieser Jahreszeit passiert hier nicht viel. Einige Spaziergänger, Leute, die hier wohnen. Manchmal gehen meine Gäste auch um den See, aber nur halb, weil sie merken, wie weit der Weg tatsächlich ist. Sie drehen um, weil sie zu faul und zu bequem sind, oder weil es einfach zu kalt ist.«

»Könnten wir mit Ihren Angestellten sprechen, die in der letzten Zeit Dienst hatten?«, fragte Lars. »Vielleicht ist jemandem etwas aufgefallen.«

Herr Westfahlen überlegte kurz, zwinkerte und blies Rauch aus, der sich in dem Wind schnell verflüchtigte. »Sicher. Wir haben morgen Abend einen großen Empfang. Da werden fast alle Angestellten und Aushilfen dort sein.« Wieder schien ihn etwas zu beschäftigen. »Meine Gäste werden doch nichts davon mitbekommen, oder? Sie verhalten sich diskret?« Er sah von einem zum Anderen. »Ich habe einen guten Ruf. Den möchte ich nicht verlieren.«

»Das soll kein Verhör werden«, versuchte Lars zu beschwichtigen.

»Sie kennen doch die Leute. Wenn die erst einmal anfangen zu tuscheln, geht so etwas schnell.«

Frithjof sicherte ihm Diskretion zu und Herr Westfahlen schien einverstanden zu sein. Wohl war ihm jedoch nicht.

»Und das Freibad?«, hakte Lars nach.

»Was soll damit sein? Der Winter ist gerade erst vorbei. Wir haben Frühling.«

»Gibt es niemanden, der dort ab und zu nach dem Rechten sieht?«

»Wozu? In dem Pavillon am Eingang befindet sich nur die Kasse und die ist genauso leer geräumt worden wie die Getränke- und Speisekammer des Kiosks. Und die marode Rutsche klaut auch niemand.«

»Was ist mit den Booten?«

»Die Boote sind irgendwo eingelagert, denke ich.«

»Sie wissen nicht wo?«

»Da müssen Sie den Besitzer des Bades fragen, Herrn Finke. Soll ich Ihnen seine Adresse und seine Telefonnummer geben?«

»Was ist mit Privatleuten, die auf dem See schippern oder rudern? Gibt es die?«

»Gewiss.«

»Um diese Jahreszeit?«

»Kaum. Wenn Sie darauf hinaus wollen, ob mir in letzter Zeit hier jemand aufgefallen ist, dann muss ich das verneinen.«

Hinter den Glasscheiben der Eingangstür tauchte eine Frau auf. Sie war elegant gekleidet und hatte rötliche, zurückgekämmte Haare. Sie deutete energisch mit einer Hand auf ihre goldene Armbanduhr. Herr Westfahlen nickte ihr zu und wandte sich an Frithjof: »Wenn Sie noch Fragen haben«, er griff in die Gesäßtasche, klaubte seine Geldbörse heraus und entnahm ihr eine Visitenkarte, »Sie wissen ja, wo Sie mich finden, oder Sie rufen mich einfach an.« Er lächelte entschuldigend, zwinkerte einige Male stark hintereinander und erklärte seinen Aufbruch mit einer Einladung im Golfclub, die er nun mit seiner Frau wahrnehmen müsste. »Das Geschäftliche mit dem Sportlichen verbinden.«

Frithjof bedankte sich für die Zeit, die Herr Westfahlen erübrigt hatte, und entschuldigte sich noch einmal wegen des Blumenkübels. Er übergab seine Visitenkarte mit der Bitte, ihn anzurufen, sollte ihm noch etwas Wichtiges einfallen.

Als die beiden Kommissare das Vordach verließen, zogen sie unwillkürlich ihre Schultern wegen des Regen nach oben.

Einen Moment später, sie waren fast an ihrem Wagen angekommen, hörten Frithjof und Lars das Geräusch eines sich nähernden zweizylindrischen Motorrades. Zuerst dachten sie sich nichts dabei, wobei Lars kurz anmerkte, dass kein normaler Mensch sich bei diesem Wetter auf seine Maschine setzen würde. Sie gingen die letzten Schritte zu ihrem Auto und gerade als sie einsteigen wollten, tauchte die schwarze BMW Enduro einige hundert Meter vor ihnen aus dem Wald auf. Der Fahrer war komplett schwarz gekleidet. Durch das getönte Visier konnte man nicht erkennen, ob es sich um einen Mann oder eine Frau handelte. Die schwarze Gestalt stellte kurz den linken Fuß auf den Boden und sah in ihre Richtung. Danach bewegte sich der Fahrer nicht mehr. Der Regen perlte am Visier ab. Dicke Tropfen platzten auf den Helm. Das Licht des Scheinwerfers warf einen hellen Kegel auf die durchnässte Fahrbahn.

»Was soll das?«, fragte Lars. Er ging einige Schritte auf das Motorrad zu und blieb auf der Hälfte der Strecke stehen. »Können wir Ihnen helfen?« rief er.

Es war eine unheimliche Situation. Der schwarz gekleidete Fahrer bewegte sich nicht. Regungslos stand er über seiner Maschine. Abgasnebel wirbelte um ihn herum. Hinter der Gestalt wogten die Äste der Bäume des Waldes, aus dem sie gekommen war. Sie peitschten gegeneinander und zischten leise, wie Peitschen durch die Luft.

»Hey!«, rief Lars im Näherkommen.

Der Fahrer ließ den Motor aufheulen, gab aber keine Antwort.

Lars ging auf das Motorrad zu. Plötzlich heulte der Motor erneut auf und Schlamm spritzte hinter die Maschine, als sie fast auf der Stelle gewendet und in den Wald hinein gefahren wurde.

Unschlüssig stand Lars da und drehte sich zu Frithjof, der wissen wollte, ob er ein Nummernschild erkannt hatte.

»Der hatte keins.«

Frithjof zuckte mit den Schultern. Wer weiß, was das sollte, dachte er. Wer weiß, ob das überhaupt etwas zu bedeuten hatte.

4

Die beiden Kommissare machten sich auf den Weg zu Ingo Finke. Der Wind hatte ein wenig nachgelassen, dafür regnete es stärker. Frithjof bereute die Zigarette, die er geraucht hatte. Nun hatte er einen seltsamen Geschmack im Mund, mit dem er erst einmal leben musste, da Lars keinen Kaugummi hatte.

»Hast du irgendeine Idee, wo wir anfangen sollen?«

Frithjof grummelte etwas und rieb sich das Gesicht. »Wir müssen abwarten, was Blanca uns präsentieren kann. Dann gucken wir, was Frank an den Pfählen findet und Sebastian an dem Boot. Vielleicht hat einer der Angestellten von Westfahlen etwas bemerkt, oder dem Alten mit dem Hund fällt noch etwas ein. Wer weiß. Noch ist es zu früh für eine genaue Planung. Erst einmal zählt: Alle Fakten sammeln und zusammensetzen wie ein Puzzle.« Er machte eine Pause und meinte leise: »Und hoffen, dass wir nicht ein kleines Teil übersehen.«

Die Gerippen-Allee tauchte wieder auf. Der Frühnebel hatte sich an beiden Seiten der Straße aufgelöst. Frithjof hielt vergeblich Ausschau nach den Rehen.

Vor der Gaststätte stand ein ziemlich heruntergekommener alter Ford Escort. Quietschend öffnete sich die Fahrertür, als Frithjof und Lars auf das

Auto zugingen. Herr Finke musste sich mühsam aus der Tür zwängen. Sein Bauch war gewaltig. Die Anstrengung, aus dem Wagen zu kommen, färbte sein Gesicht rot, die zusammengepressten Lippen weiß. Die wenigen verbliebenen, fettigen Haare wehten im Wind. »Zu enge Tür«, sagte er knapp.

Sie grüßten mit einem Moin, gaben sich die Hände und gingen einige Schritte an der Gaststätte entlang, die Straße hinauf.

Fasziniert sah Frithjof auf die wirbelnden Haare. Lars versuchte diesen freudig, ungläubig, kindischen Blick von Frithjof nicht zu erhaschen, da er sich sonst nicht im Griff hatte und loslachen würde.

»Ihnen gehört das Freibad am Bekelner See, Herr Finke?«, fing Lars an und sah wieder zu den Haaren.

»Ja.«

»Das jetzt zu ist«, kam es dumm aus Lars heraus, der sich angesichts der sich beginnend rotierenden Haare nicht konzentrieren konnte.

»Ja.«

»Und die Boote«, fing er an und stockte.

»Die Boote sind da drin«, Herr Finke wies hinter die Gaststätte auf eine Scheune. Die schwarz moosigen Bretter schimmerten wie Miesmuscheln an Seepromenadenwänden. Eine kupferrostige Kette befand sich in zwei Metallgriffen. Herr Finke nahm die Kette in die Hände und zog an ihr. Das schwerere Ende rutschte zur Seite und fiel mit lautem Geschepper in den Matsch.

»Kein Schloss?«, fragte Lars.

»Doch.«

»Ich sehe keins. Sie?«

»Nein.«

»Und wo ist dann das Schloss?«

Langsam sah Herr Finke an der Kette entlang und zuckte dann mit den Schultern. Anscheinend wusste er nicht, wo das Schloss geblieben war.

»Wer außer Ihnen hat einen Schlüssel?«

»Keiner.«

»Nur Sie?«

»Ja.«

Lars begriff, was Frithjof in den Wahnsinn getrieben hatte. Diese kargen Silben passten in diese Landschaft, zu den Menschen, die hier lebten.

»Haben Sie in letzter Zeit etwas Ungewöhnliches beobachtet, Herr Finke?«

Er überlegte. »Norbert deckt die dicke Wilma nicht mehr.«

Mit leeren Gesichtern sahen Frithjof und Lars ihn an.

»Ungewöhnlich, sagten sie. Norbert deckt immer. Auch Wilma. Jetzt nicht mehr. Das ist ungewöhnlich. Norbert ist ein Zuchtbulle.«

Als Lars sich gefasst hatte, erklärte er Herrn Finke, dass sie damit Menschen meinten, die an der Scheune waren und die dort eigentlich nichts zu suchen hatten.

»Nein.«

»Was, nein?«

»Nichts Ungewöhnliches.«

Lars gab auf. Er ließ Haare Haare und Norbert den Zuchtbullen Zuchtbullen sein und winkte ab.

Sie halfen dem Mann, die beiden schweren Tore der Scheune aufzuschieben. Es roch modrig. Nachdem sich die Augen an die Dunkelheit gewöhnt hatten, tauchten schemenhaft Bootsumrisse auf. Sie gingen einige Schritte in die Scheune hinein. Frithjof blieb stehen und hob die Hand. Er lauschte. Er hatte ein Geräusch gehört, aber übereinander gestapelte Kanus und Jollen versperrten die Sicht. Segel hingen in langen, aufgerollten Bahnen quer zwischen ihnen.

Herr Finke und Lars warteten einen Moment, während Frithjof weiter in das Innere des Gebäudes eintrat. Wie ein aufmerksamer Hund legte er den Kopf zur Seite. Sein Herz klopfte schneller. Unter seinem Brustkorb spürte er eine gewisse Spannung. Er hörte Schritte. Wieder setzte er einen Fuß vor den anderen. In der Mitte der Scheune gab es einige Holzstreben, auf denen die Halterungen für die Boote angebracht waren. Frithjof legte eine Hand auf eine Jolle. Der Rumpf fühlte sich rau an. Für einen Augenblick bewegte er sich nicht. Er schwitzte vor Aufregung. Immer schneller schien sein Herz zu schlagen. Hier waren sie nicht allein.

Dann wieder dieses kaum wahrzunehmende Knirschen und vorsichtig, heimliche Schritte im Matsch.

Ein Schatten bewegte sich wie in Zeitlupe an der rechten Wand entlang. Mit großen Schritten gelangte Frithjof in die Mitte der Halle, vorbei an weiteren Bootsrümpfen und in Netzen hängenden Bojen. Hinter aufgestellten Paddeln erhaschte er einen Ellenbogen, der sich schnell zurückzog.

Knarrende und ächzende Schritte auf Holz. Dann wieder Wasser. Eine Pfütze. Matsch. Er keuchte und begann zu rennen. Vorbei an Booten. Unter hängenden Planen hindurch.

Ein Motor wurde angelassen. Frithjof drehte sich zur Seite. Da war ein kaputtes Fenster. Glasscherben lagen im Inneren der Scheune. Außerhalb erkannte er die schwarze Gestalt, die sie vor Westfahlens Haus gesehen hatten. Erkannte die Enduro. Der Motor sprang an, als Frithjof das Fenster erreichte. Der Fahrer oder die Fahrerin sah zu ihm her und schien zu nicken. Das Gesicht war verdeckt durch das heruntergelassene Visier. Schlammige Erde spritzte auf. Die Enduro machte eine leichte Drehung und schnellte über das Feld davon.

Frithjof keuchte und lehnte sich gegen den Fensterrahmen, sah dem Gefährt hinterher. Unter seinen Schuhen knirschten Glassplitter. Er trat aus ihnen heraus und betrachtete das kleine Etwas, das unterhalb des Fensters in den Scherben lag.

Seine Stirn legte sich in Falten, als er sich bückte. Eine Spielkarte, das Kreuz As, lag dort.

Er holte sein Handy aus der Manteltasche und wählte Blancas Nummer. Als er auf die Verbindung wartete, erschienen Lars und Herr Finke zwischen den Jollen. Sie sahen zu ihm und er bedeutete ihnen mit einer Handbewegung, keinen Schritt näher zu kommen. »Blanca?«, fragte er. »Wir sind an dem Ort, wo die Boote des Freibades überwintern.« Die Verbindung war schlecht und er musste seine Position wiederholen. »Ich brauche Leute von der Spurensicherung.« Eine Pause entstand. »Was habt ihr gefunden?« Er schien erstaunt zu sein und sah auf die Karte zu seinen Füßen. »Ich habe ebenfalls eine Karte gefunden. Bei mir ist es das Kreuz As.« Einige Sekunden hörte er Blanca zu, dann verabschiedeten sie sich.

Bemüht, in nichts hineinzutreten, was als Spur dienen könnte, machte er einen großen Bogen um die Stelle unterhalb des Fensters und trat zu Lars und Herrn Finke.

»Blanca hat die Abschussstelle der Pfeile gefunden. Sie befand sich circa einhundert Meter im Wald, an einem Baumstumpf. In einer der Kerben des Stumpfes haben sie eine Spielkarte gefunden. Den Herz Buben. Ein blutiger Fingerabdruck ist auf der Vorderseite deutlich zu erkennen.«

»Ist dort auch Blut?«

»Nicht auf der Vorderseite. Was auf der Rückseite ist, muss die Spurensicherung zeigen. Wir fassen hier nichts an, solange nicht Blanca oder einer ihrer Kollegen da ist.«

Nachdenklich schaute sich Frithjof um. Langsam drehte er sich mit verschränkten Armen um sich selbst. Die fremden Schuhe standen vor ihm und er stieg in sie hinein.

Ich werfe das Fenster der Scheune ein und betrete sie. Feuchte, schlammige Erde spritzt auf meine Schuhe. Diffuses Licht dringt durch Ritzen und Löcher in das Innere des Gebäudes. Ich schreite durch Lichtbahnen. Mein Schatten wird auf die Boote geworfen. Der Wind pfeift und rüttelt an dem alten Holz. Eine Kette macht Lärm. Quietschend und ächzend werden die Scheunentore geöffnet. Ich verberge mich. Lau-

sche. Warte. Stimmen von Männern dringen zu mir. Ich ziehe mich zurück. Langsam. Vorsichtig. Mache jeden Schritt mit Bedacht. Einer der Männer kommt auf mich zu. Er versucht, mich zu hören. Spürt meine Anwesenheit. Ich muss verschwinden. Schnell gelange ich durch das Fenster ins Freie. Durch das Fenster sehe ich einen der Männer, den ich schon vor Westfahlens Haus gesehen habe. Er ist außer Atem. Ich bin ihm entkommen. Nicke ihm zu. Starte meine Enduro und fahre davon.

Ich bemerke nicht, dass ich eine Spielkarte verloren habe.

Hatte er – oder sie, es nicht bemerkt, oder sollten sie das Kreuz As finden? Am Tatort war ebenfalls eine Spielkarte hinterlassen worden.

Frithjof wollte noch einmal von Herrn Finke wissen, wer einen Schlüssel für das Schloss der Kette hatte.

»Nur ich.«

»Haben Sie den Schlüssel verliehen? Könnte sich jemand den Schlüssel genommen haben?«

»Nein.«

»Haben Sie den Schlüssel bei sich?«

»Ja.«

Mit Daumen und Zeigefinger der linken Hand knetete Frithjof seine Unterlippe. Er drehte sich zu dem Fenster und sah dann in die andere Richtung. In Richtung des Tores.

Warum wirft jemand das Fenster ein, wenn das Tor doch offen ist?

5

Die Spurensicherung sperrte die Scheune und das Gebiet darum ab. Herr Finke wurde entlassen und verließ wortlos das Gelände. Knatternd fuhr sein Ford Escort davon. Lars schüttelte den Kopf, als er dem Wagen hinterher sah.

Blanca hielt die Spielkarte in einer Plastiktüte in der Hand und hielt sie den beiden Kommissaren unter die Nase.

»Auf der Spielkarte, die wir im Wald gefunden haben, ist deutlich ein blutiger Fingerabdruck zu erkennen. Auf den ersten Blick kann ich hier nichts feststellen. Da müssen wir die Laboruntersuchung abwarten.«

Frithjof trat von einem Fuß auf den Anderen. Ihm war kalt. Es war spät geworden. Der Tag, der nicht recht hell geworden war, verabschiedete sich und die Dämmerung setzte langsam ein. Er fragte Blanca, ob sie noch seine und Lars' Hilfe benötigte, ansonsten würden sie sich am nächsten Tag auf dem Präsidium treffen.

»Um neun?«, fragte sie und deutete damit an, die beiden hier nicht mehr zu brauchen.

»Ja. Ich werde Staatsanwalt Quint und Alfred Bescheid geben.« Er nickte zum Abschied und verließ mit Lars die Scheune.

Auf der Fahrt in die Stadt ließen Frithjof und Lars den Tag noch einmal Revue passieren. Sie beschrieben sachlich die Geschehnisse. Keiner von beiden mutmaßte oder spekulierte. Es wäre fatal für die Ermittlung, sich jetzt etwas einzureden, dem man später umsonst hinterherjagte. Wertvolle Zeit würde verloren gehen, sollte man später feststellen, auf der falschen Fährte gewesen zu sein.

In der stetig zunehmenden Dämmerung tauchte die Stadt auf. Die Dunkelheit verschleierte ihren Verfall. In diesem Licht verschwand ein großer Teil der Schäbigkeit. Zwei Betrunkene liefen auf dem Bürgersteig. Ihre Gesichter waren gerötet. Etwas gelblich Glänzendes befand sich auf der Jacke des Einen. Eine Gruppe Teenager ging an den beiden Männern vorbei. Ein Junge rempelte gegen einen Betrunkenen, der wüste Beschimpfungen ausstieß, jedoch zu Boden gerissen wurde.

Lars fuhr die Straße entlang. Ein leeres Geschäft reihte sich an das andere. Eine Stadt geht vor die Hunde. Das zeigten die maroden Fassaden der Häuser, die heruntergekommenen Passanten, in einer Stadt mit einer Arbeitslosenrate über zwanzig Prozent.

Schon längst wäre Frithjof aus dieser Stadt geflohen, wäre nicht Bente gewesen, die hier ihre Wurzeln und sich um ihre kranke Mutter gekümmert hatte. Diese Stadt, dieser Ort war eine Qual für ihn und wie er aus Gesprächen mit Kollegen und Freunden hörte, ging es allen so. Den Absprung schafften die wenigsten. Man lebte mit dem Übel wie mit Krebs. Nur gab es da die Hoffnung eines Tages ein Heilmittel zu finden.

Lars fluchte über die roten Ampeln und war sich sicher, dass Itzehoe die einzige Stadt auf diesem Planeten war, die noch nichts von einer grünen Welle gehört hatte. »Die stellen die Scheißdinger extra so ein, dass man die wütende Grundstimmung der Stadt nicht vergisst. Scheiße!« Er schlug auf das Lenkrad, als vor ihm wieder eine Ampel nach dem zweiten durchfahrenden Auto auf Rot sprang.

Sie fuhren am Klosterhof vorbei, einem der schönen Plätze der Stadt. Ein kleiner Teich wurde von alten Fachwerkhäusern malerisch umrahmt. Die holprige Kopfsteinpflaster-Straße erinnerte an längst vergangene Zeiten.

Es schien eine Ewigkeit zu dauern, bis Lars in Frithjofs Straße angekommen war. Artig bedankte er sich für die Fahrdienste und winkte Lars nach, der einmal kurz auf die Hupe drückte.

Frithjof ging an seinem Haus vorbei zu seiner Nachbarin Helene Jansen. Am Morgen hatte er bei ihr seinen Jack Russel Terrier Puma abgegeben. Puma hätte heute sonst nur im Wagen warten müssen. An einen Tatort nahm Frithjof ihn nicht mit. Ansonsten gestattete man ihm, Puma mit ins Präsidium zu nehmen, wo ein kleines Körbchen neben Frithjofs Schreibtisch stand.

Kies knirschte unter seinen Füßen, als er auf Helenes Haus zuging. Der Regen hatte nachgelassen. Ungemütlicher, feiner Nieselregen hatte sich eingestellt. Er klingelte und vernahm augenblicklich Pumas Bellen und wenig später die Umrisse eines freudig gespannten Hundes hinter den gelblichen Scheiben der Eingangstür. Sie wurde geöffnet und Puma sprang an

Frithjof empor. Er streichelte ihn und ließ sich seine Hand lecken. »Na, Großer? Warst du brav?«

Helene schloss die Tür und strich sich einige Male über ihre weißen Haare, die der Wind zerzaust hatte. »Natürlich war er brav.« Sie ging den Flur entlang in Richtung Küche. Das Haus roch wunderbar nach Zimt und Zitronen. »Was bringst du nur für ein Wetter mit? Ich dachte es würde endlich Frühling. Meine Gelenke würden es Petrus danken.« Sie lachte kurz auf und erinnerte sich daran, dass Frithjof nicht gerne über das Wetter sprach. »Komm in die Küche. Ich habe etwas vorbereitet. Du bist sicher hungrig, oder?«

Er liebte Helene wie eine Großmutter. Sie war eine rüstige zweiundachtzigjährige Dame, die seit dem Tod ihres Mannes hier alleine lebte. Helene und ihr Mann Detlev hatten seit dem Einzug von Frithjof in das Haus nebenan immer ein freundschaftliches Verhältnis zueinander gepflegt. Umso betroffener war Frithjof, als Detlev vor zwei Jahren einem Herzanfall erlag.

Sie hatten oft am See gesessen und sich unterhalten, oder hatten mit einem Glas Wein in der Hand schweigend auf die Wasseroberfläche geschaut.

Als Frithjof im Winter Puma aus dem Tierheim holte, war es mehr ein Hund für Helene gewesen, als für ihn.

In der warmen Küche legte sich Puma nun auf seine Decke, dicht an der Heizung und betrachtete sein Herrchen, das seine nasse Jacke auszog und schnuppernd an den Herd trat. »Was riecht hier so großartig?«

»Der *Scheiterhaufen*«, erklärte Helene und deutete auf den Ofen, in dem eine große, schwere Auflaufform stand. »Semmeln in Milch und Eiern einweichen, zwei Pfund Äpfel dazu, Rosinen blanchieren, Zimtzucker und Butterflocken drüber und ab ins Rohr!« zählte sie freudig auf und klatschte in die Hände. »Aber was erzähle ich dir da? Du und deine Minuto Ratsherrnfertigtöpfe.« Sie wischte über die Arbeitsplatte und griff nach einer Flasche Weißwein, goss zwei Gläser voll und setzte sich mit Frithjof in die Sitzecke. »Schwerer Tag heute?«, fragte sie und musterte sein Gesicht. Liebevoll strich sie ihm über seine Hand und drückte sie sanft. »Du siehst müde aus. Seit den Morden im Winter hast du noch keinen Urlaub gemacht. Du musst mal abschalten. Raus aus der Stadt. Den Kopf freikriegen.«

»Wir haben zwei Leichen gefunden«, war das Einzige, was er sagte.

»Gleich zwei?« fragte sie ungläubig.

Er beschrieb in kurzen Zügen, wie die beiden jungen Menschen gefunden worden waren. Helene hielt sich bei seiner Schilderung eine Hand vor den Mund und schüttelte ungläubig den Kopf. Als Frithjof zu Ende berichtet hatte, sagte er, es wäre wie bei den Indianern gewesen und meinte die Pfeile, die auf sie abgeschossen worden waren. Helene berichtigte ihn. »Die Indianer haben ihre Feinde nicht als Zielscheiben benutzt. Ihr müsst unterscheiden zwischen den Totem- und Marterpfählen.« Ruhig legte sie die Hände vor sich auf den Tisch und sah ihn an. »Die Totempfähle symbolisieren die Vorfahren der Indianer und beschreiben deren Geschichte. Die Marterpfähle waren dazu da, die Opfer zu brechen. Sie wurden gefoltert, um ihnen Geständnisse zu entlocken. Sollte jemand diese Marter überstehen, war er frei.«

Hatte man die beiden gemartert? Waren zuerst die Pfeile auf sie abgegeben worden und dann, zum Schluss, tötete man sie mit dem Herzschuss? Was wollte man ihnen entlocken? Was war es, dass es zu einer solchen Folter kam?

Ich quäle zwei Menschen. Schieße Pfeile auf sie. Verletzte sie. Füge ihnen Schmerzen zu. Sie schreien. Die Rufe bleiben ungehört. Nur Schall, der sich mit dem Rauschen des Windes verbindet. Die beiden Menschen sind willensstark. Sie geben nichts preis. Weiter schieße ich auf sie. Blut rinnt an ihren nackten Körpern hinunter.

Gebe ich auf?

Ich werde mir die Informationen, die sie haben, anderweitig besorgen. Ich mache dem Ganzen ein Ende. Ich jage durch zwei Herzen jeweils einen Pfeil. Das Martern macht niemanden frei.

Helene nippte an ihrem Glas und wartete auf weitere Details. Heute jedoch beließ es Frithjof bei seinen stillen Gedanken. Seitdem Detlev tot war und Helene und er sich häufiger am Abend trafen, hatten sie irgendwann begonnen, über seine Arbeit zu sprechen. Er wusste, dass sie keine klatschfreudige Alte war. Was zwischen ihnen gesprochen wurde, blieb geheim. Schon oft hatte Helene ihm einen Wink in eine richtige Richtung gegeben, weil sie unbefangen zuhörte, und er nannte sie dann immer »meine schlaue Miss Marple«.

Heute bohrte sie nicht nach, was geschehen war. Sie kannte ihn gut genug, um zu wissen, wann sie etwas aus ihm herauskitzeln konnte, oder wann man es bleiben ließ. In einem Schluck trank sie ihr Glas Wein aus und ging zum Herd. Herrlich warmer Duft strömte in die Küche, als sie die Auflaufform herausholte und auf den Tisch stellte. »Wenn mein Hausarzt das jetzt sehen würde, würde er mir wieder einen seiner Vorträge über Cholesterin halten und eine ernste Miene aufsetzen.« Sie lachte. »Das letzte Mal hat er mir geraten nur noch Margarine zu essen und auf Butter zu verzichten.« Kopfschüttelnd setzte sie sich wieder an den Tisch. »Ich bin zweiundachtzig. Irgendwann ist nun mal Schluss. Dann muss jeder gehen. Und ob ich nun noch anfange Margarine zu essen oder nicht«, sie sprach nicht zu Ende, sondern schob sich einen gefüllten Löffel des *Scheiterhaufens* in den Mund und grinste.

Noch eine Stunde saßen sie in der Küche, aßen und tranken. Dann verabschiedete sich Frithjof. Er würde Puma morgen mit ins Präsidium nehmen, sagte er und Helene streichelte dem Hund noch einmal über den Kopf. Dann gingen Hund und Herrchen einen Eingang weiter.

Das Haus roch nach der Renovierung noch immer nach frischer Farbe. Frithjof öffnete die Terrassentür und Puma rannte hinaus in den Garten. Einen Moment blieb Frithjof im Türrahmen stehen und sog die kalte Nachtluft in sich ein. Schloss die Augen und versuchte nicht an die Geschehnisse des Tages zu denken. Bei Helene hatte es funktioniert. Jedoch alleine in seinem Haus gelang es ihm nicht. Hinter seinen Lidern kamen die Bilder des Tages in ihm hoch. Sie ließen ihn nicht los.

Er ging in die Küche, goss sich einen Scotch ein und trank ihn in einem Schluck aus. Die Flüssigkeit rann wohlig durch seinen Körper und ihm wurde warm. Wieder nahm er die Flasche und goss sich nach. Er sah sich um. Alleine dachte er. Mit all dem Scheiß. Wieder einen Schluck. Im Wohnzimmer suchte er das Telefon und fand es neben dem Sofa. Er wählte die Nummer seiner Freundin Johanna und eine Stimme teilte ihm mit, dass der Teilnehmer nicht zu erreichen sei. Verloren stand er im Wohnzimmer. Wen konnte er sonst anrufen? Ihm fiel niemand ein. Nur Blanca. Er überlegte einen Moment, ob er sie anrufen sollte, ließ es jedoch sein. Auch sie würde versuchen, Abstand zu gewinnen von dem, was sie heute erlebt hatte. Außerdem wollte er mit jemandem sprechen, der nichts mit all dem zu tun hatte. Nichts mit den Morden, der Polizei, seiner Arbeit. Frithjof wünschte sich eine Person, die bei ihm saß und einfach da war. Nichts weiter.

Durch die offene Terrassentür kam kalte Luft in den Raum. Puma war noch immer im Garten. Ab und an hörte Frithjof ihn bellen.

Wieder ein Nippen an dem Scotch. Er entschloss sich, ein Kaminfeuer zu machen. Die Holzscheite lagen neben dem Kamin und er legte drei Scheite hinein, entzündete eine Zeitungsseite und hielt sie hinein. Nach wenigen Minuten flackerten die ersten Flammen und die Scheite glühten golden auf. Das Holz knackte und langsam erfüllte Wärme den Raum.

Frithjof setzte sich vor den Kamin und sah in die Flammen. Der Anblick beruhigte ihn. Immer weiter durchzog das Feuer die Scheite. Weiß quollen Adern auf, die das Holz spalteten. Puma kam aus dem Garten herein. Erfreut über die gemütliche Stimmung wedelte er mit dem Schwanz, ließ sich von Frithjof streicheln und legte sich vor den Kamin. Zufrieden seufzte Puma und schloss die Augen. Frithjof sah ihn an und lächelte. »Dein Leben hätte ich auch gerne«, flüsterte er und trank den letzten Rest aus seinem Glas aus, ging in die Küche und füllte nach. Puma reckte kurz seinen Kopf, entschied jedoch für sich, dass es uninteressant für ihn war und döste weiter.

Als Frithjof sein Glas gefüllt hatte, stellte er die Flasche zurück und betrachtete sein Spiegelbild in der dunklen Fensterscheibe. Sieh dich an, Frithjof, forderte er sich selbst auf. Schau dir in die Augen und versichere, dass du glücklich bist.

Er schwieg.

Er vermisste Bente, seine Frau. Sie starb vor nicht ganz fünf Jahren. Frithjof vermisste, wie es war, nach Hause zu kommen und jemanden um sich zu haben. Vermisste, wie es war, geliebt zu werden. Vermisste, ein Teil einer anderen Person zu sein. Johanna hatte es noch nicht geschafft, dies zu erreichen. Dazu war es zu frisch, zu neu, zu ungewiss.

Lange Zeit hatten Bentes Sachen in seinem Schrank gehangen, hatte ihr persönlicher Nippes die Räume eingenommen. Er war zu faul gewesen, es fortzuräumen. Zu feige, ein Kapitel in seinem Leben abzuschließen. Er hatte mit ihren zurückgelassenen Dingen gelebt. So, als würde sie jeden Moment wieder nach Hause kommen. Vielleicht hatte er das in den ersten Monaten sogar noch geglaubt. Irgendwann gehörten die *vergessenen Dinge* zu seinem alltäglichen Leben dazu.

Lange lebte er mit einer nicht mehr existierenden Frau zusammen. Bis Frithjof vor vier Monaten Johanna, im Zuge von Ermittlungen, kennen lernte. Nach einer Weile teilte Johanna ihm mit, sie könne mit seiner Vergangenheit leben, jedoch nicht in ihr. Sie lag nackt unter Frithjof, der begann ihre Brüste abzulecken. Er hielt inne und folgte ihrem Blick. Er ruhte auf Bildern von Bente und schwenkte weiter durch den Raum. »Ich will nicht, dass du sie vergisst. Ich will nur nicht die Frau nach Bente sein, die unter ihren Bildern von dem Mann vernascht wird, der sie geliebt hat.«

Am nächsten Tag legte Frithjof Bentes Fotos und persönliche Gegenstände in Schuhkartons, verschloss sie und stellte sie in ein extra gekauftes Regal in den Keller. Er stand lange dort, als er den letzten Karton in das Regal schob. Behutsam strich er über den obersten Karton und versuchte nicht zu weinen. Was ihm nicht gelang. Alleine stand er dort. Bat Bente um Verzeihung, dass sie nun hier ihren Platz hatte. Im Keller. Nicht immer in seinem Blick. Nach einer Weile löschte er das Licht, schloss die Tür zum Kellerraum. Danach nahm er Bentes Kleidung und trug sie hinaus in den Garten. Ihre Sachen legte er auf einen großen Haufen nah am See, den sie so geliebt hatte, und kippte Benzin darauf. Er zündete den Kleiderberg an, setzte sich auf den Steg am See und sah weinend den Flammen zu. Er blickte einzelnen Feuerfunken nach, die sich in die Nacht erhoben, hinunterfielen auf die Seeoberfläche und dort verglühten.

Er wand sich von seinem Spiegelbild ab. Sah wieder auf das schmutzige Geschirr und weinte. Ganz leise. Zuerst in sich hinein. Dann kamen die Tränen, die ihm über die Wangen liefen. Tränen, die die Augen rot machten. Tränen, die eigentlich längst geflossen sein sollten. Die wieder da waren.

Frithjof stellte sein Glas auf die Arbeitsplatte und ging in großen Schritten durch die Küche. Er öffnete die Kellertür und rannte die Stufen der Treppe hinunter. Öffnete die Tür zu dem kleinen Raum der vergessenen Dinge. Schwer atmend stand er vor den Kartons, griff wahllos in sie hinein und zog einige heraus. Vier Kartons konnte er halten, ohne dass sie hinunterfielen und stieg die Kellertreppe wieder hinauf.

Im Wohnzimmer hob er die Deckel und griff in die Kartons. Da kam allerhand zum Vorschein. Ein kleiner Engel, ein Knautschschwein, eine Kette aus Muscheln, drei Steine aus Island, zwei Eintrittskarten für Musikkonzerte, ein gefundener Golfball, eine Ansichtskarte, mehrere Briefe, Andenken an Bente, die Frithjof um sich herum im Wohnzimmer aufstellte. Nachdem er alles aus den Kartons geholt hatte, lehnte er sich in dem Sofa zurück und betrachtete die vergessenen Dinge. Er blickte zurück und dachte, wie rasch das Schöne vergehen und wie schnell man zurückbleiben konnte mit seinen Erinnerungen und Träumen. Und wie schwer es schließlich war, seiner Vergangenheit zu entkommen und sich Neuem zu öffnen.

Frithjof wusste, dass noch längst nicht alle vergessenen Dinge im Keller waren. Sie saßen fest in seinem Kopf.

Irgendwann in der Nacht erlosch das Feuer im Kamin und Frithjof und Puma schliefen im Wohnzimmer ein. Umgeben von Erinnerungen, die sich in dieser Nacht anschlichen wieder wahrgenommen zu werden, weil sie ein Teil von einer Geschichte waren, die noch nicht abgeschlossen war.

Bente wurde auf offener Straße von einem Unbekannten getötet, der nicht gefasst wurde.

6

Lars fuhr an diesem Abend zu dem Haus seiner Eltern, vorbei an dem tiefsten Punkt Deutschlands, einem beliebten Ausflugsziel in der Region.

Seit mehreren Jahren roch es im Haus der Hennings wie in einem Krankenhaus. Er hatte sich bis heute nicht an diesen Geruch gewöhnen können. Dies war einmal seine Heimat gewesen, wo es nach seinen Eltern roch, nach deftigem, norddeutschem Essen und nach einer gerauchten Pfeife. Und auch sein Bruder Rai war gegenwärtig; sein jugendliches Parfum aus der Drogerie, das er großzügig benutzte. Sein Zimmer hatte nach dem Salz des Meeres geduftet, da sein Surfbrett an zwei Aufhängungen an einer Wand hing. Seine Haut war braun und verströmte durch alle Jahreszeiten einen Hauch Sommer, von Sonnencreme und Öl, von Verheißung und Abenteuer.

Leise schloss er die Tür und sah sich um. Keine Verheißung, keine Abenteuer. Nüchternheit und Realität waren dem Schönen gewichen. Das Leben hatte es nicht gut mit Rai gemeint. Er wollte so viel und noch mehr wurde ihm genommen. Lars hoffte, dass sein Bruder im Wachkoma nicht über den Verlust nachdenken konnte, den er erlitten hatte. Dass sein Gehirn gestorben war, wo die Träume anfangen zu wachsen.

Erstaunt betrachtete Lars die Koffer und die Reisetasche, die in der Diele standen. Er erkannte, dass es die Sachen seines Vaters waren. Seine Stirn legte sich in Falten, er rief vergeblich nach seinen Eltern. Nach einer Weile ging er in Richtung des Wohnzimmers und stockte. Vom Türrahmen aus sah er seinen Vater in seinem großen, alten Sessel sitzen. Auf seinem Schoß Lars' Mutter, die ihren Mann umarmte. Beide hatten geweint. Seine Mutter schluchzte noch immer. Sie schienen ihn nicht zu bemerken. Einige Sekunden stand er dort und betrachtete sie. Betrachtete die beiden liebsten Menschen, die er auf der Welt hatte. Seinen Vater, der seinen Kopf in den Brüsten seiner Frau vergrub. Seine Mutter, die den Kopf ihres Mannes zärtlich streichelte. Der Raum war, abgesehen von einigen Kerzen auf dem Tisch, dunkel. Schatten zuckten unregelmäßig an den Möbelstücken entlang. Schreckten über die Gesichter der Eltern.

Lars räusperte sich. Vorsichtig trat er einen Schritt in den Raum. Versucht, die intime Zweisamkeit nicht zu zerstören.

Erschrocken sah seine Mutter ihn an. Schnell wischte sie sich die verbliebenen Tränen aus dem Gesicht und löste sich von ihrem Mann. Sie versuchte zu lächeln. Ein Lächeln, das zu schnell kam und eine ertappte Situation überspielen sollte.

Lars' Vater sah ihn traurig an und schloss seine Augen, senkte seinen Kopf, sah auf die Beine seiner Frau.

Heidi Hennings stand aus dem Schoß ihres Mannes auf, strich ihm noch einmal zärtlich über die Wangen und ging auf Lars zu. Bei ihm angekommen, nahm sie ihn in den Arm und drückte ihn, fester als die Abende zuvor. Fester als all die Wochen, die vorangegangen waren.

»Es ist alles gut«, flüsterte sie. Unwillkürlich drehte sich Lars zu den Koffern im Flur. Seine Mutter schüttelte nur kurz den Kopf. Sie meinte, sie bräuchten heute Abend nur ein wenig Zeit für sich. »Irgendwann kann man nicht mehr, mein Schatz«, sie stellte sich auf die Zehenspitzen und küsste ihn. »Wir haben lange gekämpft, das weißt du. Wir haben dafür gekämpft, deinen Bruder am Leben zu erhalten und wir haben dagegen angekämpft, nicht zu zerbrechen.« In ihren Augen glitzerten Tränen, die Hände, die auf seinen Oberarmen ruhten, begannen zu zittern, »*einen* Kampf haben wir heute verloren.« Sie schluckte und sah nach unten. Ihr Kopf blieb in dieser Position. Ihre Schultern bebten. Lars nahm sie in seine Arme. Ließ sie dort ruhen. Ließ sie dort für eine Weile weinen. Er spürte seine Mutter, wie sie in sich zusammenbrach. Er hielt sie. Presste sein Kinn in ihre weichen, braunen Haare. Ihre Finger krallten sich in seine Kleidung. Krallten sich aus Versehen in seine Haut darunter. Er roch sie und liebte es und für einen Augenblick roch es nach zu Hause, roch es nach einer Vergangenheit, die auf dem Weg bis hier gestorben war. Irgendwo, irgendwann, keiner wusste es. Das Leben war weitergegangen. Die Gerüche hatten sich verabschiedet, ohne dass man es bemerkt hatte. Und erst als eine Sehnsucht geboren wurde, realisierte man, was man verloren hatte. Doch wenn eine Sehnsucht geboren wird, ist es immer zu spät.

Auf dem Wohnzimmertisch erlosch eine Kerze und der Geruch von Wachs strömte schwach durch den Raum. Einige Schatten starben und Lars sah zu seinem Vater hinüber. Noch immer saß er fast unbeweglich in seinem Sessel und sah auf seine Hände, die ruhig ineinander lagen. Fast unbemerkt schluchzte er. Lars trieb dieser Anblick Tränen in die Augen. Er hatte seinen Vater immer als einen starken Mann gesehen, der sich unter Kontrolle hatte, egal was geschah. Er hatte nie gesehen, dass sein Vater geweint hatte, selbst dann nicht als Rai aus dem Krankenhaus nach Hause gebracht wurde.

Stärke eines Menschen ist nicht, seine Gefühle zu unterdrücken und anderen das Gefühl von Stärke zu vermitteln, sondern, sich darüber bewusst zu sein und menschlich zu agieren.

Er entließ seine Mutter aus der Umarmung und ging zu seinem Vater hinüber, setzte sich auf die wuchtige Armlehne, streichelte ihm über den Kopf und ließ seine Hand auf seiner Wange liegen. Der Kopf des Vaters lehnte sich an seine Handinnenfläche. »Fast hätte ich einen Fehler gemacht«, schluchzte Peter Hennings. »Das kann ich nie wieder gut machen. Nie wieder.« Die letzten Worte wurden leiser, kaum zu verstehen. Peter nahm Lars' Hand in seine. Dann sah er seinen Sohn an. Das Weiß hatte sich in geweintes Rot verändert. »Ich wollte nicht gehen. Ich weiß nicht, wieso ich meine Sachen gepackt habe. Ich wollte nicht gehen und euch im Stich lassen.« Wieder glitt sein Blick in seinen Schoß. »Ich weiß nicht, warum ich meine Sachen in die Koffer gepackt habe.« Heftig schüttelte er seinen Kopf und die Tränen liefen ihm quer über das Gesicht. »Ich will nicht vor dir und deiner Mutter weinen«, sagte er leise. Wieder erlosch eine Kerze. Wieder zogen sich schwarze Schatten zurück.

Lars nahm nun auch ihn in die Arme. Er griff nach dem schlaffen, müden Körper und drückte ihn an sich. »Ich weiß«, sagte Lars. »Ich weiß.« So saßen sie eine Ewigkeit. Lars spürte die Hoffnungslosigkeit und die Kraft, die aus dem Körper seines Vaters wichen. Spürte die Jahre, in denen sie sich aufgeopfert hatten. Er spürte die Scham seines Vaters, der seine Koffer gepackt, der in einer Sekunde alles hingeworfen und überreagiert hatte, nicht über die Konsequenzen nachdenkend, was überhaupt nicht seinem Naturell entsprach.

»Ich bleibe heute Abend bei Rai«, sagte Lars behutsam, schob seinen Vater von sich und sah ihm in die Augen »Ihr müsst reden.« Er sah seinen Vater ernst an. »Über alles«, und er biss sich auf die Lippen. »Und ich meine nicht die jetzige Situation. Ihr müsst über Rais Zukunft reden. Es ist auch eure.« Seit Jahren waren seine Eltern dagegen, Rai in ein Heim zu geben, wo er versorgt und gepflegt werden konnte. »Wie lange wollt ihr das noch machen? Kümmert euch um euer Leben. Ihr habt zehn Jahre durchgehalten. Ihr braucht eine Pause. Kein normaler Mensch hätte es so lange ausgehalten. Keine normale Ehe hält das aus.« Seine Eltern hatten seit Jahren kein eigenes Leben mehr, da sie immer nach Rai sahen und ihn pflegten. Zu jeder Zeit am Tag. Kaum ein Miteinander, nur die Pflege eines Menschen, der von Zeit zu Zeit an Maschinen angeschlossen war.

»Er ist doch unser Sohn, wir können ihn doch nicht einfach fortgeben«, hatte Heidi immer gesagt und es war vergebliche Mühe, sie davon zu überzeugen, sie könne Rai doch sehen, wann immer sie wolle. »Ich kann meinen eigenen Sohn doch nicht fortgeben«, weinte sie immer wieder. Doch nun war Schluss, wie er fand.

»Redet! Geht aus! Gönnt euch ein Essen in einem teuren Restaurant, macht einen Spaziergang und redet miteinander«, seine Stimme brach, wie konnte er nur so mit seinen Eltern sprechen, ihnen derlei Anweisungen geben? Aber es musste sein, ging es ihm durch den Kopf. Lange konnte das *so* nicht mehr weitergehen.

Er flüchtete oft aus der Stadt. Von den bekannten Menschen, den Orten, die ihn an ein Leben mit Rai erinnerten. Meist fuhr er nach Hamburg Othmarschen, wo er sich in ein Café setzte. Vor dem *Reh* oder dem *Aurel* besah er sich die Leute, stellte sich deren Geschichten vor. Genoss die lockere Art des Stadtteils. Bummelte im *Mercado*, schaute sich in den *Zeisekinos* kleine Programmfilme an und versuchte, den Kopf in dem Gewusel frei zu bekommen. Genau das mussten seine Eltern nun auch tun.

Heidi legte ihre Hände auf Lars' Schultern und drückte sie sanft. Er erhob sich langsam und ging einige Schritte zur Seite, damit sie ihrem Mann die Hand hinhalten konnte, die er sofort ergriff. »Es tut mir leid«, sagte er. Sie schüttelte nur den Kopf und legte einen ausgestreckten Finger über seine Lippen. »Irgendwann ist es einfach zu viel«, presste sie langsam aus fast geschlossenen Lippen hervor. »Und man möchte irgendwo, an einem anderen Ort, neue Kraft tanken.«

»Ich möchte nirgendwo anders sein als bei dir.«

»Das weiß ich«, und sie lächelte. Ihr Blick war voll Liebe.

7

Frithjof sah auf die Anzeige des Weckers neben seinem Bett. Zu früh dachte er, als er schläfrig 05:07 ablas. Nach mehrmaligem Umdrehen und Herumwälzen gab er es jedoch auf, wieder einzuschlafen. Er stand auf, erledigte seine Toilette, zog sich an und entschied sich nach einem enttäuschenden Blick in den Kühlschrank, in die Stadt zum Frühstücken zu gehen.

Es würde eine Weile dauern, bis er zu Fuß die Stadtmitte erreichte, jedoch konnte ihm ein langer Spaziergang nicht schaden und Puma würde sich freuen. So spazierten sie los und er suchte sein Lieblingslokal, das *Musikcafé* auf. Hier roch es herrlich nach Espresso, frischen Brötchen und der ersten Zigarette, die jemand geraucht hatte. Er setzte sich in einen bequemen Ledersessel am Fenster und sah hinüber zu Phillip, der hinter einem altmodischen Schallplattenspieler stand und Musik auflegte. Für diesen Morgen entschied er sich für Jamie Cullum und bald mischte sich entspannte Jazz-Musik in die Unterhaltungen der ersten Gäste.

Nach dem Frühstück ging Frithjof mit Puma den kurzen Weg zum Polizeipräsidium, in dem die Beamten noch müde durch die Flure schlichen. Das Wetter schlug auf die Gemüter. Jeder sehnte sich nach dem Frühling und vor allem nach Sonne. Vereinzelt tauchte ein Lächeln auf einem Gesicht auf. Telefone klingelten unablässig. Es wurde an Türen geklopft. Jemand hatte Kaffee auf dem Flur verschüttet. Kommentarlos stiegen einige Kollegen über den bräunlichen See, der sich langsam aber stetig auf Frithjofs Bürotür zubewegte.

»Wenn jemand denkt, *das hier*«, brüllte er, »sucht sich alleine seinen Weg zu einer Papierrolle, der irrt!« Er sah sich um und erblickte, kurz nach seinem lauten Protest, Gabrielle, die mit einem Lappen bewaffnet auf ihn zukam.

»Das war Frau Bommel.« Gabrielle rollte mit den Augen. »Ein wenig nervös, ein wenig tollpatschig, das junge Ding.« Sie lächelte ihn an. »Man straft uns hier gleich mit zwei Tollpatschen, Schatz. Ich weiß nicht, wie gut ich das finde.« Sie kicherte, knuffte ihn in die Seite und kniete sich dann auf den Boden, um Herr über die Kaffeelache zu werden.

Nachdem er seine Unterlagen auf dem ovalen Besprechungstisch ausgebreitet hatte, stellte Gabrielle Kaffeebecher und Kannen bereit. »Die anderen sind gerade gekommen.« Sie sah sich zur Tür um. »Was ist mit der neuen Kollegin? Soll sie dabei sein?«

»Um Gottes willen, nein«, sagte Frithjof schnell und hob die Hände. »Es ist schon erstaunlich, dass Quint bei deiner Anwesenheit nichts sagt. Wir wollen den Bogen nicht überspannen. Außerdem kenne ich Frau Bommel noch nicht. Wo ist sie überhaupt?«

»Im Keller. Akten wegbringen.«

Puma reckte in seinem Körbchen nur kurz seinen Kopf, als Staatsanwalt Quint das Büro betrat. In der rechten Hand hielt Quint einen Gehstock, den er seit einem Reitunfall brauchte. Quint war zweiundfünfzig, trug einen teuren grünen Anzug, braune Schuhe, ein rotes, seidenes Halstuch und graue Haare. Armani Parfüm breitete sich im Büro aus. Er hob seinen Gehstock und wies kurz auf Frithjof. »Sie sehen aus, als wären die Albträume stärker gewesen als der Schlaf, Herr Arndt.« Quint sagte das im Vorbeigehen und steuerte einen Stuhl am Tisch an. Frithjof antwortete nicht. Er sah aus dem Fenster, dachte an die vergangene Nacht. Quint hatte Recht. Die Albträume hatten sich in seinen Schlaf geschlichen. Blutige Bahnen über grauen Körpern. Raben, die an Fleischklumpen pickten. Schnäbel, die in Augenhöhlen schabten. Einige Male war Frithjof aufgewacht. Sein Herz hatte wie wild geschlagen. Kerzengerade hatte er im Bett gesessen. Versuchte, die Bilder aus seinem Kopf zu bekommen. Morgens früh um halb sechs gab er auf, nachdem die tote Frau nach ihm gegriffen hatte, ihn an seinem Mantel zu fassen bekam und nicht wieder losließ. Er stand auf und machte sich einen Kaffee, den er im Morgenmantel auf dem kalten Steg trank. Die Kälte fror die Träume ein, wie in einer Leere stand er über der weißen Oberfläche, als wäre er der einzige Mensch auf der Welt.

Lars betrat den Raum. Er sah müde aus, seine Augen waren gerötet. Mit einem wortkargen »Moin« setzte er sich an den Tisch und nickte den Anwesenden zu.

Nun warteten sie nur noch auf Alfred Becker, den Chef der gesamten Mordkommission. Gabrielle schenkte reihum Kaffee ein und wenig später stand

Alfred in der Tür und schnaufte. »Zu viele Treppen«, er fasste sich zuerst an seinen mächtigen Bauch, dann an seine Brust, direkt über dem Herzen. »Seit wann ist der Fahrstuhl kaputt?«

Gabrielle sah zu ihm. »Hier gab es noch nie einen Fahrstuhl, Alfred.«

»Ich weiß«, seine schmalen Lippen formten übertrieben das Wort Wasser. Sie lachten und er setzte sich an den Tisch, grüßte die Anwesenden und nach kurzer Zeit kehrte der Ernst in den Raum zurück.

Quint legte seine Ellenbogen auf den Tisch und forderte Frithjof auf, einen kurzen, knappen Bericht von den Ereignissen des vorherigen Tages zu geben.

Frithjof nickte ihm zu, stand auf und ging um den ovalen Tisch herum. An der ihm gegenüberliegenden Wand befand sich ein großer LCD-Flachbildschirm. Er rief die Bilder des Waldes auf. Schemenhafte Umrisse im Nebel. Gespenster, die schlaftrunken durch das Bild liefen. Einsatzfahrzeuge, deren blaues Licht sich in dem Nebel zu reflektieren schien. Eine triste Umgebung, an einem tristen Tag, kommentierte Frithjof den ersten Eindruck, den auch die Bilder wiedergaben.

»Gib mir die Sonne«, sagte Quint leise und als er merkte, dass Frithjof ihn nicht verstand und die Anderen ihn verwundert ansahen, erklärte er mit erhobenen Händen: »Ich war mit meiner Frau vor ein paar Tagen im Theater. Ibsen, *Gespenster*. ›Mutter, gib mir die Sonne,‹ sagt Osvald zu Frau Alving. 'Die Sonne. Die Sonne.' Am Ende sind beide verrückt.« Mit einer langsamen Bewegung deutete er auf die Nebelbilder.

»Das kam mir in den Sinn. Bei diesem Wetter hier im Norden wird man entweder verrückt oder depressiv – mit Glück nur melancholisch, was dann am Ende mit Pech wieder zurückführt zu: Verrückt und depressiv«, er schüttelte den Kopf und fügte knapp hinzu, sie sollten die Reden eines alten Mannes nicht immer ernst nehmen.

Frithjof scrollte den Bildschirm nach unten und nach den ersten Bildern erkannte man die beiden Pfähle. »Wir haben gestern zwei junge Menschen gefunden, die angebunden an zwei Holzpfählen im Wald mit Pfeilen getötet wurden. Sie waren gefesselt an Fuß- und Handgelenken, mit jeweils vier verschiedenen Arten von Knoten.« Darauf bedacht, keine Vermutungen auszusprechen, rekapitulierte Frithjof den gestrigen Tag und versuchte Alfred, Quint und Gabrielle einen Eindruck von dem zu vermitteln, was sie im Wald vorgefunden hatten. Immer wieder drehte sich Frithjof zu dem Bildschirm und klickte auf einzelne Bilder, die sich vergrößerten, um denen, die nicht vor Ort waren, einen grausamen Eindruck davon zu verschaffen, was dort geschehen war. Als Frithjof das letzte Bild zeigte, schien es wie in Zeitlupe größer zu werden. Es war das erste Bild, das die beiden toten Menschen von Nahem zeigte. Quint und Alfred, die schon viel gesehen hatten, drehten ihre Köpfe abrupt zur Seite, als hätte sie etwas Hartes unerwartet getroffen. Nur war dieser Schlag keine körperliche Gewalt. Sie war schlimmer. Diese Gewalt spielte sich im Kopf, in ihren Gedanken ab. Sie brannte sich ein und würde dort für immer bestehen bleiben.

Frithjof schob mit seinem Finger das Bild an den unteren Bildrand und die nächstfolgende Datei blinkte an der Seite auf: die Körper. »Bei den Bildern der Körper möchte ich auf Blanca warten, sie wird gleich da sein.«

Alfred nickte und wollte wissen, was sie bisher erfahren hatten und wieder lieferte Frithjof einen kurzen, knappen, neutralen Bericht von dem, was Magnus Schuldt ihnen erzählt hatte, über den Wald, das Moor, den See.

»Wie ist der Täter zu der Lichtung im Wald gekommen?«

»Zu Fuß«, antwortete Frithjof. »Es ist unwegsames Gelände. Nur Trampelpfade, Unterholz, Dickicht. Dort kommt man mit einem Fahrzeug nicht durch.«

»Und wie hat er die Pfähle dort hingeschafft?«

»Man muss sie getragen haben«, antwortete Lars und ihm war klar, dass er eine Vermutung aussprach. Entschuldigend sah er zu Frithjof, der ihm bedeutete weiter zusprechen. »Und nicht alleine, dazu sind sie zu schwer.«

Quint, der seine Arme noch immer vor dem Körper hatte, erhob seine Stimme und musterte Frithjof und Lars abwechselnd. »Das heißt, wir haben jetzt schon einmal geklärt, dass wir nicht nur von einem, sondern von zwei Tätern sprechen.« Er machte eine Pause. »Oder müssen wir sogar von weiteren Tätern ausgehen?«

»Wir wissen nur, dass man die Pfähle nicht alleine zur Lichtung bekommt«, kam es von Lars, der sich nun räusperte. »Nach den ersten Untersuchungen am Tatort kann man ausschließen, dass die beiden Menschen über den Waldboden geschleift worden sind. Sie wiesen keine Merkmale von Abschürfungen oder Hämatomen auf, weder an den Füßen und Unterschenkeln, noch am Kopf oder an den Schultern, sollte man sie an den Füßen gepackt und geschleift haben.« Er fuhr sich durch die kurzen Haare und sah wieder in den Block, der vor ihm lag. Nichts von dem, was er sagte, stand dort. Wieder zog er es vor, sich den Blicken zu entziehen. Frithjof lächelte in sich hinein. Ein so großer, starker Mann in einem harten, gnadenlosen Beruf, der den Augenkontakt mit Menschen scheut.

»Weder unter den Achseln oder an den Hand- oder Fußgelenken fanden sich Quetschungen oder Abdrücke, die darauf schließen lassen, dass die beiden fest gepackt wurden.« Lars fragte, ob er eine eigene Einschätzung zu dieser Zeit einwerfen durfte. Quint gestattete es ihm.

»Ich kann mir nicht vorstellen, dass die beiden Menschen getragen wurden. Bei dem Scheißwetter, auf dem rutschigen Boden, wäre man mindestens einmal gestürzt, wenn man einen Menschen in den Armen gehalten hätte. Außerdem, nach Berechnung der Todeszeit, war es dunkelste Nacht, als man über den Boden staksen musste. Wir haben jedoch keine Anzeichen eines Sturzes an den Leichen gefunden.«

Alfred setzte sich in seinem Stuhl zurecht und strich seinen weißen Vollbart glatt. »Wollt ihr sagen, die beiden Menschen sind gegangen?«

»Vielleicht«, sagte Frithjof, »vielleicht wurden sie bedroht, oder sie standen unter Drogen.« Er sog Luft ein und äußerte eine vage Vermutung, die er selber sehr mutig fand. »Oder ein Spiel, bei dem die beiden nicht wussten, wie es endet.«

Gabrielle zupfte an ihrer Unterlippe. »Wäre es nicht ein menschlicher Instinkt zu flüchten?« Sie sah Hilfe suchend in die Runde. »Ich meine, wenn ich bedroht werde und ahne, dass etwas Schreckliches mit mir passieren wird, dann versuche ich doch zu flüchten, egal wie aussichtslos die Situation ist«, Gabrielle deutete auf den Bildschirm. »Es war dunkel. Der Wald bietet viele Möglichkeiten sich zu verstecken, sollte es einem der beiden gelingen zu entkommen.«

Das war einleuchtend, fand Frithjof. Jedoch hatten sie keine Spuren einer Flucht gefunden. Weder wies der Waldboden solche Spuren auf, noch hatten sie auf der Haut der Opfer Anzeichen gefunden, die darauf schließen ließen, dass jemand durch das Unterholz oder das Dickicht gerannt war. Keine Schnitte von Ästen auf dem Gesicht. Keine Erde unter den Fingernägeln.

Quint konnte oder wollte das nicht glauben. »Zwei Menschen werden auf eine Lichtung geführt, hingerichtet und machen keine Anstalten zu fliehen? Keiner dieser beiden Menschen weist Spuren irgendeiner Verletzung auf?« Sein Kopf war gesenkt, die Stimme eisig und scharf. Ihm war unbehaglich bei diesem Verbrechen, von dem er ahnte, dass es noch weitaus schlimmere Ausmaße annehmen würde. »Irgendjemand stellt einfach so auf einer Lichtung im Wald Pfähle auf und niemand, wirklich niemand bekommt das mit?« Das Eis seiner Stimme schien die Anderen für einen kurzen Moment zu lähmen, bis Alfred seine Kaffeetasse auf den Tisch stellte und das dumpfe Keramikgeräusch die Stille unterbrach. »Wie sind die Pfähle im Boden befestigt worden?«

Lars ging auf den Bildschirm zu, wählte einige Bilder aus verschiedenen Dateien aus und öffnete sie. Sie zeigten die unteren Abschnitte der Pfähle und das Erdreich, in das sie eingelassen waren. Er klickte auf eines der Bilder, zeichnete einen Kreis um das Pfahlende und der markierte Bereich wurde blau. Zwei Mal berührte er kurz hintereinander das blaue Feld und es schob sich vergrößert in den Vordergrund. »Es wurden Löcher ausgehöhlt, Zement hineingefüllt und die Holzpfähle darin einbetoniert.«

Quint wurde immer unruhiger. Unablässig strich seine rechte Hand über den silbernen Knauf seines Stockes. »Eine oder mehrere Personen heben unbemerkt in einem Wald Löcher aus und betonieren Holzpfähle darin ein? Dazu braucht man Material, dazu braucht man Zeit!«

»Waren Sie schon einmal in diesem Abschnitt des Waldes, Herr Quint?«, fragte Frithjof. Quint verneinte.

»Ich nehme Sie gerne das nächste Mal mit, wenn wir noch einmal dort hinausfahren. Danach werden Sie sich nicht mehr fragen, warum so etwas unbemerkt geschehen konnte. Dort ist nichts. Gar nichts. Es ist das Ende der Welt. Nur Wald, wohin man sich auch dreht. Kahle Stämme, die nach oben hin noch ein wenig krankes, grünbraunes Leben vermitteln, das auch unten einmal gewesen sein muss.« Vor Frithjof tauchte der Wald auf. Der Nebel. »Als wir gestern dort im Nebel standen, war es, als hätten selbst die Tiere diesen Abschnitt längst verlassen.«

»Gut«, meinte Quint, »was wissen Sie über die Toten?«

»Auch da müssen wir auf Blanca warten. Sie hat Fingerabdrücke genommen und heute Nacht noch durch den Rechner gejagt«, antwortete Lars. »Vielleicht haben wir Glück und wir haben eine Übereinstimmung.«

»Wie alt waren die beiden Menschen?«, wollte Gabrielle wissen.

»Wir haben sie auf Ende zwanzig geschätzt. Anfang dreißig. Nicht älter.«

Gabrielle, die fast die ganze Zeit geschwiegen hatte, was ungewöhnlich für sie war, hatte entsetzt auf die Bilder gesehen. Sie faltete ihre Hände auf ihrem Schoß und mehr zu sich, als zu den Anderen, flüsterte sie. »Was können solche jungen Menschen nur getan haben, dass sie jemand dort draußen anbindet und hinrichtet?«

Niemand antwortete. Was haben sie getan, dass so etwas Grauenhaftes geschehen war? Und was, fragte sich Frithjof, war mit dem oder den Tätern passiert, um diese Tat zu ermöglichen? Was hatte dazu geführt, dass die Hemmschwelle, einen anderen Menschen zu töten, ihn in diesem Falle gar hinzurichten, überwunden wurde?

Jetzt war er bei der Frage, die ihre Arbeit ausmachte. Die Frage, die sie immer wieder straucheln ließ; die sie Wege gehen ließ, die oft falsch und verwirrend für die weitere Arbeit waren. Es war die Frage nach dem Motiv.

Noch war alles wie der Wald an jenem Frühlingsmorgen. Neblig und undurchdringlich. Nur langsam würde sich der Morgennebel lichten und eine Wahrheit zutage bringen, von der sie sich im Nachhinein gewünscht hätten, sie wäre für immer im Verborgenen geblieben.

Alfred ordnete eine Pause von fünfzehn Minuten an, in der jeder für sich sein sollte. Dieses Vorgehen hatte ihnen schon oft geholfen, neue Erkenntnisse zu gewinnen. Niemand redete dem Kollegen in seine Gedanken. Jeder konnte sich das soeben Gehörte zurechtlegen, neue Fragen zurechtlegen, Gedankenstränge neu ordnen, Falsches verwerfen.

Als Frithjof am gekippten Fenster des Ganges eine Zigarette rauchte und frischer Wind ihn frösteln ließ, kam Blanca auf ihn zu. Energischen Schrittes erreichte sie ihn. In der Hand hielt sie mehrere Din A 4 Blätter, die sie ihm hinhielt. »Der Junge hatte Aids«, teilte sie ihm ohne Umschweife mit und sah ihm in die Augen. Einen Moment verarbeitete er diese Information und warf den Zigarettenstummel aus dem Fenster.

»Und das Mädchen?«

»Sie war auch positiv. Die Krankheit war aber noch nicht ausgebrochen.« Sie sah in die Unterlagen, »und ich kann euch sagen, wie der Junge hieß: Johann Braun.« Sie stemmte eine Hand auf ihr Becken und sah ihn herausfordernd an. »Na, wie bin ich?«

»Großartig! Woher hast du den Namen?«

»Aus unserem Polizeicomputer, ob du es glaubst oder nicht. Manchmal hat man doch mal einen Treffer. Er war dort registriert. Blutgruppe wie Fingerabdruck. Der Abdruck auf der Spielkarte stammt von dem Opfer. Er war vor gut neun Jahren der aktiven Sterbehilfe angeklagt. Es ging damals um seine Großmutter, die krank war. Beweisen konnte man ihm im Nachhinein nichts. Aufgenommen und gespeichert hatte man seine Daten trotzdem.« Blanca griff nach Frithjofs Zigarettenpackung, die er auf die Fensterbank gelegt hatte, und zündete sich eine Gauloise an. »Mit der Information über seine Krankheit, habe ich heute Morgen eine Freundin im Krankenhaus angerufen und sie nach Adressen von Betreuungsstellen für HIV-Positive und nach Hospizen und Forschungseinrichtungen gefragt.« Sie blies Rauch aus und schnippte Asche durch den Fensterspalt. »Und wie es der Zufall wollte, fand sie den Namen Johann Braun in einer der Listen für ein Forschungsprogramm namens HiV4, das in der Nähe von Kiel, genauer in Seebad, seinen Sitz hat. Dort werden an HIV-positiven Patienten neue Medikamente getestet und erforscht. Der Bund sowie die EU stecken Gelder in diese Forschungseinrichtung – das sagt jedenfalls das Internet, wo ich nach dem Gespräch mit meiner Freundin nachgesehen habe. Online habe ich mir dort Infobroschüren bestellt und telefonisch beim Marburger Bund um einen dringenden Faxabruf gebeten. Anscheinend hat HiV4 ein Hospiz an das Forschungszentrum angeschlossen, wo sie ihre *Probanden* nach den Testreihen bis in den Tod begleiten.«

Frithjof war beeindruckt. »Du bist einmalig, Blanca!« Freudig klatschte er in die Hände. Selten wussten sie wenige Stunden nach dem Tod eines Opfers so viel wie jetzt. Egal, ob das Forschungszentrum in Seebad etwas mit den Morden zu tun hatte oder nicht. Auf jeden Fall half es, die Geschichte eines der Opfer zu erzählen. Vielleicht auch die des Mädchens. »Weißt du auch etwas über das Mädchen?«

»Nein, noch nicht. Sie war nicht im Programm gemeldet und auch nicht in unserer Datei.« Sie warf wie Frithjof die Zigarettenkippe aus dem Spalt des Fensters. »Du solltest aufhören zu rauchen, Frithjof, das ist ungesund.«

»Sicher«, kommentierte er und deutete ihr an, mit in sein Büro zu kommen.

Mit frischem Kaffee ausgerüstet bat Frithjof Blanca noch einmal zu wiederholen, was sie ihm soeben mitgeteilt hatte. »Wir brauchen die Unterlagen von damals«, wies Quint an und sah zu Gabrielle. »Besorgen sie die entsprechenden Dokumente. Wer weiß, ob es da jemanden gab, dem es nicht gepasst hat, dass Johann Braun nicht verurteilt wurde, auch wenn die ganze Sache fast ein Jahrzehnt zurückliegt.«

Gabrielle nickte und notierte sich etwas auf ihrem Block.

Quint forderte Blanca auf, mit ihrem Bericht fortzufahren. Die junge Frau reichte Lars einen Datenträger. Nach kurzer Zeit tauchten weitere Dateien auf dem Bildschirm über ihren Köpfen auf. *Leichenöffnung* stand in der ersten Zeile, darunter in verschiedenen Ordnern: Bilder Körper/ makroskopische Untersuchung/ Organe/ histologische Befunde/ Serologie/ klinische Befunde/ toxikologische Befunde. Blanca ging an den Bildschirm und tippte auf den ersten Ordner: Bilder Körper/ makroskopische Befunde.

Es gab weitere Unterordner. Verschlossen standen sie neben Kreuzen. Bevor sie auf das erste Kreuzchen drückte, sah sie sich noch einmal um und fragte vorsichtig, ob alle Anwesenden bereit seien.

8

Unter- und nebeneinander erschienen auf dem Bildschirm Bilder der beiden Toten. Von dem Jungen hatten sie einen Namen, Johann Braun. Mit ihm fing Blanca an. »Die makroskopischen, also die mit bloßem Auge sichtbaren Merkmale sind die Ein- und Austrittswunden. Der Schuss durch das Herz scheint aufgesetzt gewesen zu sein. Die Haut ist wenig aufgeplatzt oder auseinander gerissen wie bei den anderen Wunden.« Sie drehte sich zu ihren Kollegen. »Man kann sich das ungefähr so vorstellen: Man wirft einen Stein in einen See. Wenn man ihn knapp über dem Wasser hineinfallen lässt, entstehen fast keine Spritzer auf der Oberfläche, anders bei einem Fall aus großer Distanz. So geschehen bei dem Schuss durch das Herz. Genau das Gleiche bei dem Mädchen.« Sie wandte sich dem Bildschirm zu und tippte mit einem Finger auf ein weiteres Bild. Es zeigte die gefesselten Hände des Jungen. Weiße Haut unter den Nägeln. Verrunzelte Haut. Diese Hände, dachte sich Fritjof, hatten einmal nach dem Leben gegriffen. Sich angelehnt, jemanden umarmt, etwas erforscht. Jetzt erkannte er rote Linien um die Handballen und die Handgelenke.

»Punktuelle Blutungen, die auf eine Quetschung hinweisen. Das Blut staute sich. Wir erkennen es an der Hautoberfläche durch diese Merkmale. Das heißt, die Schnüre müssen den Opfern noch lebend wehgetan haben. Dasselbe an den Füßen, sowohl bei dem Jungen als auch bei dem Mädchen.« Sie klickte das Bild klein und öffnete ein anderes. Auf dem Brustkorb des jungen Mannes erkannte man zwei kleine bräunlich-schwarze Male, die etwa die Größe eines zwei Euro Stückes hatten. »Im Wald dachte ich, es wäre Schmutz. Da war all das Blut und erst nach der Säuberung der Leichen erkannte ich, was es war. Es sind Karposi-Sarkome. Aus diesem Grunde habe ich bei den klinischen Untersuchungen schon fast sicher gewusst, dass der Junge HIV-positiv war. Bei Vorhandensein der Sarkome ist es wahrscheinlich, das bei ihm das Virus ausgebrochen war. Die Ergebnisse bestätigten meine Vermutung. Von meinen weiteren Telefonaten habe ich euch schon erzählt.« Wieder klickte sie das Bild fort. Sie wollte ihre Kollegen nicht unnötig mit dem Anblick strapazieren. Blanca wies auf die kleinen Bilder, ohne sie zu vergrößern. »Alle weiteren Verletzungen sind durch die Pfeile entstanden. Die Gerinnung des Blutes an den Wunden lässt den Schluss zu, dass die Pfeile in größeren Intervallen auf die Opfer abgegeben wurden.«

»Das heißt, sie wurden dort aufgehängt, erschossen und dann ließ man sie hängen um von Zeit zu Zeit *wieder* auf sie schießen?«, fragte Gabrielle entsetzt.

»So sieht es aus. Wie Zielscheiben.« Blanca räusperte sich. »Die Bilder von den Verletzungen, die die Vögel verursacht haben, habe ich gesondert gespeichert, die müsst ihr euch nicht zwingend ansehen. Diese Verletzungen sind nach dem Tode entstanden, also für die Beweisaufnahme nicht wichtig. Für euch o. k., oder?«

Die Anwesenden nickten. Blanca löschte die Bilder von dem Bildschirm und öffnete den nächsten Ordner: toxikologische Befunde. Hier gab es eine Tabelle, die sie kurz erläuterte. »Der Drogentest fiel negativ aus. Keine Drogen, kein Alkohol.«

Lars meldete sich zu Wort. »Das heißt, die sind da einfach so hochgegangen? Sie haben sich nicht gewehrt? Sie waren bei vollem Bewusstsein?«

»Die Untersuchung auf medikamentöse Einflüsse ergab einige seltsame Kombinationen, die ich nicht zuordnen konnte. Wir wissen aber, dass Johann Braun an einem Forschungsprogramm teilnahm. Da ist es natürlich, dass ich einige Verbindungen nicht zuordnen kann. Was diese Medikamente bewirkt haben, kann ich nicht sagen. Da müssen wir auf Informationen der Ärzte des Programms warten.«

Sie setzte sich, schloss das Programm und nahm einen Zettel zur Hand. »Alle anderen Untersuchungen, klinisch wie serologisch, lassen bei beiden keinen Schluss auf fremden Einfluss zu. Die serologischen Untersuchungen des Jungen weisen Hepatitis B und C nach, sowie HIV 1 / 2. Außerdem sichtbar das Karposi-Sarkom und Veränderungen des Blutbildes.

Wenn jetzt noch eine Infektion dazukommt, ist das Immunsystem komplett überfordert und bricht zusammen.«

»Und das Mädchen?«, fragte Gabrielle.

»HIV 1 / 2. Noch kein Ausbruch der Krankheit. Kein Hepatitis A, B oder C. Keine Lungenentzündung. Hier auch ein Medikamentencocktail, den ich nicht zuordnen kann, jedoch anders zusammengesetzt als bei Johann Braun.«

Stille machte sich breit. Zwei junge Menschen wurden ermordet. Warum bringt man zwei Menschen um, die vielleicht eh bald sterben werden? Was verbirgt sich dahinter?«, fragte sich Frithjof. Die Beklommenheit aller war spürbar. Er ordnete eine Pause an. »Durchlüften. Den Raum und die Köpfe. Dann machen wir weiter. Danke, Blanca, für den Bericht.« Alle erhoben sich schweigend.

9

Stumm standen sie auf dem Flur am Fenster. Blanca und Frithjof rauchten eine Zigarette. Lars schaute in den grauen Himmel. Sie alle würden die Bilder der Leichenöffnung nicht so schnell vergessen. Alfred wurde von seiner Sekretärin in sein Büro gerufen. Für einen kurzen Moment verabschiedete er sich. Gabrielle setzte neuen Kaffee auf und lüftete das Büro.

Frithjof überlegte, was nun zu tun war. Die nächsten Stunden waren die Wichtigsten für die Spurensuche. Jetzt durften sie nichts übersehen, durften sich nicht verfransen, sich nicht einer falschen Theorie hingeben, die dem, oder den Tätern, einen Vorsprung geben würde. Nichts durfte jetzt übersehen werden. Nur, wie konnte man etwas nicht übersehen, was man gar nicht sah? Die Kollegen am Fundort mussten befragt werden, ob die Hausbefragung etwas ergeben hatte. Jemand musste sich um die Knoten kümmern, die in ihrer verschieden geknoteten Art vielleicht eine Bedeutung hatten. Einer von ihnen musste den Fall Johann Braun sichten, herausfinden, wer all die Jahre nach dem Tod der Großmutter vielleicht ein Motiv haben könnte, den Enkel zu ermorden. Aber warum auch die Freundin? Das leuchtete ihm noch nicht ein? Und wer könnte einen Nutzen daraus ziehen, die Sterbehilfe so spät zu rächen? Würde man all die Jahre warten? Und wenn ja, war die Frage: Warum *jetzt* diese grausame Tat?

Jemand müsste sich bei HiV4 über Johann Braun informieren. Seine Krankengeschichte in Erfahrung bringen. Wie stand es um ihn? Nahm er noch an den Tests und Forschungen teil oder war er bereits in dem Hospiz?

Wieder ein Anderer musste sich um die Pfeile und die Armbrust kümmern. Wo konnte man eine solche Apparatur kaufen? In der Gegend? Im Internet? Wie teuer war eine solche Waffe? Wie leicht war sie zu besorgen? Vielleicht konnte ihnen der junge Förster helfen. Er sollte heute noch wegen der Knoten befragt werden. Außerdem mussten sie ihn noch einmal fragen, ob er in der letzten Zeit ungewöhnliche Aktivitäten im Wald bemerkt hatte.

Was war mit dem Boot? Hatte es etwas mit dem Fall zu tun? Oder war es rein zufällig dort im Schilf? Und die Spielkarten? Ein Herz Bube und ein Kreuz As. Was hatte es damit auf sich? Ebenso der schwarze Fahrer der Enduro. Zuerst schien es purer Zufall gewesen zu sein, dass er vor Westfahlens Haus aufgetaucht war. Aber dann war da die Sache mit der Scheune. Was hatte er dort getan? Hatte die Gestalt die Karte dort platziert oder war die Karte schon vorher dort gewesen, als man das Boot entwendet hatte?

Noch viel mehr Fragen schwirrten Frithjof im Kopf herum. Schon jetzt wusste er, nur mit Lars alleine konnte er dies alles nicht bewältigen. Gabrielle konnte ihnen die Fleißarbeit, wie zum Beispiel Akten sichten oder die Protokolle der Hausbefragung durchgehen, abnehmen. Alles andere blieb an ihm und Lars hängen. Im Winter hatten sie für all das noch Sabine zur Verfügung gehabt, die mittlerweile ihr erstes Kind bekommen hatte. Hochschwanger war sie zuletzt zum Dienst erschienen und meinte, was solle sie zu Hause. Frithjof akzeptierte es, solange es ihr gut ging.

Die Stelle war bisher nicht wieder besetzt worden. Das hatte nichts mit der finanziellen Situation der Polizei zu tun, sondern eher etwas mit Frithjof und seinem Team. Alfred, sein Vorgesetzter, bemerkte einmal spitz, »wer bei euch ins Team kommt, sticht sozusagen in ein Wespennest. Da hat es ein Neuer oder eine Neue schwer. Da muss man schon genau wählen.«

Und genau jetzt bräuchten sie jemanden, dachte Frithjof, der gerade in sein Büro zurückgehen wollte, als Alfred in der Flurtür stand und Frithjof zu sich winkte.

»Frithjof, ich stelle dir jemanden vor, von dem ich glaube, dass er in dein Team passt«, sagte sein Chef, als er mit ihm den Gang entlang ging. »Ich habe an der Akademie angerufen und nach dem Besten des Jahrgangs gefragt.«

Alfred konnte seine Ausführungen nicht zu Ende bringen, da Frithjof ihn unterbrach. »Von der Akademie? Alfred, bitte! Ich möchte Leute haben, die ich nicht ständig beaufsichtigen muss, wie im Kindergarten.« Er schüttelte den Kopf. »Niemand hat bis jetzt Erfahrungen mit der Akademie gemacht. Niemand weiß genau, was diese neue Kieler Idee bringen wird.

Polizeiarbeit, Profiling, Psychologie, Spurensicherung und all das, was die amerikanischen Serien den Menschen von unserer Arbeit vermitteln.«

Frithjof merkte, wie sehr er sich selbst widersprach. Noch vor wenigen Minuten wollte er dringend jemanden in seinem Team und jetzt passierte das, was Alfred mit dem Wespennest meinte. Noch bevor man jemanden gesehen hatte, pöbelte man los und protestierte.

»Es ist eine Chance«, war das einzige, was Alfred sagte, der offen war für die neue Akademie, die die Polizei in eine neue Zukunft bringen sollte.

»Hat sich sonst niemand auf die Stelle beworben?« Er sah seinen Chef an.

»Ich bin ehrlich, du und deine Kollegen haben einen gewissen Ruf«, er druckste herum und verzog seine Mundwinkel. »Das mit dem Wespennest habe ich dir glaube ich schon einmal gesagt.«

»Hast du. Und was für ein Ruf?«

»Keinen schlechten, soviel zu deiner Beruhigung, aber deine Methoden, dein Führungsstil, dein – oder vielmehr *euer* Umgang miteinander, dieses Freundschaftliche und doch Zerstörerische, bis zum Letzten gehen, mit dem Kopf durch die Wand, dass selbst Quint bald nicht mehr weiß, wie er euch aus manchen Situationen rausboxen soll, haben zu diesem Ruf beigetragen, sodass es wirklich niemanden gab, der sich auf Sabines Stelle hin beworben hat.«

»Aber musste es jemand von der Akademie sein?«

»Wer sonst, Frithjof?«

»Sehr jung?«

»Siebenundzwanzig.« Gerade als Frithjof etwas sagen wollte, hob Alfred die Hand, »Lars ist nur fünf Jahre älter, also fahr runter.« Väterlich legte er Frithjof eine Hand auf die Schulter. »Sieh ihn dir erst einmal an, bevor du ihn verurteilst.«

Frithjof blieb gar nichts anderes übrig, also nickte er und fragte seinen Chef, was er von dem ominösen Ruf hielt, da Alfred derjenige war, der die Verantwortung über die einzelnen Abteilungen hatte.

»Ich mag dich, Frithjof, und ich mag deine Kollegen. Das reicht. Ich werde hinter euch stehen, wenn es nötig ist. Das weißt du. Ich werde dir aber auch in den Arsch treten, wenn die Kacke am Dampfen ist!« Beide lachten. Beide vertrauten und mochten einander.

Sie gingen durch das Treppenhaus ein Stockwerk hinauf. Alfred meinte schnaufend, es werde langsam Zeit, den Fahrstuhl zu reparieren.

»Alfred, hier gibt es keinen Fahrstuhl.«

»Ich weiß. Das ist ja das Problem.«

Kollegen grüßten, Handys klingelten, eine Frau schrie aus dem untersten Stockwerk. Als sie vor Alfreds Büro standen, stoppten sie, und bevor Alfred die Tür öffnete, drehte er sich noch einmal zu Frithjof um. »Ich kann mich noch genau an den Tag erinnern, als du hier anfingst. Unerfahren, voller Tatendrang, immer eine andere Meinung als die anderen Kollegen. Du hast dir deinen Platz hier erkämpft. Jahr für Jahr. Ich habe dich immer wie einen Sohn gesehen und als vorhin der Junge aus Kiel in mein Büro kam, da hatte ich das Gefühl, als würde das alles noch einmal beginnen. Gott bewahre! Aber gedacht habe ich es. Gib ihm eine Chance. Du hast sie auch bekommen. Sei nicht unfair.« Er lächelte Frithjof an. Verlegen strich der sich durch die Haare und drückte Alfreds mächtigen Körper an sich. Eine der wenigen persönlichen Gesten, die Frithjof in der Öffentlichkeit zeigte. »Er bekommt seine Chance«, versicherte Frithjof und sie betraten das Büro.

Am Fenster stand Robert van Versendaal und sah hinaus. Als er sich zu ihnen herumdrehte, lächelte er zaghaft. Seine schönen kleinen Lippen passten zu der geraden kurzen Nase und in seinem weichen, schmalen Gesicht zeigte sich etwas verletzlich Sensibles. Mit einem kräftigen Händedruck begrüßte er Frithjof und stellte sich mit einer unerwartet tiefen Stimme vor. Um seinen Mund tauchten mehrere Falten auf, als er sprach. Seine dunkelblonden Haare waren bis kurz vor die Augenbrauen zu einem modischen Scheitel gezogen. Fein geschnittene Koteletten reichten bis zu den Ohrläppchen. Hinter einer schwarz gerahmten Brille leuchteten braune Augen. Seine Statur, in einem schwarzen, eleganten Anzug, war gerade und kräftig, wie die eines Ruderers oder Schwimmers. Frithjof dachte an jene schönen Menschen, die nicht wussten, dass sie bildhübsch waren und sich immer wunderten, Ziel der Begierde zu sein. Robert van Versendaal war einer davon.

Nach einem kurzen Begrüßungsgeplänkel und dem beiderseitigen Einverständnis, dass das Duzen in Frithjofs Abteilung normal wäre, fragte er Robert, ob er wisse, auf welches Team er sich da einlasse und sah zuerst Robert, dann Alfred an.

»Ich habe mir die Akten deiner letzten Fälle kommen lassen. Interessante Vorgehensweisen«, meinte er mit einem Lächeln. »Ziemlich riskant die Sache im Winter, als ihr in der Wohnung des Verdächtigen gewesen seid. Das hätte schief gehen können.«

Frithjof war überrascht, dass es so leicht war, sich die Akten kommen zu lassen, noch mehr überraschte ihn Roberts Offenheit. Immerhin war es das erste Treffen und gleich mit der Tür ins Haus zu fallen und seine Arbeit in Frage zu stellen, fand Frithjof ungewöhnlich, jedoch nicht negativ. Ihm gefiel diese Offenheit. Er hasste nichts mehr, als Menschen, die mit ihrer Meinung hinter dem Berg hielten. »Wenn wir uns immer an die Richtlinien halten würden, käme so mancher ohne Verurteilung davon.« Er steckte beide Hände in die Hosentaschen und schüttelte unmerklich den Kopf. »Eine Waffe zum Beispiel, dürfen wir tragen, abfeuern dürfen wir sie aber erst nach mehrmaligen Ankündigungen – oder dann, wenn auf uns schon fünfzehn Mal geschossen wurde.« Das war überspitzt gesagt, das wusste er. »Oder wir drohen einem Entführer, der ein Kind noch immer irgendwo versteckt hält. Um das Leben des Kindes zu retten, fassen wir ihn nicht mit Samthandschuhen an, warum auch? Schließlich wollen wir Informationen, die uns zu dem Kind führen. Nur, was passiert in diesem Land? Weil der arme Entführer eine Mimose ist, ein Müttersöhnchen, verklagt er die Polizei, weil *ihm* wehgetan wurde!« Frithjof lachte verächtlich. »Und bekommt in Deutschland sogar Recht! Und wenn so etwas in diesem Land möglich ist, können auch wir uns manchmal etwas außerhalb der Vorschriften herausnehmen.«

»Und tut es denen gleich, die du gerade angreifst.«

»Ich hole mir das zurück, was uns die Rechtsprechung genommen hat, weil in den letzten Jahren die Täter mehr Rechte bekommen haben, als die Opfer. Ich tue es ihnen gleich, weil ich am Ende den Eltern dieses Kindes in die Augen sehen kann, ohne ein schlechtes Gewissen zu haben.«

Alfred hatte sich hinter seinen Schreibtisch gesetzt, die Hände auf seinem Bauch gefaltet und die beiden Männer amüsiert beobachtet. Er wusste insgeheim, dass sie zusammenpassten. Es konnte nur gut für Frithjof sein, auch mal ein Contra zu hören und für Robert war es mehr als nur eine Lehrstunde außerhalb der Theorie der Akademie.

In einer Pause des Gespräches räusperte er sich und fragte Frithjof, wie er Robert einteilen wolle.

»Schreibtischarbeit«, er zuckte mit dem Schultern, »keine dankbare Arbeit, aber wann ist es das in unserem Beruf schon?« Mit einem Nicken verabschiedete sich Frithjof von Alfred und schob Robert hinaus auf den Gang. »Ich werde dir alle Unterlagen, die wir bisher haben, zusammentragen lassen. Geh die Sachen durch«, er stutzte, »was ist das mit dem Profiling, das ihr auf der Akademie lernt? Wie schnell kannst du uns ein Täterprofil erstellen?«

»Das kommt auf die Unterlagen an. Je mehr ich bekomme, umso detaillierter kann ich ein Bild von dem Menschen zeichnen, den wir suchen.«

»Wir gehen davon aus, dass es vielleicht mehrere Täter sind und nicht nur einer.«

»Dann wird es schwieriger. Weil es ein noch größeres Puzzle ist, bei dem man die richtigen Teile den entsprechenden Personen zuordnen muss. Da kann es passieren, dass man vollkommen daneben liegen kann.« Sie setzten ihren Gang fort und gingen hinunter, in ihr Stockwerk. »Was wissen wir über das Opfer?«

»Zwei Opfer. Es ist kein Fall aus dem Lehrbuch. Kein Toter mit einem Messer im Rücken, drei Verdächtige, die kein Alibi haben und wo wir schauen müssen, welcher der Verdächtigen das stärkste Motiv hat. Die Realität ist nun mal etwas komplizierter.«

»Nur weil ich frisch von der Akademie komme, heißt das nicht, ich wüsste nicht, dass es mehr gibt, als die Fallbeispiele.«

»Du hast Recht, entschuldige.« Kurz skizzierte er das, was sie von Johann Braun wussten, verwies aber auf Blancas Unterlagen, die er sich durchlesen sollte.

Aus dem Kopierraum neben ihnen kam ein lautes Fluchen. Lars stand vor dem geöffneten Kopierdeckel, in den Händen Papiere, zu seinen Füßen zerknüllte Zettel. »Welche hohle Birne hat diese Papiere hier draufgelegt? Das Tipp Ex war noch nicht trocken.« Er stampfte mit dem Fuß auf. »Scheiß Schmierkram!« Etwas verlegen ob seines Wutausbruchs, lächelte er Frithjof und Robert an. Frithjof stellte die beiden Männer einander vor.

»Traut sich doch einer zu uns? Lars Hennings, angenehm.«

»Robert van Versendaal.«

Einen Moment musterte Lars sein Gegenüber.

»*Der* van Versendaal?« Lars trat unbemerkt einen Schritt zurück.

»Ich weiß nicht, wie viele du kennst.« Robert lehnte sich an den Türrahmen.

»Der Bankierssohn Versendaal?«

»Ja.« Sein Blick war direkt auf Lars gerichtet. Seine Haltung war locker, lies jedoch erahnen, dass er nicht weiter ausgefragt werden wollte.

Lars verstand und ging zu seinen Papieren. »Ich bin sicher, dir gefällt es bei uns. Wir sind zwar alle ein wenig verrückt, aber wer ist das nicht?« Er lachte etwas aufgesetzt. Frithjof wusste nicht recht, was das hier gerade bedeuten sollte. Ihm hatte der Name Versendaal zwar etwas gesagt, konnte sich aber nicht erinnern, was. Später würde er Lars danach fragen.

Gabrielle trat zu den Dreien. Sie begrüßte Robert herzlich, wuselte dann aber schnell zu dem Kopiergerät, wo sie die zerknüllten Papiere zusammensammelte.

»War das hier dein Werk?«, wollte Lars wissen.

»Nein, das war die neue Kollegin«, kam es knapp von Gabrielle. »Irgendwas muss hier kolossal schief gelaufen sein. Auf jeden Fall hat sich Frau Bommel für zehn Minuten zurückgezogen, um sich zu sammeln.«

»Zu sammeln?« Frithjof sah sie ungläubig an.

»Ja, sie sammelt sich. Negative Schwingungen, oder was sie da gebrabbelt hat.«

»Die negativen Schwingungen haben sich hier als Papierstau entladen«, meinte Lars lakonisch und konnte noch nicht wissen, dass wenn er in wenigen

Minuten den Kopierraum verlassen würde, er laute *Omms* und *Emms* vernehmen sollte, die aus der Damentoilette kamen.

10

Frithjof hatte ein gutes Gefühl bei Robert. Es gefiel ihm, zwei junge Kollegen um sich zu haben. Dann waren da noch Blanca und Gabrielle und er dachte insgeheim, dass das eine sehr gute Kombination war. Etwas mulmig wurde ihm bei dem Gedanken an Frau Bommel und noch konnte er nicht ahnen, wie Recht er haben sollte.

Nach einer kurzen Begrüßungs- und Vorstellungsrunde, teilten sie die Aufgaben auf. »Geht gleich los, Robert. Musst dich so in die Gruppe reinschnuppern.«

»Das krieg ich schon hin«, meinte der und ordnete die Papiere, die man ihm gereicht hatte. Gabrielle bemerkte, nur weil ihr Enkel ihr seit dem letzten Winter das Internet versuchte nahe zu bringen, sei sie nicht die Richtige, nach den Armbrüsten zu surfen – was sie auch aussprach, wie geschrieben: sur-ven. Auch diese Aufgabe übernahm Robert.

Gabrielle durfte sich den Fall von damals zu Gemüte führen, sowie mit Robert einen Lebenslauf von Johann Braun erstellen und versuchen, das Leben, das er geführt hatte, zu rekonstruieren.

Frithjof würde sich um HiV4 kümmern und nach Seebad fahren, Lars sollte sich bei den Seeterrassen und in der Umgebung umschauen. Herr Westfahlens

Angestellte mussten befragt werden, ob sie etwas in der letzten Zeit bemerkt hatten. Das Boot fiel in seinen Aufgabenbereich, ebenso der Förster Magnus Schuldt. Er sollte, gemeinsam mit dem jungen Mann etwas über die Knoten in Erfahrung zu bringen. Blanca nahm sich die Baumstämme vor, das Erdreich darum herum und den Zement. Ebenso würde sie Druck machen bei den Untersuchungen der Pfeile, der Seile und des Fingerabdruckes auf der Spielkarte.

Es war früher Nachmittag geworden, als Frithjof aus dem Polizeipräsidium trat. Die Luft war feucht, der Himmel noch immer wolkenverhangen. »Scheiß Wetter, scheiß Stadt«, grummelte er. Er zog seinen Mantel enger um sich und trat auf den Parkplatz hinter dem Gebäude. Mit einem Druck auf den Schlüssel betätigte er die Entriegelung eines Audis, der ihm für diesen Tag zugewiesen worden war. Es wurde Zeit, dass er seinen eigenen Wagen bekam. Seit dem Winter, als er seinen privaten Wagen, den er zum Dienst benutzte, gegen eine Mauer gefahren hatte, hasste er es, ständig Sitze und Spiegel verrücken oder richten zu müssen. Wie in dem Fall des Audis. Als er die Tür öffnete, glaubte er zuerst, ein Hobbit wäre im Auto gewesen. Mit großer Kunstfertigkeit gelangten seine langen Beine und dann sein restlicher Körper hinter das Lenkrad, wo er für einen Moment stecken blieb. Verzweifelt suchte er den Knopf für die Sitzverstellung, den er nicht finden konnte. Umständlich bekam er den Schlüssel in das Zündschloss und er hoffte nun, ein kleines Lämpchen würde irgendwo aufleuchten. Nichts geschah. Er begann zu schwitzen, sein Körper hatte sich total verkeilt. Zu allem

Überfluss sprach eine ruhige, weibliche Stimme aus den Lautsprechern zu ihm. »Bitte schnallen Sie sich an. Sie haben Ihren Sicherheitsgurt noch nicht aktiviert.«

»Wie auch?«, stöhnte er und ruderte mit einer Hand ins Freie.

»Bitte schnallen Sie sich vor der Fahrt an.«

»Stell erst mal den Sitz nach hinten, dann kann ich mich auch anschnallen«, fluchte er.

»Sie haben Ihren Sicherheitsgurt noch nicht aktiviert.«

»Du hohle Birne, halt's Maul!« Er reckte den Kopf ins Freie und schrie: »Hilfe!«

Ein Streifenpolizist kam auf ihn zu und konnte sich ein Lächeln nicht verkneifen. »Verzweifeln Sie an der Technik, Herr Arndt?«

»Eher an der Trine aus den Lautsprechern. Ich krieg den Sitz nicht nach hinten.«

Der junge Mann beugte sich ins Innere und betätigte einen versteckten Knopf unterhalb des Sitzes und er glitt geräuschlos nach hinten.

»Woher soll man ahnen, dass *da* der Knopf ist?«

»Bitte schnallen Sie sich an.«

»Gleich bist du fällig!«

Als er auf dem Weg nach Seebad war, fragte er sich, warum die Menschen sich hier wohl fühlten. Vielleicht war es der Zusammenhalt hier auf dem Land, den sie mochten. Jeder kannte jeden. Man traf sich in den kleinen Städten und Dörfern und war nicht alleine. Wie eine eingeschworene Gemeinschaft lebte man zusammen. Die Jahreszeiten zauberten Tausende von

Farben, und Bräuche aus längst vergangenen Zeiten wurden hier erhalten. Man pflegte die plattdeutsche Sprache – auch eine Identifikation mit dem Land.

Nach einer Weile kam ihm die Inschrift der Kapelle in den Sinn. *Ich bin das A und das O. Der Anfang und das Ende.*

War es ein Zufall, dass die Waldkapelle dort stand? Hatten die Täter bewusst den Tatort nahe an der Kapelle gesucht? War da wirklich etwas, was in der Vergangenheit ruhte? Hatte es mit dem Tod der Großmutter zu tun?

Ich räche mich. Nach all den Jahren. Du konntest mir nicht entkommen. Bedenke, ich bin das A und das O.

Und das Mädchen? Musste sie sterben, weil sie einfach am falschen Ort war? Den falschen Freund hatte?

Frithjof stutzte. Gehörten die beiden zusammen? Was, wenn die beiden Menschen getrennt voneinander ausgesucht worden waren und sie dort gemeinsam hingerichtet worden waren.

Wer war das Mädchen? Was gab es in ihrer Vergangenheit, dass es zu einer solchen Tat kommen konnte?

Was war mit der Kleidung der beiden Opfer? Wieso hatten sie sich freiwillig ausgezogen? Es musste freiwillig geschehen sein, überlegte Frithjof. Hätte man sie gezwungen, wären Kampfspuren auf der Haut gewesen – da war jedoch nichts. Nichts unter den Fingernägeln, nicht die kleinste Abschürfung und auch keine Blutergüsse.

Zwei Menschen gehen durch den dunklen Wald.

Sie flüchten nicht. Sie sind bekleidet. Vor den Pfählen ziehen sie sich aus. Sie werden an die Pfähle gebunden. Von Pfeilen hingerichtet.

Das ergab keinen Sinn. Niemand würde mitmachen, ohne sich auch nur ein Stück weit zu wehren.

Freiwillig? Er schüttelte den Kopf. Wer würde sich so etwas antun? Wenn man das wollte, würde man Tabletten nehmen, eine Waffe, eine Rasierklinge. Oder würde einen Schlauch vom Auspuff in ein Wagenfenster leiten und den Spalt mit Handtüchern stopfen. Aber nicht diese Art des Todes wählen. Der Junge war krank, Frithjof konnte nicht glauben, dass jemand so verzweifelt sein könnte, um auf diese Art zu sterben. Das ergab keinen Sinn. Es gab immer noch das Risiko, dass etwas schief ging. Es nicht schnell passierte, man litt. Was, wenn der Herzschuss nicht präzise war. Dieses Leiden konnte sich keiner wünschen.

Nur, welche Menschen würden sich überhaupt ein solches Leiden wünschen wollen?

Er schaute kurz zu den Wolken. Warum geschah diese Tat jetzt? Warum nicht im Sommer? Was hatte der Frühling damit zu tun? War das Verbrechen an der Großmutter ebenfalls im Frühjahr geschehen? Gabrielle würde ihm das später sagen können.

Nach fast zwei Stunden Fahrt fragte er sich zu dem Forschungszentrum durch und stand schließlich vor einem großen Tor, das mit einem metallenen Gitter verschlossen war. Vom Auto aus konnte er einen Knopf an einer Gegensprechanlage drücken. Über ihm befand sich eine Kamera, die auf ihn und das Auto zoomte.

»Bitte«, kam es knapp aus dem kleinen Kasten.

»Hauptkommissar Arndt, Kripo Itzehoe, ich müsste jemanden sprechen, der Johann Braun betreut hat. Er war Patient bei Ihnen.«

»In welcher Angelegenheit?«

»Muss ich das mit diesem kleinen Ding hier besprechen?«, fragte er etwas unfreundlich.

»Ja, das müssen Sie. Und hinter diesem kleinen Ding befindet sich ein Mensch, also nicht so abfällig, bitte. Halten Sie bitte Ihren Ausweis in die Kamera und sagen Sie mir, worum es geht.«

Frithjof hielt den Ausweis in die Kamera und erklärte den Grund seines Besuches.

»Einen Moment«, bat die Stimme und einen Augenblick später glitt das Tor zur Seite.

Frithjof fuhr einen asphaltierten Weg entlang. In einiger Entfernung erkannte er ein gläsernes Haupthaus, an das mehrere kleine, graue Nebengebäude angebaut waren. Die Gartenflächen waren akkurat gepflegt, kleine Lampen standen verstreut zwischen Sträuchern und Bäumen. In dezenter Schrift stand auf einem kleinen Schild neben dem Eingang HiV4.

Als Frithjof das Auto verließ, kamen zwei Männer auf ihn zu. Der Eine mit kahl geschorenem Kopf schwarzer Brille und weißem Kittel nickte kurz jedoch nicht unhöflich und stellte sich mit Dr. Gutz vor. Frithjof schätzte ihn auf Mitte dreißig. Der andere Mann, Dr. Rentsch, hatte gräuliche Haare und war vermutlich etwas jünger als Frithjof, etwa Ende fünfzig. Beide wirkten reserviert, wohl weil sie noch nicht genau abschätzen konnten, was die Polizei von ihnen wollte.

Sie baten ihn in die Vorhalle. Dort wurden Filme von Ärzten und deren Patienten gezeigt, die allesamt freundlich lächelten und in die Kamera winkten. »Schon komisch diese Filme«, sagte Frithjof, »da lachen immer alle.«

»Was für Filme sollen wir Ihrer Meinung nach zeigen?«, fragte Dr. Rentsch.

»Ehrliche«, er sah nach oben. Ab und an erschien das Firmenlogo auf einem Bildschirm und plötzlich stockte Frithjof. Er sah genauer auf einen Bildschirm, jedoch zu langsam. »Warten Sie, bitte«, bat er die beiden Ärzte und sah sich in der Halle um. Schließlich entdeckte er das, wonach er gesucht hatte. Er hatte sich nicht getäuscht. Nachdem das Firmenlogo verschwunden war, tauchte dahinter in kleiner, schwacher Schrift, ein in grauer Farbe gedruckter Satz auf. *Das A und O. Von Anfang bis Ende.* Dann begann wieder die Endlosschleife des Filmchens. Frithjof traute seinen Augen nicht. Diese beiden Sätze, die ihm in der Kapelle und im Auto durch den Kopf gegangen waren, tauchten hier schon wieder auf. Das konnte doch kein Zufall sein, dachte er. Wann wären sie auf diese Klinik, dieses Forschungszentrum gestoßen? Erst viel später, überlegte er. Es war Glück, dass eine Freundin von Blanca in die Register sehen konnte und somit Johann Braun in dieser Einrichtung fand.

Die beiden Ärzte sahen ihn verwundert an. »Haben Sie eine Frage?«, wollte Dr. Gutz wissen.

»Das A und das O. Der Anfang und das Ende«, wiederholte Frithjof, der wusste, dass diese Zufälle meistens zu nichts führten, weil sie zu offensichtlich waren. »Was ist bei Ihnen der Anfang?«

Was das Ende in dieser Klinik war, wusste er – das Hospiz.

Dr. Rentsch stellte seinen hageren Körper aufrecht. Etwas hochnäsig erklärte er, dass der Anfang, das A, noch immer die Geburt wäre. »Wir haben nichts mit Retortenbabys zu tun, sollte Ihnen gleich noch eine Frage einfallen. Die Geburt eines Menschen ist gekoppelt mit seinem Ende. Nicht immer ist es ein würdiges Ende. In unserer Gesellschaft werden die Menschen zunehmend älter, auch und durch die Medikamente, die wir weltweit erforschen. Die meisten davon sind bezahlbar, für die einen mehr, für die anderen weniger. Jeder möchte unsterblich sein. Anti-Aging Produkte überschwemmen den Markt, der Fitnessboom ist ungebrochen. Nur in all dem Bestreben, niemals alt zu werden, vergessen viele, dass wir auch krank werden können. Dass wir nicht einfach so sterben. Nicht einfach einschlafen.« Er machte eine theatralische Geste und wies auf einen der Monitore. »Dafür sind wir da. Das O. Das Ende – und ich betone: Das würdige Ende.«

Frithjof folgte beiden Herren durch endlose, verspiegelte Korridore, bis sie ein Büro betraten, das zu drei Seiten offen mit Glas ausgekleidet war und einen traumhaften Blick auf die Ostsee bot. Frithjof wurde Kaffee angeboten, den er dankend annahm. Sie setzten sich an einen bananenförmigen, gläsernen Tisch auf ungemütliche, durchsichtige Plastikdesignerstühle.

»Das Ende würdig zu gestalten«, sagte Frithjof, »was beinhaltet das?«

»Gepflegt zu werden, soweit es der einzelne Patient selber möchte. Wir akzeptieren die Patientenverfügungen. Uns wird gesagt, wie weit wir gehen dürfen, und daran halten wir uns. Wir versuchen, die letzten Wochen und die letzten Stunden mit Medikamenten erträglich zu machen.«

»Da kann es doch sicher passieren, dass man nah am Rande der Legalität abzurutschen droht, oder?«

Dr. Rentsch stand empört auf. »Was erlauben Sie sich. Sie reden von Sterbehilfe, Herr Arndt, das ist weder aktiv noch passiv in Deutschland erlaubt und steht unter Freiheitsstrafe. Wir begleiten unsere Patienten, das sagt das Wort Hospiz aus.«

»Bitte setzen Sie sich, Dr. Rentsch. Das habe ich nicht so gemeint. Sicher müssen Sie sich solche Vorwürfe des Öfteren anhören, aber Sie können mir eine solche Äußerung auch nicht verdenken.« Er lehnte sich auf den Tisch, was dem Designermöbel nicht gut tat, und unter einem hässlichen Geräusch tauchte unter Frithjofs aufgestützten Armen ein langer Riss auf. Schnell lehnte er sich zurück und hoffte, keiner der beiden Ärzte hätte etwas mitbekommen. Keiner sagte etwas. Erleichtert machte Frithjof weiter. »Unsere Gesellschaft trimmt uns dazu, einhundert Jahre alt zu werden. Sie trimmt uns auch dazu, dass wir *glauben*, so alt werden zu müssen. Doch wehe, wenn es misslingt, wenn ein Körper einfach nach siebzig oder achtzig Jahren nicht mehr kann. Wenn der Akku leer ist. Die Zeit abgelaufen ist. Dann wird von den Ärzten herumgedoktert, herumexperimentiert, ein weiteres Medikament verschrieben und das Leiden, nicht das Leben, wird verlängert. Da können Sie mir nicht verdenken, dass ich darüber nachdenke und laut den Wunsch äußere, es gäbe diese Orte, wo man selber bestimmen kann, wann es vorbei ist.«

Eine kurze Pause entstand. Dann sagte Dr. Rentsch: »Nicht bei uns.« Das Thema war für die Ärzte erledigt.

Frithjof wollte wissen, was vor dem Hospizaufenthalt für die Patienten kam. »Sie sind sicherlich nicht umsonst in das Hospiz gekommen, nicht wahr?«

Dr. Gutz schlug ein Bein über das andere und verschränkte seine Arme vor der Brust. »Nein, umsonst ist noch nicht einmal der Tod.« Er lachte, während Frithjof versteinert dasaß und nicht lachen wollte. »Unsere Patienten, auch Johann Braun, wegen dem Sie gekommen sind, sind mit dem HIV-Virus infiziert. Einige sind, wenn sie zu uns kommen, in der ersten Phase, das heißt positiv, andere kommen später dazu, wenn die Krankheit bereits ausgebrochen ist.« Dr. Gutz machte eine Pause. »Sie kennen sich mit den Phasen aus?«

»Unsere Pathologin hat uns einen kleinen Bericht gegeben. Ich verstehe, was Sie sagen.«

Die kleine Spitze überhörte Dr. Gutz oder bekam sie nicht mit. Er erzählte weiter. »Alles läuft auf freiwilliger Basis. Sie können in all unsere Unterlagen sehen.«

»Sie weisen so direkt darauf hin. Aus einem bestimmten Grund?«

»Nein. Nur um zu sagen, dass wir nichts zu verbergen haben. Die Patienten wissen, dass sie hier bei HiV4 so etwas sind wie Testkaninchen, Mäuse oder Ratten. Scherzhaft nennen einige sich auch so, auch wenn wir versuchen, das zu unterbinden. Es sind neue, noch nicht auf dem freien Markt zugelassene Medikamente, die in naher Zukunft ein Heilmittel gegen Aids sein sollen. Alles Forschung. Kein Versprechen auf Heilung. Nur die Hoffnung, die hat hier jeder. Jeder der Probanden hofft, dass er *den* einen Wirkstoff testet und in sich trägt, der ihn von der tödlichen Krankheit befreit.«

»Die Hoffnung stirbt zuletzt«, sagte Frithjof leise und stellte sich die Menschen vor, die ihre letzte Chance an dieses Unternehmen band, welches im Grunde nur ein Ziel vor Augen hatte: Das große Geld auf dem Weltmarkt zu machen, weil man auf einen Wirkstoff gestoßen war. Für die Menschen in den Krankenbetten zählte das nicht. Da zählte ein neuer Morgen mehr als hunderttausend Euro. Da zählte das Lächeln der eigenen Mutter mehr als eine Erwähnung in einer Fachzeitschrift. Hinter dieser Firma, diesen Probanden standen Geschichten, Namen wie Johann Braun. »Sie kannten Johann Braun?«

Dr. Gutz bejahte. »Er war einer meiner Probanden in der Reihe Oberon.« Aus einem Schubfach in der Ecke des Raumes holte er einige Unterlagen. »Sie können die Papiere gerne mitnehmen, Herr Arndt. Das ist die Reihe Oberon. Sie soll HIV-Erkrankten im letzten Stadium neue Kräfte geben. Bei Johann Braun war die Krankheit bereits voll ausgebrochen. Man sah die Karposi-Sarkome recht deutlich. Was sie sicher bei der makroskopischen Untersuchung festgestellt haben. Hepatitis B und C waren ausgebrochen und das Wetter setzte ihm zu. Nicht lange und es hätte sich eine Lungenentzündung dazugesellt. Das ist für die Patienten in der letzten Phase fast immer der letzte Tropfen, der das Ende einleitet.«

»Ich frage mich gerade, wer ein Interesse daran gehabt haben könnte, Johann Braun zu töten? Er war todkrank. Wie lange hätte er wohl noch gelebt?«

»Das kann man nicht immer genau sagen, aber bei dem Wetter, seinem kaum mehr vorhandenen Immunsystem und seiner Statur, nur einige Wochen, vielleicht.«

»Hatte er Feinde?«

»Nein«, sagte Dr. Rentsch. »Johann Braun war ein guter Mensch. Er hat das alles tapfer ertragen. Nach einem Unfall im Ausland infizierte er sich durch eine Blutkonserve mit dem Virus. Er hätte sauer oder verbittert, böse oder niedergeschlagen sein können. Doch er ertrug es mit einer Ruhe, die Hoffnung ausstrahlte. Er machte nicht nur sich Mut, sondern auch anderen. Vor allem aber seiner Freundin.«

»Bitte?« Frithjof durchfuhr es. Blitzartig lehnte er sich auf den Tisch. Wieder knarrte er und der Riss verlängerte sich um einige Zentimeter. »Johann Braun hatte eine Freundin?«

»Ja. Sofie. Sofie Kessler. Sie ist positiv.«

»Haben sich die beiden hier kennen gelernt?«

»Nein. Sie kannten sich schon vorher. Johann hat Sofie infiziert. Ohne, dass er es wusste. Erst als er krank wurde und sich untersuchen ließ, das war vor ungefähr vier Jahren, erfuhren die beiden von der Krankheit.«

»Kann ich mit der Frau sprechen?«

Die beiden Ärzte sahen sich an. Dann sagte Dr. Gutz, dass Sofie seit einigen Tagen, wie Johann, nicht mehr in die Klinik gekommen sei, trotz laufender Untersuchungen.

»Haben Sie ein Bild von ihr?« Frithjof beschlich ein ungutes Gefühl. Es dauerte nicht lange und Dr. Gutz hatte einen Laptop vor Frithjof aufgestellt und zeigte ihm ein Bild der Frau. Eine fröhlich lächelnde Frau Ende zwanzig sah ihnen ins Gesicht. Nur schwer konnte sich Frithjof von dem Bild der toten Menschen im Wald freimachen. Er versuchte, das gewaschene Gesicht auf den Bildern der Leichenöffnung zu verdrängen und sein Gehirn versuchte, die Bilder, Fragmente, Puzzlestücke zusammenzustellen, die das Gesicht auf dem Computer bei ihm auslöste. Nach einer Weile war er sich sicher, dass es sich bei dem toten Mädchen um Sofie Kessler handelte. Er bat die Ärzte um einige Informationen und um ein Bild von Johann Braun. Wieder ein lächelndes Gesicht. Schöne Augen, sympathischer Blick. Junge Träume. Das Leben vor sich. Unbesiegbar. Und doch krank. Wieder Puzzlestücke, die in seinem Gehirn die Bilder des Morgens im Wald zusammensetzten mit dem Bild vor ihm. Wieder schien es zu passen.

»Die beiden waren jung, hatten sie Freunde, die sie besuchten?«

»Ja, da gab es einen festen Freundeskreis, der sich häufiger getroffen hat.«

»Könnten Sie mir Namen geben? Ich möchte herausfinden, wer dieser Johann Braun war und warum man ihn getötet hat. Enge Freunde geben immer ein anderes Bild als Außenstehende.«

»Ich möchte Ihnen wirklich helfen, Herr Arndt, aber dieser Freundeskreis kam hierher, um Johann abzuholen. Vielleicht saßen sie für einen Kaffee in seinem Zimmer, sind dann aber immer fortgefahren.« Er sah hinaus auf die wogende Ostsee. »So schön es hier auch ist. Man will schnellstmöglich von hier fort. Zu viele Gedanken kreisen im Kopf herum. Die meisten wollen die Verwandten und Freunde nicht damit belasten.«

»Gab es Angehörige?«

»Nein, Johann Braun hatte niemanden mehr, außer Sofie natürlich und dem Freundeskreis. Seine Eltern sind früh gestorben, er wuchs bei seiner Großmutter auf. Von anderen Verwandten hat er nie erzählt und sie sind auch nicht in seinen Unterlagen verzeichnet.«

Der Kaffee vor Frithjof war inzwischen kalt geworden. Er trank ihn trotzdem aus und bat, Johanns Zimmer sehen zu dürfen. Vielleicht würde er dort Namen zu den Freunden finden, die Johann Braun besuchten.

Dr. Rentsch entschuldigte sich. Er hätte einen wichtigen Termin. Höflich verabschiedete er sich von Frithjof und bot ihm an, bei Fragen jederzeit für ihn da zu sein.

»Das ist nett von Ihnen«, bedankte sich Frithjof.

»Und was den Tisch angeht – halb so schlimm. Hab ich nie gemocht, diesen neumodischen Kram.«

Verkrampft lächelte Frithjof und versuchte, nicht noch einmal auf den Riss in der Platte zu schauen.

Auf dem Weg erzählte Dr. Gutz vom Werdegang der Firma und informierte ihn auch darüber, dass die EU sowie der Bund sich an den Forschungen beteiligten. Wie aus einer kleinen Idee ein großes Institut wurde. Frithjof hörte zuerst interessiert zu. Als es jedoch um Zahlen der Statistiken, Subventionen, Quoten und dergleichen ging, schaltete er auf Durchzug. Einiges blieb trotzdem hängen. Er sah sich das Gelände an. Neben dem Haupthaus und seinen Anbauten befanden sich kleine Wege, die zu kleinen Pavillons führten. Diese standen nahe an einem kleinen bewachsenen Wall, hinter dem sich die Ostsee befand.

Sie steuerten auf einen der ersten Pavillons zu. »Hier hat Herr Braun gewohnt.«

»Nicht schlecht«, bemerkte Frithjof. »Erinnert mich ein wenig an die Ferienhäuser in Dänemark.«

»Wir versuchen, es nicht nach Krankenhaus aussehen zu lassen. Wir haben natürlich auch normale Zimmer in einem der Anbauten. Diese Pavillons sind für die Patienten, die es nicht mehr schaffen werden.«

Frithjof roch den salzigen Geruch des Meeres und reckte seinen Kopf in Richtung Ostsee. Der Wind pustete ihm ins Gesicht. »Welches Gefühl ist stärker: Melancholie oder Depression?«

»Melancholie. Eindeutig. Die Patienten sitzen oft auf dem Wall und schauen in die Ferne. Denken über ihr Leben nach, den Tod. Was sie noch machen könnten. Sie sitzen einfach da, in Decken eingehüllt, bei jedem Wetter und starren in die Wellen. Stundenlang.« Dr. Gutz schloss die Tür des Pavillons auf und ließ Frithjof eintreten. Er blieb im Flur stehen und sah sich um. Der Flur war klein. Nur ein Schuhregal und eine Garderobe hatten hier Platz. Vom Flur aus betrat man ein geräumiges Wohnzimmer mit einer offenen Küche, die in einer Nische untergebracht war. Das Wohnzimmer war gemütlich eingerichtet. Zwei Filmplakate hingen an der Wand. Schallplattenhüllen zierten fast eine komplette Wand. Zwei kleine Sofas standen sich gegenüber. In der Küche stand der Abwasch in einem Abtropfständer. Medikamente standen ordentlich aufgereiht auf einem kleinen Bord. Zwischen Wohn- und Schlafzimmer befand sich das Badezimmer. Klein, jedoch behindertengerecht ausgestattet. Im Schlafzimmer stand ein Bett in der Mitte des Raumes. Der Kleiderschrank war in die Wand eingelassen. Eine Lamellentür trennte die beiden Räume. Einer der beiden Räume musste vor kurzem gestrichen worden sein. Schwach roch Frithjof Farbe. Dann sah er in den Kleiderschrank. Er suchte etwas. Was er bisher in den anderen Räumen vermisst hatte. »Dr. Gutz, mir fehlen hier Unterlagen, ein Schreibtisch, Schriftverkehr, Ordner und dergleichen.«

Dr. Gutz schaute sich um. »Sie haben Recht. Irgendwo müsste er so etwas haben. Wir Deutsche sind gut darin, in unserer Zettelwirtschaft unterzugehen – da nehme ich unser Institut nicht aus. Warten Sie, im Wohnzimmer gab es eine kleine Kommode.« Dr. Gutz verließ ihn für einen kurzen Augenblick und Frithjof inspizierte den begehbaren Schrank, schob Kleidungsstücke beiseite, öffnete kleine Schubladen, fand jedoch nur Kleidungsstücke. Als er die letzte Tür in der Abseite öffnen wollte, klemmte die Tür wegen des kleinen Läufers, der auf dem Boden lag. Umständlich musste er ihn zur Seite schieben, eine Kante umklappen, um die Tür öffnen zu können. Er empfand es als mühsam, beim Öffnen des Schrankes jedes Mal den Läufer zu verschieben und umzuklappen. Dann entdeckte er eine kleine Verfärbung auf dem Boden. Neugierig bückte er sich, faltete den Läufer zusammen und hob ihn hoch.

»Haben Sie etwas gefunden, Herr Arndt?«

»Einen Läufer«, er drückte ihn Dr. Gutz in die Hände. Dann betrachtete er den schwach bräunlichen Fleck, der sich auf dem Laminatboden befand. »Was könnte das sein, Dr. Gutz?«

»Keine Ahnung. Vielleicht ist etwas ausgelaufen.«

»Auf alle Fälle ist versucht worden das wegzuwischen. Und zwar nicht mit harmlosen Bioputzmitteln. Sehen Sie sich das Laminat an. An einigen Stellen ist es ausgeblichen und abgescheuert.« Er kam wieder vom Boden hoch und rief bei Blanca an. Er erklärte ihr, dass er jemanden von der Spurensicherung hier in Seebad bräuchte. Sie sagte, sie würde Sebastian sofort auf den Weg schicken.

»Sie meinen, dass es sich hier um Blut handelt?«

»Die Farbe hat sich durch die Putzmittel verändert, ich möchte einfach sicher gehen.«

Frithjof schabte eine kleine Schicht von dem Laminatboden ab und tütete sie ein. Wieder vernahm er den Geruch von Farbe. »Riechen Sie das?«

»Was?«

»Als ob man diesen Raum vor nicht allzu langer Zeit gestrichen hat.«

Dr. Gutz roch nichts. »Nein, tut mir leid, mein Geruchsorgan ist nicht das beste. Und außerdem, für Johann wäre die Farbe eine weitere Belastung gewesen. Ich kann mir nicht vorstellen«, er konnte nicht weitersprechen. Zu sehr interessierte ihn das, was Frithjof gerade tat. Er rückte ein kleines Regal beiseite, das sich gegenüber der Lamellentür befand. Einige Kleidungsstücke fielen zu Boden. Am Ende hatte Frithjof die Wand freigeräumt. »Eindeutig neu gestrichen und ausgebessert. Sehen Sie!« Er deutete auf einen etwa fünf Zentimeter großen weißen Fleck. »Da wurde Kitt oder Silikon reingespritzt und dann übermalt.« Mit einem Messer schabte er die Masse aus dem Loch. Putz rieselte auf den Boden. Er bohrte mit dem Messer etwas tiefer und drehte es. Das, was auf dem Messer liegen blieb und an ihm haftete, tütete er vorsichtig ein. »Das werden wir auch auf Blut untersuchen. Ich habe da ein ganz dummes Gefühl.« Das hatte er wirklich, wobei er sich noch nicht erklären konnte, wie das alles zusammenhing. Für ein Dübelloch war es einfach zu groß. Aber wer feuert in einem zwei mal drei Meter großen Raum eine Armbrust ab? Das ergab überhaupt keinen Sinn. Vor allem, wenn das Geschoss mehr als einhundert Stundenkilometer drauf hatte, ergäbe es ein größeres Loch als fünf Zentimeter. Und das Blut auf dem Boden, wenn es denn Blut war? Wem gehörte es? Nicht Johann Braun. Blanca hatte berichtet, die Einschüsse wurden den beiden im Wald zugefügt. Nicht hier, mehrere Stunden von dem Tatort entfernt. Wer hatte sich dann hier verletzt? Es war schließlich kein kleiner Fleck.

»Wer macht hier sauber?«

»Unsere Putzkolonne. Einmal die Woche macht sie eine Art Grundreinigung. Alles dazwischen machen die Bewohner selbst. Wäsche wird jeden Tag abgeholt.«

»Ich möchte später mit jedem sprechen, der hier sauber gemacht hat. Sagen wir in den letzten Wochen.«

Dr. Gutz zog sein Handy aus der Tasche und wählte eine Nummer. Kurz und knapp gab er seinem Gesprächspartner einige Anweisungen und teilte Frithjof mit, in einigen Minuten würde Frau Wegner vorbeischauen.

»Was war mit der Kommode?«

»Nichts. Keine Papiere. Nur Zeitschriften, Dreiersteckdosen, Krimskrams.«

»Hat Sofie hier gewohnt, oder hatte sie ein eigenes Zimmer?«

»Sie hat hier mit Johann zusammengewohnt.«

»Wo sind dann Geldbörse, Schlüssel, Unterlagen, Briefe, all das, was jeder hat und was immer im Weg ist?«

Sie fanden nichts. Es klopfte und Frau Wegner trat ein. Sie war Mitte vierzig, hatte schwarze modisch geschnittene Haare und ein freundliches Lächeln auf dem Gesicht. Sie reichten sich die Hände und stellte sich vor. Dann ging Frithjof mit ihr ins Schlafzimmer und wies in den Kleiderschrank. »Können Sie mir sagen, wie lange sich dieser Fleck schon dort befindet?«

Frau Wegner überlegte. »Zwei, drei Wochen vielleicht. Genau kann ich Ihnen das nicht sagen. Den begehbaren Kleiderschrank machen wir nur dann sauber, wenn der Boden frei ist. Die Bewohner nutzen den Raum oft auch als kleinen Abstellraum. Und um die Kleidung kümmern wir uns nicht.«

»War der Raum die letzte Zeit zugestellt?«

»Ab und zu, ja.«

»Haben Sie versucht den Fleck zu beseitigen? Ich meine, haben Sie auf dem Laminat so rumgewischt?«

»Gott, nein«, sie ging in die Knie, »sehen Sie, hier hat jemand pure Chemie verwendet. Der ganze Boden ist ja hin. So etwas benutzen wir nicht. Ich weiß noch, als ich die Bescherung das erste Mal gesehen habe, dachte ich gleich, da mache ich nichts mehr. Davon lass ich die Finger. Das wäre nur noch schlimmer geworden.«

»Und Sie haben Herrn Braun nicht danach gefragt?«

Sie hob die Hände. »Nein. Das würde ich niemals machen. Wer weiß, ob es einem Bewohner unangenehm ist. Ich weiß doch nicht, was passiert ist, und sie denken dann vielleicht, sie müssten sich mir offenbaren. Nein, das tue ich nicht.« Sie schaute sich um. »Da war ein Läufer drüber, der jetzt verschwunden ist.«

»Der liegt auf dem Bett. Noch eine Frage, Frau Wegner. Haben Sie hier Unterlagen gesehen: Briefe, Schriftverkehr, Ordner?«

»Ja, im Wohnzimmer.« Sie ging voran. Im Wohnzimmer stockte sie. »Neben den Schallplatten hat immer ein kleiner Sekretär gestanden. Ganz einfache Ausstattung. Nichts Besonderes. Der quoll immer über vor Papierkram.«

Frithjof sah zu Dr. Gutz, der den Kopf schüttelte.

»Wann waren Sie das letzte Mal hier?«

»Vor einer Woche.«

»Und da war der Sekretär noch da?«

»Ja. Ganz sicher.«

»Danke, Frau Wegner.« Er wollte sie zur Tür begleiten, als sie stehen blieb und etwas in ihrer Manteltasche suchte.

»Jetzt hätte ich es fast vergessen«, sie zog eine Geldbörse heraus und reichte sie Frithjof. »Die wurde hier gefunden.«

Frithjof öffnete sie und schaute hinein. Zweihundert Euro in kleinen Scheinen, einige Visitenkarten und ein Führerschein befanden sich darin. Maximilian von Steintal. Fragend sah er Frau Wegner an. »Maximilian ist ein guter Freund von Johann. Ich habe ihn einige Male versucht zu erreichen und ihm schon mehrere Male auf den Anrufbeantworter gesprochen, dass die Geldbörse hier gefunden wurde. Ich hätte sie ihm ansonsten die nächsten Tage zugeschickt.«

»Danke, ich übernehme das. Ich benötigte einen Namen aus dem Freundeskreis und Sie haben mir jetzt einen gegeben und einen Grund, ihn zu besuchen. Herzlichen Dank.«

Als Frau Wegner den Pavillon verlies, musste sie gegen einen auftretenden Sturm kämpfen, der von der See her aufzog. Es war dunkel geworden. Frithjof kniete sich an der Eingangstür zu dem Schloss hinunter. »Wer hat denn alles Schlüssel für den Pavillon?«

»Johann und Sofie. Vielleicht Freunde von ihnen, wenn sie Schlüssel nachgemacht haben. Der Hausmeister, die Reinigungsfrauen, Pfleger, für den Notfall.« Er wurde von Frithjof unterbrochen. »Nennen Sie mir doch einfach die Leute, die *keinen* Schlüssel haben.«

»Tut mir leid, Herr Arndt, wir sind in einem Hospiz, da müssen alle Zugang zu den Räumen haben. Sehen Sie«, er zeigte auf verschiedene Knöpfe, die in der ganzen Wohnung verteilt waren. »Notfallknöpfe. Da ist es erst einmal egal, wer zuerst hier ist. Ob Hausmeister oder Schwester. Hauptsache, man ist bei dem Patienten.«

»Ist einer der Knöpfe in der letzten Zeit betätigt worden?«

»Nein.«

Ein Donnergrollen und auftretende Blitze über der Ostsee ließen sie zusammenfahren. Das Gewitter kam näher. Die Wellen wurden größer.

Was hatte er hier erfahren? Johann Braun war ein netter Mensch, wurde unschuldig mit dem HIV-Virus infiziert und infizierte später seine Freundin Sofie. Nach Frithjofs Meinung war sie die Frau, die sie zusammen mit Johann Braun gefunden hatten. Die Tests würden das zeigen. Verschwunden waren ebenso alle Unterlagen mitsamt dem Sekretär. Eine Wand des Kleiderschrankes ist verspachtelt und neu gestrichen worden. Ein Läufer verdeckte einen bräunlichen Fleck, bei dem er sich sicher wähnte, dass es Blut war.

Ich bin das A und das O.

Es ergab alles überhaupt keinen Sinn. Er fuhr nach Itzehoe zurück. Er war müde. Gerade, als er drohte in einen Sekundenschlaf zu fallen, klingelte sein Handy.

»Arndt«, meldete er sich. »Hier ist Lars. Wo bist du?«

»Auf dem Weg nach Itzehoe. Was ist los?«

»Beeil dich, Frithjof. Magnus Schuldt ist tot.«

Dann war die Verbindung plötzlich unterbrochen.

11

Der Körper glitt lautlos auf der Wasseroberfläche dahin. Die toten Augen gen Himmel gerichtet. Sie schienen zu schielen. Unnatürlich auf etwas gerichtet zu sein. Die Haut war blass. Die Arme dem Wasserlauf unterworfen. Schräg am Körper pendelnd, Äste streifend. Laub mit sich ziehend. Die Kleidung durch die Nässe dunkler, als sie tatsächlich war. Der Körper war kalt. Wie das Wasser. Es war Frühling. Ein abgelegener Kanal. Weit außerhalb der Stadt. Das Eis hatte ihn freigegeben.

Nach einer Weile des Treibens verfing sich der Kopf in dem Geäst eines Strauches, der über dem Wasser hing. Der Körper schwenkte schwerelos an das Ufer und blieb dort reglos liegen. Nur einige Enten, die träge vorbei schwammen, nahmen Notiz von dem Fremdkörper, der sich im Wasser aufblähte.

12

Das Handy klingelte. Frithjof betätigte die Freisprechanlage. Es war wieder Lars. Das vorherige Gespräch hatte er wegen zusammenstürzender Balken abbrechen müssen.

»Frithjof, wir haben einen Anruf bekommen, dass das Haus des Försters brennt. Robert und ich sind sofort rausgefahren. Robert hat heute den ganzen Tag versucht ihn zu erreichen, es aber nicht geschafft. Wir fanden es schon recht seltsam, dass einen Tag später, nachdem wir die beiden Menschen finden, das Haus des Mannes brennt, der sie gefunden hat.«

»Ist er verbrannt?«

»Nein. Pass auf, ein Spaziergänger, der mit seinem Hund unterwegs war, sah das brennende Haus, wählte über Handy die Feuerwehr, versuchte zu helfen und fand Magnus Schuldt in seinem Wohnzimmer liegend. Da brannte alles schon lichterloh. Der Mann ist in der freiwilligen Feuerwehr und hast du nicht gesehen, was er noch alles erzählt hat. Auf jeden Fall hat er unseren Förster irgendwie aus dem Haus bekommen und versucht ihn wiederzubeleben.«

»Schuldt war tot, als der Mann ihn da rausgezogen hat?«

»Ja.«

»Woher weißt du das? Oder vermutet das der Mann?«

»Nein, das sagt Blanca, die ist auch schon hier. Zusammen mit Frankenstein. Das komplette Programm, Frithjof. Magnus Schuldt hat ein gebrochenes Genick!«

Hatte er vielleicht doch etwas gesehen, was er ihnen nicht erzählt hatte? Was könnte das gewesen sein? Hatte er vielleicht einen Wagen gesehen. Das Nummernschild notiert. Ein Gesicht im Vorbeifahren gesehen, vielleicht erkannt?

Ich bin tief im Wald. Ich hebe zwei Löcher aus. Hier kommt kein Mensch vorbei. Dann steht der Förster da. Sieht mich. Ich drohe ihm.

Mit was könnte man dem Förster drohen? Warum bringt man ihn nicht gleich um? Es ist viel zu riskant, jemanden am Leben zu lassen, der von der Sache weis.

Ich fahre durch den Wald. Mich hat bisher niemand gesehen. Nur einmal der Förster. Er hat gegrüßt. Ich habe genickt. Wollte nicht auffallen.

Kein Mensch schreibt sich Nummernschilder auf, nur weil man einen Wagen zum ersten Mal irgendwo sieht. Ein Gesicht vergisst man, sobald man an ihm vorübergegangen ist. Das hatten sie schon am See festgestellt.

Das Motorrad. Die Enduro, was war mit ihr? Dort waren auch keine Nummernschilder montiert. Das Visier war schwarz. Trotzdem musste es etwas geben, was der Förster gesehen hatte. Nicht ohne Grund würde er mit gebrochenem Genick in seinem brennenden Haus liegen.

Frithjof wählte noch einmal die Nummer von Lars. Ihm fiel gerade etwas ein. »Sag mal, habt ihr den Hund gefunden?«

»Bitte?«

»Der Förster hatte doch einen Hund, wie hieß er noch gleich?« Er überlegte. »Herr Wagner, glaube ich.«

»Bisher nicht.«

Es dauerte noch eine Weile, bis er am Haus des Försters ankam. Viel war nicht mehr davon übrig. Mittlerweile war der Dachstuhl des ebenerdigen Holzhauses zusammengebrochen. Aus einzelnen Herden loderten noch Flammen, die die Feuerwehr jedoch im Griff zu haben schien. Scheinwerfer waren aufgestellt worden und tauchten die Szenerie in ein unheimliches Licht. Der Regen durchschnitt die Lichtkegel, die kahlen Äste der Laubbäume knarrten und wie übergroße Fächer wedelten die Nadelbäume mit ihren Ästen. Gespenster wuselten in den zusammengefallenen Resten des Hauses umher.

Robert kam auf ihn zu, als er ausstieg. »Wir brauchen jede Hand, komm schnell.« Er zog ihn mit sich. »Der Regen und der Sturm werden immer heftiger. Uns wehen die Spuren weg. Eine Plane für das Haus haben wir nicht.«

»Der Sturm wird noch extremer. An der Ostsee tobt ein gewaltiges Unwetter. Das kommt bald hier an.« Eine Regenböe ließ sie zur Seite tändeln. »Was suchen wir?«

Robert schrie gegen den Wind an. »Blanca hat einen Tampen gefunden, der zu einem Prusikknoten geknotet war.«

»Und?«

»Das hat sie auch gefragt. Aber ich habe mich doch heute den ganzen Tag mit diesen verschiedenartig geknoteten Schnüren beschäftigt. Unter anderem auch mit dem Prusikknoten. Der wurde bei Johann Braun verwendet. Komischer Zufall, was?«

»Recht seltsam«, Regen lief ihnen in die Krägen. Sie zogen die Schultern hoch.

»Knoten ist nicht gleich Knoten, gerade dieser dauert etwas länger und ist äußerst kompliziert. Daher kam mir das alles komisch vor, als Blanca mir den Tampen zeigte.«

»Und wo war er?«

»Eigentlich um den Hals von Magnus Schuldt. Der Mann, der ihn da rausgeholt hat, hat ihn jedoch abgezogen und zur Seite geworfen, als er die Wiederbelebung startete.«

»Hat sich Magnus Schuldt erhängt?« Frithjof wurde ungeduldig, da er immer weniger Sinn in allem sah.

»Man sollte glauben, dass es so war. Das Problem ist nur: Der Prusikknoten zieht sich nicht zusammen! Er wird von Bergsteigern benutzt, um an Abhängen Steigbügel zu haben. Magnus Schuldt hätte das als Förster gewusst und niemals einen solchen Knoten für seinen Selbstmord geknotet.«

Blanca kam auf sie zu. »Das mit dem Knoten hat Robert dir sicher schon erzählt?« Frithjof nickte. »Wenn es nicht das Seil war, das ihm das Genick gebrochen hat, muss er gefallen oder geschlagen worden sein. Dann hat man es so drapiert, dass wir glauben sollten, bei dem Selbstmordversuch wäre ein Unfall passiert und das Haus sei abgefackelt. Hätte den Brand niemand bemerkt, hätten wir ein vollkommen verkohltes Haus, einen verkohlten Leichnam und ein wahrscheinlich nicht mehr vorhandenes Seil gefunden und uns damit abgefunden.«

»Wir müssen herausfinden, ob Johann Braun und Magnus Schuldt etwas gemeinsam hatten. Oder ob er irgendetwas beobachtet hat, was mit dem Tod der beiden Menschen zu tun hat.«

»Du meinst, er hat etwas verschwiegen?«, fragte Robert.

»Wer weiß. Ohne Grund stirbt niemand einen solchen Tod.«

»Was sollte er verschwiegen haben, was er uns nicht hätte sagen können?« Robert nahm seine Brille ab und versuchte, sie notdürftig von den Regentropfen zu befreien.

»Das ist unser Job, Junior.« Frithjof ging auf das Haus zu und betrachtete es.

Ich töte Magnus Schuldt. Er hat etwas gesehen. Er ist für mich ein Risiko. Für uns alle. Ich vertusche meine Spuren. Ich lege dem toten Menschen einen Knoten um den Hals. Die Holzbalken über dem Förster sollen Glauben machen, er hätte sich erhängt.

Der Körper fällt zu Boden. Stößt eine oder mehrere Kerzen um.

Das Haus brennt. Die Spuren lösen sich auf. Ein Unfall. Doppelter Tod. Gut arrangiert.

»Was ist mit dem Feuer? Woher kam es?«, wollte Frithjof wissen.

»Im ganzen Haus haben wir Kerzen gefunden. Da reicht eine, die an einen Holzbalken kommt oder auf die Dielen fällt. Außerdem gab es mehrere Gaskocher, die befüllt sein mussten.«

Die Holzbalken über dem Förster sollen uns Glauben machen, er hätte sich erhängt. Der Körper fällt zu Boden. Stößt eine oder mehrere Kerzen um. Das Haus brennt. Die Spuren lösen sich auf. Ein Unfall. Doppelter Tod. Gut arrangiert.

»In ein paar Stunden treffen wir uns im Präsidium. Seid ihr hier durch?«

»Nur noch die letzten Aufräumarbeiten. Das machen die Kollegen der Nachtschicht. Wir haben alles eingetütet und katalogisiert. Der Leichnam von Magnus Schuldt ist auf dem Weg in die Pathologie. Ich werde ihn mir morgen ansehen«, informierte Blanca.

»Gut, fahrt nach Hause, schlaft ein paar Stunden. Ich habe das Gefühl, dass das noch nicht alles war, was auf uns zukommen wird. Wir müssen ausgeruht sein und auf alle Fälle ist der Tod des Försters für die Öffentlichkeit ein Selbstmordversuch durch Erhängen gewesen, der ordentlich in die Hose ging. Lassen wir den oder die Täter in dem Glauben, alles richtig gemacht zu haben.«

13

Nach nur wenigen Stunden Schlaf wachte Frithjof übermüdet auf. Er sah aus dem Fenster. Das Wetter hatte sich nicht gebessert. Behäbig stand er auf, sah an sich hinunter und zog seine Sachen aus, mit denen er sich in der Nacht auf das Bett gelegt hatte und eingeschlafen war. Die Dusche machte ihn nicht wach, auch nicht der Kaffee, den er sich aufsetzte. Auf der Arbeitsplatte lag ein Zettel von Johanna. »Vermisse Dich«, stand darauf. Er nahm ihn in die Hand und lächelte. Liebe Johanna, dachte er, wenn du wüsstest, was ich alles sehe und in welchen Schuhen ich manchmal gehe. Du würdest Angst bekommen.

Er wählte Helenes Nummer, bat sie wieder einmal Puma zu hüten, was sie freudig bestätigte. Sie wünschte ihm einen schönen Tag. Frithjof grummelte etwas wie, dann müsste ich einen anderen Job haben, und legte auf.

Sebastian rief an.

»War es Blut?«, wollte Frithjof wissen.

»Ja. Deine Vermutung war richtig.«

»Ist es Johanns oder Sofies?«

»Weder noch.«

»Bitte?«

»Es ist definitiv so.«

»Und in dem Loch in der Wand? Konntest du dort etwas finden?«

»Ich weiß nicht, woher du es gewusst hast, aber du hattest Recht!«

Wie passte das jetzt wieder in das Puzzle, dachte Frithjof.

Kann es das Blut eines der Täter sein? Gab es Streit? War es ein Unfall?

Ich stehe in dem Kleiderschrank. Ich trage eine Waffe. Sie wird aus Versehen abgefeuert. Ich verletzte mich. Ich versuche, die Spuren zu beseitigen.

Was hatte er in dem Schrank gemacht? Die beiden beobachtet? Nein, wenn jemand beobachtet wird, gibt es auch einen, der sich versteckt. Und wenn dieser jemand aus dem Dunkel tritt, werden die beiden nicht freiwillig, ohne Gegenwehr mitgehen, sich ausziehen, fesseln und töten lassen. Kam es hier zu einem Streit? Nein, dachte Frithjof, auch nach einem Streit gehen zwei Menschen nicht mit in den Wald. Sie würden versuchen zu fliehen. Bei einem Einbruch oder bei einem Kampf hätte Johann oder Sofie auf einen der Notfallknöpfe drücken können und jemand wäre gekommen. Dies war aber nicht geschehen.

Seinen Kollegen im Präsidium ging es nicht anders wie ihm. Augenränder zierten die Gesichter von Robert und Lars. Blanca würde in Kürze zu ihnen stoßen. Sie war noch mit der Leiche von Magnus Schuldt beschäftigt. Von Weitem hörten sie die Glocken der restaurierten St. Laurentii Kirche. Es schien, als würden die Glocken durch die wunderschöne neue Fassade noch heller klingen als bisher.

Als Frithjof in den Gang ihres Stockwerks gelangte, kam ihm ein furchtbarer Gestank entgegen. »Verdammt, was ist das?«, fluchte er. Gabrielle kam aus seinem Büro. »Das war Frau Bommel. Sie hat es nur gut gemeint. Sie wollte eine Duftlampe in unserem Büro anmachen. Nur war die Dosierung wohl etwas zu gewagt für den ganzen Flur. Jetzt müssen wir einfach abwarten, bis das hier durchzieht.«

»Ich glaube, die Bommel hat nicht alle Tassen im Schrank.« Lars guckte finster.

»Was ich bisher von ihr mitbekommen habe, glaube ich, die hat noch nicht einmal Geschirr«, meinte Frithjof und trat in sein Büro. Kaffee stand auf dem Tisch, Robert saß bereits und reichte ihm zur Begrüßung die Hand. »Moin«, grüßte er. Er trug wieder einen teuer wirkenden Anzug, die Haare waren adrett gescheitelt und man sah ihm die fehlenden Stunden Schlaf nicht an.

Frithjof berichtete von HiV4 und den beiden Ärzten, von Frau Wegner, den fehlenden Briefen, dem verschwundenen Sekretär und wer Schlüssel zu den Räumlichkeiten hatte. Er kam dann auf den Kleiderschrank zu sprechen und das Loch in der Wand. »Dr. Gutz und Blanca haben gestern Abend telefoniert und sich die Ergebnisse zugemailt. Eindeutig ist das Blut im Kleiderschrank nicht das Blut von Johann Braun oder Sofie Kessler.«

»Von wem dann?«, wollte Robert wissen.

»Keine Ahnung, wir haben bisher keine Vergleichsmöglichkeiten.«

»Haben wir doch«, sagte Blanca, die das Büro betrat, sich an den Rechner setzte und verschiedenen Menüs auf dem Bildschirm über ihnen öffnete. Frithjof fragte ungläubig. »Wir haben eine Vergleichsprobe?«

»Ja, haben wir!« Alle schauten auf den Monitor, auf dem nun die gefundenen Pfeile abgebildet waren. »Dies sind die Pfeile, die durch die beiden Menschen geschossen wurden und die unsere Kollegen eingesammelt haben. Das Blut, das an den Spitzen und dem Schaft klebte, können wir jeweils Johann Braun oder Sofie Kessler zuordnen. Jedoch ein Pfeil«, sie ging an den Bildschirm und tippte auf einen Pfeil, der sich vergrößerte, »weist zwei verschiedene DNS-Stränge auf. Zwei Menschen. Einmal Johann Braun und ein anderer.« Sie hob die Arme, »keine Ahnung. Auf keinen Fall aber Sofie Kessler.« Sie holte aus einer Mappe einen Bogen mit Tabellen. »Und dann rief mich Sebastian eben an und voilà! Das Blut im Kleiderschrank ist identisch mit dem Blut auf dem Pfeil.«

Schweigen im Raum. »Was ist, Leute?«, fragte Blanca. »Da habe ich mal einen Treffer und ihr sitzt da, wie die Ziege vorm Berg.«

»Das Sprichwort heißt *Ochs* vorm Berg, Blanca«, berichtigte Gabrielle.

Frithjof schlug sich die Hände vor das Gesicht. »Ich hatte euch schon gesagt, dass das hier alles keinen Sinn ergibt, oder?« Er lehnte sich auf den Tisch. »Sebastian soll noch einmal dort hinfahren und die komplette Wohnung auseinander nehmen!« Er überlegte. »Also, wer bringt die beiden Menschen um? Und warum? Das wären zwei einfache Fragen. Aber nein, wir haben jetzt plötzlich einen Blutfleck in der Wohnung eines der Opfer. Das gleiche Blut klebt an einem der Pfeile, die durch das Opfer geschossen wurde. Der, der die Leichen gefunden hat, ist einen Tag später tot und konnte uns nicht sagen, was er vielleicht gesehen hat. Dieser Tod wird so inszeniert, als wäre es ein Selbstmord gewesen. Was haben wir noch, dass es die ganze Sache weiter verkompliziert?«

»Willst du das wirklich hören?«, fragte Robert.

»Bitte, nicht, Robert.«

»Johann Braun hat sich im Winter eine Armbrust im Internet bestellt. Das belegen seine Kontoauszüge und eine Anfrage bei der Herstellerfirma.«

»Du machst Witze, oder?«

Robert bat um die Tastatur. Auch er öffnete einige Menüs und präsentierte ein Bild, das eine Armbrust zeigte.

»Gütiger Himmel«, entfuhr es Gabrielle. Die anderen verstanden sie. So hatten sie sich eine Armbrust nicht vorgestellt. In ihren Köpfen war es eine kleine Waffe, wie man sie aus Wilhelm-Tell-Aufführungen kannte, aber dieses Gerät war ein Monstrum.

»Die *Sierra*, wie diese Waffe heißt, schießt ihre Carbonpfeile mit rund 94,1 m/s ab. Die Pfeile wiegen etwa 32 Gramm. Ungeübte Schützen, so der Hersteller, können auch ohne Zielfernrohr auf 90 Meter eine 40-cm-Scheibe treffen. Mit Zielfernrohr ungefähr auf 130 Meter. Kosten des Spaßes, ohne Pfeile: rund 800 bis 900 Euro.« Robert verschob das Bild und öffnete ein weiteres. Es zeigte exakt dieselben Pfeile, die Blanca untersucht hatte. »Bei Carbonpfeilen gibt es kein irreversibles Verbiegen beim Schuss oder beim späteren Herausziehen. Die Pfeile sind wiederverwendbar. Die Treffergenauigkeit ist extrem groß, da die Pfeile auf spezielle Art verschichtet und vernetzt sind, sprich: Sie haben Quer- und Längsfasern. Kosten: einige hundert Euro.«

Nachdem Robert sich gesetzt hatte und die Anwesenden den Schock über diese Waffe überwunden hatten, fragte Lars, woher der Junge das Geld hatte. Die Beantwortung lag in Gabrielles Aufgabenbereich. »Der Junge war reich. Richtig reich. Seine Eltern starben bei einem Autounfall und hinterließen ihm eine stattliche Summe, die seine Großmutter treuhändlerisch verwaltete. Um Geld musste Johann Braun sich keine Gedanken machen. Er ging nach der Grundschule auf ein Hochbegabteninternat und dann an die Uni nach Hamburg. Dann trat vor einigen Jahren die Krankheit in sein Leben und er beendete seine schulische Laufbahn.«

»Gut«, sagte Frithjof, »der Junge kauft sich im Winter dieses Monstrum an Waffe, mit der er wenige Monate danach erschossen wird. Hat er diese Waffe für einen Sport gekauft und der Täter benutzte sie, oder kaufte er sie für seinen eigenen Tod?«

»Du glaubst doch nicht, dass das alles inszeniert war«, fragte Lars. »Du hast doch selber gesagt, keiner würde sich das antun.«

»Zurzeit würde ich sogar glauben, Frau Bommel hätte geschossen, so absurd ist das alles.« Er schüttelte mit dem Kopf. »Weiter. Was haben wir sonst noch? Jetzt ist es eh egal, was noch kommt.« Er sah die Kollegen an. Lars präsentierte weitere Knotenbilder auf dem Bildschirm. »Robert und ich haben uns um die Knoten gekümmert. Wir haben folgende:

den Prusikknoten, den wir gestern gezeigt haben und der um Magnus Schuldts Kopf gelegt war. Dann den Palstekknoten, der einer der stärksten Knoten der Welt ist, weil sich die Schlinge nicht löst. Auch dieser, wie der Prusikknoten, ist nicht leicht zu knoten. Dann einen sehr einfachen, den Überhandknoten. Das ist der, den wir alle machen. Als letzten haben wir den Penberthyknoten – super kompliziert, weil er dafür da ist, das Gewicht eines Menschen zu halten. Die Anzahl der Törns, also die Umrundungen um den Stamm, sind für die voraussichtlichen Belastungen da.«

»Drei komplizierte und ein einfacher Knoten. Hat das was zu bedeuten?«

»Ich finde es schon komisch, dass der oder die Täter nicht ein und denselben Knoten benutzt haben. Warum so viele verschiedene?«, hakte Gabrielle nach.

»Blanca, haben die Seile etwas ergeben?«, fragte Frithjof.

»Nein, gar nichts. Handelsüblich, in jedem Baumarkt, in jedem Bootsgeschäft zu kaufen.«

»Das Seil bei Magnus Schuldt?«

»Auch keine Spuren. Der Regen hat alles verwischt.«

Frithjof sah Lars fragend an.

»Das Boot hat nichts ergeben. Keine brauchbaren Spuren. Wahrscheinlich lag es dort schon länger und hat nichts mit unserem Fall zu tun.« Er lehnte sich zurück und berichtete von dem Besuch in den *Seeterrassen*, der nicht viel gebracht hatte. Die Angestellten waren höflich und beantworteten artig seine Fragen.

Helfen konnten sie nicht. Es gäbe einfach zu viele Fremde, die das Ausflugsziel besuchten. »Hätte man sich schenken können. Herr Westfahlen stand etwas unruhig herum und schaute nach, ob auch keiner der Gäste etwas mitbekam.«

»Biene wäre da mit gezücktem Ausweis reingestürmt und hätte laut *Polizei* gerufen.« Alle lachten.

Blanca angelte sich die Tastatur und die anderen verstummten. Sie wussten, was auf sie zukam. »Keine Angst, zuerst der Waldboden und der Zement, danach der Förster.« Kurze Erleichterung breitete sich aus. Bilder tauchten über ihnen auf. Das erste Bild zeigte die einzementierten Pfähle. Das Bild daneben das Erdreich drum herum. Das dritte Bild war das des Baumstumpfes, von dem sie vermuteten, dass von hier aus geschossen wurde. »Hier haben wir auch den Herzbuben gefunden. Der Boden war zertreten. Da konnten wir nichts erkennen. Zudem hat es ständig geregnet.« Sie lehnte sich zurück und wartete auf eine Reaktion. Lars sah sie irritiert an. »Auf was wartest du, Blanca? Hast du noch etwas entdeckt und willst es jetzt spannend machen?«

»Ich will euch damit sagen, dass ich rein gar nichts gefunden habe. Entweder haben die Täter es so gut drauf alles zu beseitigen, was auf sie schließen lässt, oder sie haben sich bewusst dieses Scheißwetter ausgesucht.«

Meine Tat ist lange geplant. Ich habe Zeit. Ich kann warten. Ich brauche nur noch Regen, der meine, der unsere Spuren verwischt. Ich weiß, wie das Wetter im Norden ist. Die Gelegenheit wird kommen. Ich muss nur warten.

»Die Überlegung finde ich nicht schlecht, Blanca«, sagte Frithjof. »Ich habe mich schon mehrmals gefragt, warum gerade jetzt? Vielleicht habe ich nur zu kompliziert gedacht, sodass ich etwas Großes sehen wollte, das die Tat hervorruft. Vielleicht ist es wirklich nach all der Planung, die die Täter machen mussten und wohl auch gut gemacht haben, egal wann es stattfand. Regen war vielleicht eine der Hilfen, die sie brauchten.«

Robert räusperte sich. »Wenn du sagst, die Täter haben auf Regen gewartet, müssen mehrere Faktoren zusammentreffen: Alle Täter müssen Zeit haben. Da scheiden die aus, die familiär gebunden sind, die in Vereinen sind, die beruflich in Schichten arbeiten. Zweitens müssen die Opfer ebenfalls greifbar sein. Was, wenn sie bei schlechtem Wetter ins Kino fahren, sich mit Freunden treffen oder dergleichen. Drittens, und das ist eine Sache, die du mir schon gesagt hattest: Warum sind die beiden nicht geflüchtet? Warum haben wir keine Spuren auf ihrer Haut gefunden?«

Lars gab ihm mit einem Nicken Recht. »Was hast du für ein Profil der Täter erstellt?«

»Ich habe angefangen, ein Profil für einen Täter zu erstellen, und werde es gleich mit euch zusammen abwandeln auf mehrere und ihr werdet sehen, es ist schier unmöglich. Hautfarbe weiß, da es selten vorkommt, dass sich Rassen kreuzen, wenn sie ein Gewaltverbrechen begehen. Alter, circa Mitte dreißig bis Mitte vierzig. Kräftig gebaut, groß, vielleicht 1,90 bis 2 Meter. Männlich. Gebildet, höhere Schulausbildung. Fachwissen vorhanden durch Studium oder Fernstudium. Lebt in geregelten familiären Verhältnissen und hat ein festes Einkommen.« Robert machte eine Pause. Die kleine Liste machte Sinn, befand Frithjof. Die Tat konnte nur von einem Mann begangen worden sein, der kräftig war, der gebildet war und sich hinter einer heilen Fassade verstecken und tarnen konnte.

»Jetzt zum schwierigen Teil: Ein kräftiger Mann kann das tragen, was zwei mittelkräftige Männer ebenso tragen können. Ein gebildeter Mann erdenkt sich einen Plan, den sich drei normal begabte Männer genauso ausdenken können und sich gegenseitig in ihren Fehler berichtigen.«

»Hör auf«, sagte Frithjof friedlich. »Ich verstehe dich. Wir haben zu wenig, nicht wahr?«

»Ja. Wobei es jetzt spannend wird. Aus einem bestimmten Grund musste der Förster sterben. Ich kann mir nicht vorstellen, dass Magnus Schuldt dazugehörte. Aber warum musste man ihn loswerden?

Was wusste er? Und wo ist sein Hund?«

Frithjof trug Gabrielle auf, sich um die Lebensläufe von Magnus Schuldt und Sofie Kessler zu kümmern. »Vielleicht gibt es doch einen Zusammenhang zwischen den Dreien.« Er sah zu Blanca. »Gab es eine Spielkarte beim Haus des Försters?«

»Sebastian und Konsorten durchwühlen gerade alles, was wir mitgenommen haben.«

»Und die Spielkarte im Bootshaus? Was ist damit?«

»Nichts. Kein Fingerabdruck.«

»Robert, was hat es mit den Karten auf sich?«, wollte Frithjof wissen.

»Ein Markenzeichen oder eine Visitenkarte, die hinterlassen wird. Die Täter wollen sicher gehen, dass man sie erkennt.«

»Ein Spiel?«

»Das kann möglich sein. Wobei bei einem solchen Spiel immer Regeln von dem Täter aufgestellt werden, an die wir uns halten müssen, um das Spiel zu verstehen. Bisher kann ich keine Regeln erkennen. Vor allem nicht, weil die Karten zu verschieden sind. Einmal prangt ein blutiger Fingerabdruck darauf, auf der anderen Karte aber nicht.«

»Wurde die Karte vielleicht verloren?«

»So ohne Grund kann ich mir nicht vorstellen, wieso diese eine Karte im Bootshaus war. Das Boot im Schilf weist keine Spuren auf. Da wäre nur der Motorradfahrer, der die Karte absichtlich hingeworfen hat und du bist einfach zu schnell da gewesen.«

»Das Boot ist vielleicht eine falsche Fährte«, meinte Blanca, »an der wir uns die Zähne ausbeißen sollen und wertvolle Zeit verlieren.«

»Was ist mit dem Fall von früher, diese Sterbehilfegeschichte der Großmutter?«

»Bin ich noch nicht zu gekommen«, entschuldigte sich Robert.

»Gut, dann ist das deine nächste Aufgabe. Wir sind vorhin von deinen Untersuchungen an Magnus Schuldt abgekommen, Blanca.« Sie setzte sich gerade in ihrem Stuhl auf. »Wollt ihr die Bilder sehen?« Alle schüttelten verneinend den Kopf.

»Dachte ich mir. Also, die Verbrennungen wären nicht tödlich gewesen, dank der Rettung von Herrn«, sie sah in die Unterlagen, »Herrn Wirsch, so heißt der Mann, der nachts mit seinem Hund ging. Tödlich war ein Sturz aus niedriger Höhe, bei dem die Wirbelsäule zwischen dem Atlas, dem ersten Wirbel, und dem Schädelknochen brach. Die makroskopische Untersuchung zeigte keine äußere Verletzung durch einen harten Gegenstand.«

»Das heißt, er ist gefallen und hat sich das Genick gebrochen? Einfach so? Und was heißt *niedrige* Höhe?«

»Wenn du unglücklich fällst, kann die Höhe eines Bordsteins reichen.«

»Wie ist er gefallen?« beharrte Frithjof.

»Dumm«, antwortet Blanca lakonisch. Sie wusste nicht, oder konnte sich auch nicht erklären, wie ein junger Mann in seinem Wohnzimmer fallen konnte. »Oder der Alkoholspiegel hat ihn aus dem Gleichgewicht gebracht. Der lag bei 1,87 Promille.«

»Junge, Junge.« Frithjof schnalzte mit der Zunge.

»Oder hatte er tatsächlich vor, sich zu erhängen und ist vom Tisch gefallen?«, fragte Gabrielle.

»Er konnte sich mit der Schlinge aber nicht erhängen. Das hätte er gewusst«, berichtigte ihn Lars.

Sie steckten fest. Frithjof beendete die Sitzung. »Der blutige Fingerabdruck von Johann Braun auf der Karte hat etwas zu bedeuten«, vermutete Frithjof, konnte sich jedoch nicht erklären was. »Blanca, geh bitte rüber zu Sebastian und seht euch den Schutt an. Wenn wir noch eine Karte finden, kommen wir vielleicht hinter die Regeln des Spiels. Gabrielle, du kümmerst dich um die Lebensläufe. Robert, du machst dich an den alten Fall der Großmutter. Lars und ich werden uns um die Freunde von Johann Braun kümmern.«

14

Gerade als Frithjof die Nummer von Maximilian von Steintal wählen wollte, erschien Gabrielle in der Tür. »Frithjof, du hast Besuch.«

»Wer ist es?«

»Die Eltern von Magnus Schuldt. Sie fragen, ob sie ihren Sohn sehen können. Jemand muss ihn doch noch identifizieren.«

»Verdammt«, sagte er leise. Eines der Dinge, die er an seinem Beruf hasste. »Ich werde Quint fragen, ob es in Ordnung ist, wenn wir das übernehmen. Wir haben ihn schließlich einen Tag zuvor kennengelernt.« Er strich sich durch die Haare und sah aus dem Fenster. »Das müssen die Eltern nicht tun. Der Anblick ist nicht schön.«

»Sie bestehen darauf.«

Er folgte Gabrielle auf den Flur. Es stank noch immer nach der Duftkerzenmischung und der Gestank war ihm vor den Eltern von Magnus Schuldt unangenehm. Er reichte beiden die Hände und drückte ihnen sein Mitgefühl aus. Frau Schuldt war zierlich und hatte ihren Kopf gesenkt. Sie nickte stumm. Ihre schütteren Haare wippten leicht auf und ab. Herr Schuldt war kräftig gebaut, mit einem kleinen Bauchansatz. Sein Kopf war fast kahl. Er war gefasster und sah Frithjof in die Augen. »Wir möchten unseren Sohn sehen«, bat er höflich.

»Herr Schuldt, wir konnten Ihren Sohn identifizieren. Ich glaube nicht, dass Sie Magnus… « Er wurde von Frau Schuldt unterbrochen. Ihre Augen waren gerötet. »Wir möchten unseren Sohn sehen. Das ist ein Teil unserer Geschichte. Kein schöner Teil, wie Sie sich sicher denken können, aber es ist ein Abschluss für uns.«

Frithjof atmete durch und führte sie aus dem Gebäude hinaus. Über die Straße in die Pathologie. Sachte klopfte er an Blancas Tür und erklärte ihr:

»Das sind die Eltern von Magnus Schuldt. Sie wollen ihren Sohn ein letztes Mal sehen.«

Auch Blanca wollte die Eltern umstimmen. Doch Frau Schuldt blieb energisch, wie zuvor bei Frithjof. Nach kurzem Überlegen führte sie die Schuldts den Gang entlang. Frithjof blieb im Büro und wartete. Nach wenigen Minuten kamen sie zurück. Herr und Frau Schuldt hatten geweint. Sie zitterte am ganzen Körper und musste sich setzen.

»Kann ich ein Glas Wasser bekommen?«, flüsterte sie und Blanca reichte ihr eine kleine PET-Flasche und ein Glas.

»Darf ich Ihnen einige Fragen stellen?«, fragte Frithjof.

»Frithjof«, zischte Blanca.

»Nein, nein«, sagte Herr Schuldt, »das ist schon in Ordnung.«

»Was war Magnus für ein Mensch?«

»Er war ein Einzelgänger. Immer schon. Er hat es genossen, alleine zu sein. Vor allem in der Natur. Magnus hatte es nicht leicht in der Kindheit. In der Schule wurde er gehänselt, weil er nicht so war wie die anderen. Er war anders, bis sich herausstellte, dass er hochbegabt war, und wir ihn auf ein speziell für solche Kinder gegründetes Internat schickten.«

Frithjof dachte fieberhaft nach. Da war doch etwas, was sich zusammensetzen ließ, ein weiteres Puzzleteil. Nur was war es. Er kam nicht drauf.

»Ihr Sohn war hochbegabt und arbeitete dann als Förster?«, fragte Blanca.

Frau Schuldt hatte sich wieder einigermaßen gefangen und lächelte sie an. »Wissen Sie, in Magnus' Kopf schwirrten so viele Gedanken. Er machte sich über alles Gedanken. Ständig hatte er Kopfschmerzen, weil er an Problemen tüftelte, die ihm keine Ruhe ließen. Irgendwann hat er aufgegeben. Er hat seine Begabung einfach vernachlässigt. Einmal sagte er zu uns, wenn er das nicht getan hätte, wäre er wahrscheinlich verrückt geworden.« Sie strich sich Haare aus dem Gesicht. »Wie Autisten, die alles mehrfach verarbeiten. Die keine Ruhe mehr finden in ihrer Welt und sich dann selber schlagen oder den Kopf gegen die Wand hauen, um all den unnötigen Müll des Lebens aus sich zu prügeln, um ihn nicht mehr verarbeiten zu müssen.«

Da fiel es Frithjof plötzlich ein. Johann Braun war ebenfalls auf einem Hochbegabteninternat gewesen. Als die Krankheit ausbrach, hatte er sich voll seinem restlichen Leben gewidmet und die Uni geschmissen.

»Kennen Sie einen Johann Braun?«, versuchte es Frithjof.

»Sicher. Er ist ein Freund von Magnus. Wieso fragen Sie?«

Im ersten Moment wusste Frithjof gar nicht, was

er sagen sollte. So selbstverständlich hatte er eben eine Verbindung gefunden, die ihnen bisher verborgen war. »Woher kannten sich die beiden? Aus dem Internat?«

»Ja. Sie besuchten dieselbe Klasse. Ich glaube, Johann studierte dann später an der Universität in Hamburg, bis diese furchtbare Krankheit ausbrach.«

»Richtig.« Schnell zückte Frithjof einen Zettel und einen Stift. »Bitte nennen Sie mir noch weitere Freunde von Magnus und Johann. War ein gewisser Maximilian von Steintal dabei?«

»Maximilian, ja. Einer der intelligentesten Menschen, der mir je begegnet ist«, sagte Herr Schuldt. »Ein ganz reizender junger Mann, wirklich.«

Wenig später hatte Frithjof fünf Namen auf seinem Zettel stehen, die zu dem engen Freundeskreis von Johann Braun, Sofie Kessler und Magnus Schuldt gehörten. Maximilian von Steintal, Titus Eisner, Veronika Helmer, Roma Magdya und Clara Weber.

Zurück im Präsidium ging er zu Robert und Lars und berichtete kurz von dem Gespräch. Ihren Gesichtern war anzusehen, dass sie erleichtert waren, jetzt endlich eine Verbindung gefunden zu haben.

Acht Freunde hielten zusammen. Acht Freunde haben uns etwas angetan. Wir rächen uns nun an ihnen. Nach und nach wird jeder der Acht sterben. Wir haben Zeit. Wir haben lange genug gewartet. Unsere Rache. Unser Spiel.

»Was haben die Acht getan, dass jetzt drei tot sind?« Lars schüttelte den Kopf. »Genau das habe ich mich eben auch gefragt«, bemerkte Frithjof. »Wir müssen sie schnellstens finden. Vielleicht sind sie in großer Gefahr.«

Frithjofs Handy klingelte. Er nahm das Gespräch entgegen, hörte zu und wurde blass. »Irgendetwas Schlimmes muss damals vorgefallen sein. Man hat eine weitere Leiche gefunden. Männlich. Im Brustkorb eine Einschusswunde, auf dem Rücken eine Austrittswunde. Kein Projektilschuss. Die Kollegen sagen: sauberer Schuss durch den Körper.«

»Das heißt, wir gehen auf die Suche nach einem schnell und weit fliegenden Carbonpfeil.«

15

Einige Schaulustige standen an der Uferböschung der Tonkuhle. Interessiert sahen sie zu den Wagen, die an den See fuhren. Frithjof wies einen Beamten an, das Gebiet weiter abzusperren. »Lasst die Leute hier nicht durch.« Er konnte diese Gaffer nicht leiden.

»Wieder ein Ausflugsziel«, sagte Lars und sah sich um. Der große See lag direkt in der Stadt. Grünanlagen umsäumten das Wasser. Hohe Bäume spendeten im Sommer Schatten. Kleine Wege führten von dem See in kleine Siedlungen, die an die Innenstadt angrenzten. Im Sommer war der See ein beliebter Ort, der mitten in der Stadt zum Erholen einlud.

Sie stiegen einen glitschigen Weg hinunter zum See und hielten sich an verwinkelten Ästen fest. Über ihnen lag ein gewaltiger, umgestürzter Baum, der an einem Ende aussah, als hätte ihn ein Blitz gespalten. Spinnennetze glitzerten taubehangen. Schwarze Spinnen saßen in ihnen. »Warum können unsere Leichen nicht einfach mal im großen Salon oder in der Bibliothek liegen?«

»Weil wir hier nicht bei *Cluedo* sind.« Frithjof erkannte zwischen dem Schilf die ersten Gespenster, die gebückt am Ufer über einem menschlichen Körper saßen. Auf den ersten Blick konnte er nicht erkennen, ob es sich um einen Mann oder eine Frau handelte. Am Telefon sagte man, es wäre eine männliche Leiche. Er trat dichter heran und hielt sich beim Anblick der Leiche eine Hand vor den Mund. »Verdammt! Was ist das?«

Die Spurensicherung hatte den Körper aus dem Wasser gezogen. Die Haut des Toten war weißlichgrau. Bläulich um das Einschussloch im Brustkorb. Der Kopf hatte sich unnatürlich verformt. Die Lippen waren überdimensional aufgequollen, ebenso schien es, als wären die Augen für den Kopf zu groß. »Typische Froschkopfbildung«, sagte Robert und besah sich die Hände des Toten. »Waschhautbildung ist normal, jedoch nicht diese Verfärbung.« Er deutete auf die Fingerkuppen. »Das sind normalerweise Spuren bei Erfrierungen.« Er zog sich einen Latexhandschuh über und betastete die Bauchdecke. Vielmehr das, was von ihr übrig war. Die ansonsten weiße Haut des Opfers war hier tiefgrün. Braun an den Rändern, wo sie aufgeplatzt war. Blanca sah zu den Kollegen der Spurensicherung. »Habt ihr was von den Innereien gefunden?«

»Nein«, sagte Sebastian, »vermutlich ist der Körper auf dem Wasser getrieben und dann reicht ein Ast um den Körper platzen zu lassen, wenn genug Gase unter der Bauchdecke vorhanden sind.« Lars, Robert und Frithjof nickten.

»Wie lange, denkst du, ist er tot?«, fragte Frithjof.

»Kann ich dir jetzt nicht sagen. Robert hat Recht, die Verfärbungen an den Fingern könnten tatsächlich eine Erfrierung sein. Das Aufblähen der Bauchdecke geschieht nur bei wärmeren Temperaturen. Möglich, dass er schon eine Weile hier liegt.«

»Was ist mit dem Pfeil?«, fragte Robert. »Die Nadel im Heuhaufen?« Er sah sich um. Kleine Waldstücke, der große See, Schaulustige, der Pfeil konnte überall und nirgends sein.

»Wir kümmern uns darum«, versicherte Blanca. Sie reichte Frithjof ihren Fotoapparat, mit dem sie Bilder gemacht hatte. »Ihr wolltet euch doch die Freunde von Magnus Schuldt vornehmen, vielleicht wird einer der Jungs auf eurer Liste vermisst und ihr könntet euch ein neueres Foto zeigen lassen.«

»Mit was sollen wir das denn vergleichen?« Frithjof deutete auf das Gesicht des Toten. »Mit Kermit hier?«

»Es gibt so etwas wie Feingefühl, oder?«

»Scheiß drauf, ist mir doch egal.«

Er ging mit Robert und Lars den rutschigen Weg zurück. Einige Male wäre er fast hingefallen, konnte sich im letzten Moment noch fangen. Als sie im Wagen saßen, betrachteten sie den See. Für einen Augenblick ließen sie das Bild des Toten in ihren Köpfen umhergeistern. »Was schätzt ihr, wie alt war der Tote?«

Lars und Robert schüttelten die Köpfe. Sie konnten beim besten Willen nicht sagen, ob der Mann zwanzig oder fünfzig war. »Wenn das Gesicht nur nicht so aufgequollen gewesen wäre.«

»Wir müssen die Freunde von Johann Braun finden. Vor allem die männlichen.«

Robert zog seinen Notizblock heraus. »Die Jungs sind Maximilian von Steintal und Titus Eisner.«

»Au weia«, sagte Lars, »*die* von Steintals? Die mit der Manufakturfabrik?«

Robert zuckte mit den Schultern. »Und wenn, sind auch nur Menschen.«

Lars sah ihn verwundert an. Robert hatte die gleiche reservierte Haltung eingenommen wie bei ihrem ersten Treffen im Kopierraum. Da hatte Lars auch etwas über reiche Familien gesagt. Was war es noch gleich, überlegte er. Auf eine bestimmte Weise hatte er Robert auf *seine* Familie angesprochen. Frithjof hatte ihn später am Tag gefragt, was diese Bemerkung sollte. »Ich habe nur gefragt«, hatte der Kollege geantwortet. Für Frithjof war es nicht wichtig, trotzdem wollte er wissen, woher er den Namen van Versendaal kannte. »Wenn es stimmt, was ich denke, ist Robert der Sohn des Bankiers van Versendaal. Er war einer der einflussreichsten Männer auf dem Finanzmarkt, weltweit.«

»Was heißt, *war*?«

»Erinnerst du dich nicht an die Entführung von damals? Ich bin noch zu jung dafür, aber wir hatten den Fall in der Ausbildung als Fallbeispiel.«

Langsam dämmerte es Frithjof. »Verdammt. *Der* Versendaal?« Ihm wurde ganz anders. Wenn Lars Recht hatte, wurde Robert, als er sieben Jahre alt war, entführt und fast drei Wochen lang von seinen Entführern gefangen gehalten. Bei der späteren Übergabe des Lösegeldes kam Robert frei. Sein Vater wurde jedoch getötet. »Und jetzt ist er bei der Polizei?«

»Vielleicht ist er auf der Suche nach Gerechtigkeit. Wer weiß. Die Ausbildung an der Akademie soll schwer sein. Keine Ahnung, warum er hier ist. Aber er gefällt mir. Er passt zu uns.«

Sie fuhren von der Tonkuhle den kurzen Weg zurück ins Präsidium. Sie mussten sich die Adressen der beiden Jungen besorgen. Robert sollte weiter an dem Fall von damals arbeiten. »Wer weiß, wenn das mit den Freunden ein Schuss in den Ofen ist und das alles mit dem Tod der Großmutter zu tun hat, verlieren wir wichtige Zeit«, grübelte Frithjof.

Er versuchte es noch einmal mit der Nummer von Maximilian von Steintal. Dieses Mal gab es kein Freizeichen, sondern eine weibliche Stimme teilte ihm mit, dass die Nummer zurzeit nicht zu erreichen sei. Gabrielle kam mit den beiden Adressen aus ihrem Büro. »Die Steintals wohnen in Kratzmoor, vor den Toren Hamburgs auf dem Land. Titus Eisner ist zurzeit bei seinen Eltern in Flensburg gemeldet. Die Telefonnummern, die ich kriegen konnte, habe ich auch mit aufgeschrieben.«

»Du bist klasse, Gabrielle! Was sollen wir nur ohne dich machen?«

»Dann habt ihr Frau Bommel.«

»Daher frage ich ja, was sollen wir ohne dich machen.« Er verdrehte die Augen. »Wo ist die Kollegin eigentlich?«

»Akten zu Quint bringen.«

»Du lässt sie auf Quint los?«

»Irgendwann muss er da durch.« Sie lachte.

Im Auto versuchte Lars, Titus Eisner zu erreichen. Er wählte die Nummer in Flensburg. Eine Frau meldete sich. »Eisner.«

»Hallo, kann ich Titus sprechen«, fragte Lars in leicht kumpelhaftem Ton.

»Der ist nicht da.«

»Können Sie mir sagen, wo er ist?«

»Wer ist denn da?«

»Oh, entschuldigen Sie, ich bin's Lars.«

Die Frau am anderen Ende überlegte. Nach der Stimme zu urteilen könnte sie die Mutter von Titus sein.

»Titus müsste eigentlich wieder aus Kuba zurück sein. Er wollte eine Weile bei Maximilian wohnen. Du müsstest es einfach mal bei ihm versuchen.«

»Danke, schönen Tag noch.«

»Titus soll laut seiner Mutter bei Maximilian wohnen. Er ist gerade aus einem Urlaub zurück.«

Frithjof überlegte. Sollte es jemand auf die Gruppe abgesehen haben, wer von den beiden war der Tote im See? »Kratzmoor ist eine gute Stunde von Itzehoe entfernt. Wo hat man einen der beiden Jungen erwischt? Und warum hat man ihn dann hierher gefahren und ihn in den Badesee geworfen?«

»Wenn es einer der beiden Jungen ist.«

»Warum wurden Johann und Sofie von Seebad nach Itzehoe gebracht? Warum nicht dort in einem kleinen Wäldchen? Wieso hier?«

»Weil jemand Itzehoe hasst. «

»Wenn jeder, der Itzehoe hasst, einen Menschen umbringt und ihn hierher bringt, könnten wir vor Leichen gar nicht mehr treten.«

»Aber ernsthaft, Frithjof. Wir müssen herausbekommen, ob die acht Freunde einmal hier waren. Ob sie hier Leute kannten, die sich wegen einer alten Geschichte an ihnen rächen wollten.« Er wählte die Festnetznummer der Steintals. Eine männliche Stimme meldete sich.

»Maximilian von Steintal?«

»Ja. Wer spricht da?«

Lars konnte sich nicht erklären, warum, aber er spürte Erleichterung. Einen der Jungen hatten sie gefunden und er war nicht der, der tot im See lag. »Mein Name ist Lars Hennings. Ich bin Kommissar bei der Kripo Itzehoe. Ich ermittele in einem Mordfall und bräuchte ihre Hilfe.«

»Meine Hilfe?«

»Sie kennen Johann Braun und Sofie Kessler?«

»Ja.«

»Sie sind einem Gewaltverbrechen zum Opfer gefallen. Es tut mir leid, ich weiß, sie waren eng mit ihnen befreundet.«

Schweigen am anderen Ende der Leitung.

»Ich bin mit meinem Kollegen auf dem Weg zu Ihnen. Wir müssen das nicht am Telefon besprechen.«

»Ja, ist gut.«

»Ich habe eben mit der Mutter von Titus Eisner gesprochen und sie sagte mir, er würde bei Ihnen wohnen. Ist das richtig?«

»Ja. Er ist da.«

Lars stutzte. »Sind Sie sicher?«

»Natürlich. Er spielt nebenan auf der Playstation.«

Lars wusste nicht, wie er es ausdrücken sollte. »Frithjof, ich weiß, du willst so etwas im Moment nicht hören, aber da musst du jetzt durch. Der Tote im See ist weder Titus Eisner, noch Maximilian von Steintal.«

»Ich weiß, warum ich so etwas nicht hören will.«

16

Kurz vor Blankenese tauchte Kratzmoor auf. Die Elbe war von hier aus nicht weit. Die Häuser wurden immer mehr durch große Zäune und Hecken vor neugierigen Blicken abgeschirmt. Hier wohnten Leute, die Geld hatten. Eine Menge Geld, dachte Frithjof. Nach einigem Suchen fanden sie die Einfahrt zu dem Steintal-Anwesen. Der Schotterweg führte durch eine Gartenanlage und endete vor einem pompösen Neubau mit schwarz verspiegelten Fenstern. Halogenstrahler warfen kaltes Licht an die Fassade.

Lars dachte an den Winter, wo er und Frithjof bei Ermittlungen zu einem alten Gutshaus gerufen wurden. »Der Weg und das Haus erinnern mich ein wenig an das Gutshaus im Winter. Weißt du? Da wo du die Ritterrüstung umgeworfen hast«, er lachte.

»Schnauze.«

Ein junger Mann trat aus dem Haus. Er trug kakifarbene Hosen, Seglerschuhe und ein blaues Polohemd. »Ist das der aus der Ralph Lauren Werbung?«, fragte Lars und dachte, solche Menschen gäbe es nur in der Werbung. Der Junge öffnete die Tür. Höflich stellte er sich mit Maximilian von Steintal vor und bat sie ins Haus. »Es ist frisch draußen. Kommen Sie herein, bevor es wieder anfängt zu regnen.« Seine ordentlich frisierten, braunen Haare wirbelten im Wind herum. »Ungemütliches Wetter, nicht wahr?«

Sie betraten eine riesige, weiße Halle. Dieser Raum hat die Größe meines Wohnzimmers und der Küche, dachte Frithjof. Er sah sich um. Mehrere Male blinzelte er mit den Augen.

Maximilian sah ihn belustigt an. »Sagen Sie schon, was Sie denken.«

»Weiß.« Mehr konnte man zu der Eingangshalle nicht sagen. Klinisch steril weiß. Kein Stuhl, kein Bild, kein Schmuck, kein Schuhregal – gar nichts.

»Meine Eltern mögen eine klare Linie.«

»Das ziehen sie konsequent durch. Ich hoffe, wenigstens im Wohnzimmer stehen einige Möbel.«

»Ja, bitte«, er führte sie in den Wohnraum, der ebenfalls weiß gestrichen war. Vier weiße Sofas standen in einem exakten Viereck in der Mitte des Raumes. Ein flacher Kubus diente als Tisch. Keine Bilder, kein Nippes, nichts, was ablenkte. Nur dein Gegenüber, dachte Frithjof.

Ein junger Mann betrat den Raum und stellte sich mit Titus Eisner vor. Seine Haare hatte er zu einem Zopf zusammengebunden und trug eine Trainingshose und einen Kapuzenpullover. In einer Hand hielt er einen Kaffeebecher. »Möchten Sie auch einen Kaffee oder Tee?«

»Gerne«, sagte Frithjof und Lars stieß ihn in die Seite.

»Wenn du hier was trinkst, ahne ich Böses, das kann doch gar nicht gut gehen.«

Frithjof ignorierte die Bemerkung. Wenig später saßen sie in den weißen Sofas, hielten Becher in den Händen und erwartungsvoll sahen die Jungen abwechselnd von Lars zu Frithjof.

Kurz und knapp berichtete Frithjof von den Morden an Johann und Sofie. »Sie wurden mit Pfeilen getötet, genauer gesagt mit Carbonpfeilen. Sagt Ihnen das etwas.«

»Sicher«, sagte Titus. »Wir schießen mit solchen Pfeilen.«

»Bitte?«

»Wir haben das Schießen im Internat gelernt. Dort haben wir auch Johann kennen gelernt.«

»Sie waren ebenfalls im Internat?«, fragte Lars.

Die beiden bejahten.

Das konnte alles kein Zufall mehr sein, dachte Frithjof. Vier Schüler des Internats für Hochbegabte sind befreundet und zwei von ihnen sind ermordet worden.

»Was ist mit Sofie Kessler?«

»Was soll mit ihr gewesen sein? Sie war Johanns Freundin. Sehr nett, sehr schüchtern. Hat sich gleich wohl bei uns gefühlt, als sie in die Gruppe kam«, sagte Maximilian.

»War sie auch hochbegabt?«

»Nein. Sie hatte das Glück, nicht hochbegabt zu sein«, Titus schenkte sich Kaffee nach.

»Glück, nicht hochbegabt zu sein?«, fragte Frithjof. »Ich denke, man genießt einige Privilegien.«

»Die wären? Dass man mit zehn schon schlauer ist als sein Vater? Er sich nicht mehr traut, mit dir zu sprechen, weil er denkt, egal was ich meinem Sohn sage, er hält mich für dumm. Dass man sich nicht mit normalen Freunden treffen kann, da man die Probleme nicht versteht, die sie haben, weil man wieder irgendeine Formel im Kopf hat, sich wieder über alles und jeden Gedanken macht.« Maximilian sah zu Titus, der den Kommissaren erklärte, dass die einzige normale Welt für sie das Internat war. »Das haben wir alle so empfunden. Da gab es ein Leben, wie es die anderen Kinder aus der Schule kannten. Hochbegabt zu sein bedeutet, sich ausgegrenzt zu fühlen. Man braucht seine Zeit, um damit klar zu kommen. Das dauert und gerade als Kind ist es besonders schwierig.«

»Sie kannten sicher auch Magnus Schuldt, oder?«

Beide nickten. Titus sprach als Erster: »Er hat aufgegeben. Er ist an dem Druck zerbrochen. Er ist ein Einzelgänger.«

»Wobei er auch gut feiern kann«, unterbrach ihn Maximilian.

»Sicher, aber in seinem kleinen Häuschen im Wald fühlt er sich am wohlsten.«

Frithjof ruckte ein wenig auf dem Sofa hin und her, weil er nicht bequem saß. Seine Bewegungen hatten einen kleinen Tropfen an den Rand seines Bechers befördert, der von dort unbemerkt gen Abgrund lief.

»Herr von Steintal, Herr Eisner, ich sage es Ihnen gerade heraus: Magnus Schuldt hat gestern Nacht Selbstmord begangen.«

Die beiden Jungen sahen ihn ungläubig an. Schnell stellten sie ihre Becher ab, fuhren sich durch die Haare, glätteten nicht vorhandene Falten auf den Hosenbeinen, alles gleichzeitig, nicht recht wissend, was das hier alles zu bedeuten hatte.

»Zwei Menschen Ihres Freundeskreises sind ermordet worden, ein anderer hat sich einen Tag später selbst getötet. Warum? Was hat Magnus Schuldt gewusst? Etwas aus der Vergangenheit?« Kurze Pause. »Ahnte Magnus Schuldt etwas? Wusste er, er könnte eines der nächsten Opfer sein?« Wieder eine kurze Pause. Die Jungen sahen unruhig aus. »Wie sieht es mit Ihnen aus? Könnten Sie sich vorstellen etwas getan zu haben, das so schlimm ist, dass sich jemand an Ihnen rächen könnte? Wenn nicht, was könnte Johann getan haben? Oder Sofie?« Pause. Die Jungen sahen sich an. »Hat Magnus Schuldt tatsächlich wegen des ganzen Stresses alles aufgegeben? Oder war da etwas anderes, das ihn in den Wald trieb? Alleine. Für sich.« In der entstandenen Pause sah Frithjof den kleinen braunen Kaffeefleck auf dem weißen Sofa und versuchte, diesen so unauffällig wie möglich zu entfernen. Aber er machte es nur noch schlimmer.

Titus stand auf und ging in dem Raum umher. »Sie meinen also, irgendjemand da draußen ist ganz scharf darauf unsere Gruppe zu verkleinern? Was sollen wir schon gemacht haben? Maximilian?«

»Ich weiß es nicht. Ich verstehe, was Sie denken. Ich will jetzt auch nicht so tun, als hätte ich keine Angst. Aber Titus hat Recht, ich wüsste keinen Grund, warum man uns umbringen sollte.«

»Gab es einmal jemanden, der in Ihrer Gruppe war und den sie vor die Tür gesetzt haben, weil er sich nicht an die Regeln hielt?«

»Nein.«

»Jemand, der in die Gruppe wollte. Sie ihn aber nicht gelassen haben.«

»Nein.«

So kamen sie nicht weiter.

»Woher kannte Johann Sofie?«

»Sie haben sich auf einer Lesung kennen gelernt. Ein klassisches Ding. Einmal in die Augen gesehen und verliebt.«

Frithjof überlegte, ob die Morde vielleicht etwas mit dem Mädchen zu tun hatten.

Das Mädchen hat mich verletzt. Ich räche mich an ihr. Ich habe sie geliebt. Dann nahm der Hochbegabte sie mir weg. Ich töte die Schlampe. Jage ihr einen Pfeil durch das Herz. Genau wie ihm. Der Förster hat mich gesehen. Er ist eine Gefahr. Er muss sterben. Ich arrangiere seinen Tod.

»Kannten Sie sie näher?«

»Selbstverständlich. Sie war unsere Freundin.«

»Was hat sie gemacht?«

»Sie wollte Tierärztin werden, bevor sie sich infiziert hat. Danach hat sie sich mit Johann zurückgezogen. Geld hatte er ja genug.«

»Und sie?«

»Hat das Studium mit Nebenjobs finanziert. Sie war sehr fleißig. Ihre Eltern sind früh gestorben. Das hatten sie gemeinsam. Johanns Eltern sind ebenfalls gestorben, als er klein war.«

»Und die Krankheit? Machte Ihnen das nichts aus?«, fragte Lars.

»Was sollte es uns ausmachen? Freiwillig haben sich die beiden das Virus ja nicht ausgesucht. Sie sind

– waren unsere Freunde. Wir hätten aufgepasst, wenn sich jemand verletzt hätte, klar, aber ansonsten haben wir das Virus hingenommen und es nicht weiter beachtet.«

»Und HiV4?«

Maximilian setzte sich gerade in dem Sofa auf. »Sie stellen immer sehr kurze Fragen, Herr Arndt. Was meinen sie mit *und HiV4*?«

»Genau«, mehr sagte er nicht und es reichte, dass Maximilian weitersprach.

»Wir haben Johann oft besucht. Meistens haben wir ihn da rausgeholt, weil er sich bei uns zu Hause besser fühlte. Kann man auch verstehen, oder? Ständig die kranken Menschen um sich sehen zu müssen, lässt einen immer daran denken, was passieren wird.«

»Und die Tests, die die beiden dort gemacht haben?«

»Haben sie freiwillig gemacht«, sagte Titus. »Wenn Sie mich fragen, verrückt. Doch wenn man keine Chance mehr hat, greift man nach jedem Strohhalm.« Er setzte sich wieder, zog sein Zopfband stramm und lehnte seine Unterarme auf die Knie. »Was sie dort genommen haben und ob es geholfen hat, kann ich Ihnen nicht sagen. Darüber haben Sie nie ein Wort verloren.«

»Haben Sie nicht gefragt?«, wollte Lars wissen. »Wenn meine Freunde etwas Neues machen, interessiert es mich und ich hake nach.«

»Johann und Sofie haben uns sehr deutlich gemacht, dass sie nicht darüber sprechen dürfen. Wir sollten das akzeptieren und das haben wir getan.«

Sie haben geredet. Über eine Sache aus dem Forschungsprogramm. Sie sind eine Gefahr. Etwas ist bei den Tests schief gelaufen. Sie haben es gemerkt. Sie spüren es an ihrem Körper. Den Schaden könnte das Institut nicht reparieren. Es wäre alles vorbei. Die beiden müssen sterben.

Frithjof dachte an schlecht gemachte Thriller und Fälle von Erpressungen. Oft zahlten Firmenbosse dann horrende Summen, damit nichts an die Öffentlichkeit drang. Frithjof wollte so etwas nicht. Nicht einen Fall in solchen Dimensionen. Der Bund und die EU sind an der Forschung beteiligt. Was würde das für einen Budenzauber geben, dachte er, wenn tatsächlich herauskäme, dass dort Mist gebaut wurde bei irgendeinem Test.

»Weiß einer von Ihnen, wer das Geld von Johann Braun erben wird? Angehörige sind unseres Wissens nicht mehr vorhanden.«

Titus sah Maximilian an und zuckte mit den Schultern. »Keine Ahnung, wahrscheinlich das Institut. Johann hat große Stücke auf die Ärzte und die Programme gehalten. Genau kann ich das aber auch nicht sagen.«

Er würde Quint anrufen und ihn bitten das zu übernehmen. Frithjof brauchte den Betrag und den Haupterben.

Lars hielt den beiden Jungen den Zettel mit den Namen ihrer Freunde unter die Nase. »Wir werden uns mit ihnen unterhalten. Haben wir einen Namen vergessen? Denken Sie nach! Wir hoffen, dass wir uns irren, aber wenn es doch jemanden gibt, der da draußen auf Sie wartet, sollten wir alle Beteiligten vorher warnen.«

Maximilian und Titus verneinten. Die Namen wären vollständig. »Das ist die eingeschworene Gemeinschaft«, sagte Maximilian und lächelte. Danach schrieb er die Telefonnummern auf.

»Wissen Sie, was mich wundert?«, fragte Frithjof.

Titus sah ihn neugierig an. In einer Hand eine soeben angezündete Zigarette, die spiralförmigen Rauch an seinem Gesicht vorbeiblies.

»Dass es Ihnen so gleichgültig ist. Schließlich wurde einer Ihrer besten Freunde ermordet.« Frithjof war überrascht über das Schulterzucken des jungen Mannes, der beiläufig Asche in den gläsernen Aschenbecher auf dem Tisch schnippte.

»Kennen Sie jemanden, der bald sterben wird?«

»Nein.«

»Sie Herr Hennings?«

»Nein.«

»Dann würden Sie es verstehen.« Titus sog an der Zigarette und stand auf. Langsam ging er zu den großen Fenstern, die hinaus in den Garten führten. Schwach spiegelte er sich in den Scheiben. Es schien, als würde er sich in ihnen betrachten, sich in die Augen sehen. »Was würden Sie machen, wenn man Ihnen sagt, Sie hätten nur noch ein Jahr zu leben? Einen Monat, eine Woche oder gar nur einen Tag?« Wieder zog er an der Zigarette, den Blick nicht von sich lassend. »Denken Sie doch einmal darüber nach, was Sie mit Ihrem letzten Tag machen würden.« Eine Weile sagte keiner der Anwesenden etwas. Die Worte schienen sich in dem Rauch zu verfangen und nicht loszukommen. »Fahren Sie vielleicht noch einmal ans

Meer, Herr Arndt? Und dann? Wenn Sie dort sind, sagen Sie, ach wie schön, dass ich das noch einmal gesehen habe – aber eigentlich ist es wie jedes Mal davor. Und die Berge? Fahren Sie vielleicht dorthin, Herr Hennings? Aber die sind genau so hoch wie bei Ihrem letzen Besuch. Und werden es weiterhin sein. Wie das Meer tief sein wird.« Titus kam an den Tisch zurück. »Oder lesen Sie so schnell es geht, all die Bücher, die Sie schon immer lesen wollten, es aber nie geschafft haben?« Wieder eine Pause. Wieder sagte keiner ein Wort. Dann machte Titus weiter und Frithjof merkte, wie ihn der Junge in seinen Bann zog. »Und dann sind die Bücher es gar nicht wert. Und wenn doch, was bringt es Ihnen, an Ihrem letzten Tag? Ob der *Faust* nun gut ist oder nicht, *Romeo und Julia* sterben, die *Räuber* nun wirklich frei werden? Sinnlos.« Er drückte die Zigarette aus und zündete sich im gleichen Zug eine weitere an. »Was bringt es Ihnen? Was kann man Sinnvolles machen? Einen Baum pflanzen? Ein Kind zeugen? Muss der letzte Tag Sinn machen, wenn das ganze Leben es schon nicht war? Oder nur einzelne Augenblicke? Warum alles auf diesen letzten Tag, diese letzte Woche, diese letzten Monate oder Jahre schieben?«

Sind das Tränen?, fragte sich Frithjof, als er Titus betrachtete. Und tatsächlich glitzerten Tränen in seinen Augen. Es war ihm doch nicht so gleichgültig, wie er tat.

»Was, wenn Sie an Ihrem letzten Tag noch einmal all die lieben Menschen sehen wollen, die Ihnen etwas bedeuten, Herr Arndt? Ihre Eltern, Geschwister, Freunde. Was werden Sie Ihnen sagen, wenn Sie dort ankommen? Ich verbringe heute meinen letzen Tag mit Euch, weil ich morgen sterben werde.« Titus lachte laut aus. »HA! BOMBENSTIMMUNG! DER KNALLER!« Er wurde wieder leiser. »Das wird kein schöner Abend, glauben Sie mir. Das ist kein schöner Moment, wenn man erfährt, dass jemand stirbt. Aber verschweigen können Sie es auch nicht! Es würde *Sie* deprimieren, weil *Sie* wüssten, dass all das am nächsten Tag nicht mehr sein wird. All die lieben Menschen, an denen Sie so hängen. Alles vorbei. Für immer.« Nun blickte er Frithjof direkt in die Augen. »Wir hatten einen solchen Abend. Es war letzten Sommer, als Johann uns sagte, dass die Krankheit ausgebrochen sei. Von da an war es vorbei. Immer wieder zermarterte er sich den Kopf, um einen neuen Sinn in seinem Leben zu sehen. Was könnte er noch machen? Wie viel Zeit hatte er noch für all die Dinge, die er noch tun wollte.« Er stockte und Maximilian sprach für ihn weiter.

»Johann hat uns einmal erzählt, nicht die Krankheit oder die Schmerzen wären das Schlimmste, sondern die Aussichtslosigkeit. Keine Träume mehr. Sie gleiten dahin. Zum Schluss war jeder Tag ein Warten auf den Tod. Das wurde sein Sinn.«

Stille machte sich breit.

»Vielleicht sind wir deshalb nicht so ergriffen vom Tod der beiden. Es ist jetzt vorbei, wissen Sie. Vielleicht gibt es eine neue Chance für sie, irgendwo, wo es einen anderen Sinn gibt, als den Gedanken an den Tod.«

»Eine letzte Frage noch, die ich routinemäßig stellen muss«, erklärte Frithjof. »Wo waren Sie vorgestern Abend zwischen acht Uhr abends und drei Uhr nachts?«

»Wir waren alle zusammen«, sagte Titus.

»Was heißt alle zusammen? Wer?«

»Die ganze Truppe, außer Johann und Sofie. Johann ging es nicht gut und er bat uns, ihn auch nicht weiter zu überreden zu kommen. Er würde sich mit Sofie eine DVD ausleihen und früh schlafen gehen.«

»Und die restlichen sechs der eingeschworenen Gemeinschaft waren wo?«, fragte Lars.

»Im Jagdhaus meiner Eltern. In Garda. Etwa eine halbe Autostunde von hier«, erklärte Maximilian.

»Und was haben Sie dort gemacht?«

»Gegessen. Das machen wir häufiger dort. Unsere Köchin bereitet dort das Essen für uns und danach sitzen wir vor dem Kamin und reden.«

»Wahrscheinlich haben alle dort in Garda übernachtet?«

»Richtig.«

»Wenn das nicht ein perfektes Alibi ist«, lachte Frithjof. Und Maximilian und Titus lachten mit.

17

Im Auto rief Frithjof Quint an und bat ihn, sich um die Erbschaft zu kümmern. Doch das war gar nicht nötig, Quint hatte bereits recherchiert. »Haupterbe ist die Forschungseinrichtung HiV4 und einen kleinen Betrag von je 25000 Euro erhalten zwei Herren: Ingo Finke und Gero Westfahlen.«

Frithjof musste aufpassen, dass er das Auto nicht in den Graben fuhr, als er die Namen hörte. »Was? Ich kann es nicht glauben.«

Er fragte nach, wann das Testament verfasst worden war.

»Im Sommer, warten Sie«, er suchte in seinen Papieren, »brauchen Sie das genaue Datum?«

»Nein, nein. Mir reicht schon zu wissen, dass es fast ein halbes Jahr alt ist.« Er sah kurz zu Lars hinüber. »Noch so'n Ding und ich fahr wieder Streife! Himmel Arsch! Was sollen Westfahlen und Ein-Haar-Finke nun in diesem ganzen Spiel?«

»Beide bekommen 25.000 Euro von Johann Braun. Warum?«

Frithjof wählte die Nummer von Gabrielle und sie gab ihnen die Nummern von Finke und Westfahlen durch. Lars wählte und sie warteten auf ein Freizeichen.

»Finke.«

»Hennings. Moin, Herr Finke. Sagen Sie, ist Ihnen zu Ihrem Bootsschuppen noch was eingefallen?«

»Nein.«

»Haben Sie den Motorradfahrer noch einmal gesehen?«

»Nein.«

Frithjof verdrehte die Augen und war froh, dass Lars das Gespräch führte.

»Sagt Ihnen der Name Johann Braun etwas?«

»Nein.«

»Wirklich nicht?«

»Nein.«

»Herr Braun ist vor zwei Tagen gestorben und hat Ihnen 25000 Euro hinterlassen.«

»Nein.«

»Kennen Sie wirklich keinen Johann Braun? Denken Sie nach!«

»Nein.«

»Was nein?«

»Kenne ich nicht.«

»Warum hat er Sie in seinem Testament erwähnt?«

»Weiß nicht.«

»Ich glaube aber, Sie müssen sich bald daran erinnern. Herr Braun wurde ermordet. Sie erhalten eine hübsche Summe Geld von ihm und kennen ihn nicht einmal. Schon merkwürdig, nicht?«

»Ja.«

»Was *ja*?«

»Merkwürdig.«

Lars ballte die Fäuste. Da war sie hin, die Geduld. Frithjof verkniff sich ein Lachen.

»Wo waren Sie vorgestern Abend zwischen acht Uhr und drei Uhr nachts?«

»Zu Hause.«

»Waren Sie alleine?«

»Ja.«

»Es kann also keiner bestätigen, dass Sie alleine zu Hause waren.«

»Doch.«

»Bitte? Waren Sie nun alleine oder nicht?«

»Ja.«

»Wer kann denn nun bezeugen, dass Sie dort waren?«

»Ich.«

Zwischen Lars' Fingern zerbrach der Bleistift.

»Frag ihn nach Norbert«, legte ihn Frithjof rein.

»Hä?«

»Frag nach Norbert.«

»Was ist mit Norbert?«

»Der deckt nicht.«

Erst jetzt fiel Lars ein, dass Norbert der Zuchtbulle war und er reingelegt worden war. Er boxte Frithjof in die Seite. Vor Lachen konnte der sich nicht mehr halten.

»Wir brauchen eine Aussage von Ihnen. Morgen früh um zehn Uhr im Präsidium.«

»Ja.«

Lars boxte Frithjof freundschaftlich. »Weißt du was? Du stinkst!«

Herr Westfahlen meldete sich nach langem Klingeln. »Ja?«, es klang verschlafen, was um diese Tageszeit erstaunlich war.

»Moin, Hennings. Kripo Itzehoe. Es geht um die beiden Toten am See.«

»Ja?«

»Habe ich Sie geweckt?«

»Ja.«

Lars flüsterte Frithjof entnervt zu: »Der redet auch nicht mehr. Ich dreh durch, wenn ich noch so ein Gespräch führen muss.«

Frithjof grinste.

»Herr Westfahlen, kennen Sie einen Johann Braun?«

»Nein.«

»Wirklich nicht? Denken Sie nach!«

Herr Westfahlen überlegte. Im Hintergrund hörte man etwas plätschern, dann eine Toilettenspülung.

»Jetzt pinkelt der, während wir telefonieren. Ich glaub das nicht.«

Unter einem lauten Gähnen ging die Antwort von Herrn Westfahlen fast unter. »Nein, wirklich. Ich kenne keinen Johann Braun. Er ist weder in meinem Restaurant beschäftigt, noch gehört er zu meinem Freundes- oder Verwandtenkreis. Soll ich meine Frau fragen, ob ihn ihrem Bekanntenkreis ein Johann Braun existiert? Die Namen kann ich mir nicht alle merken.«

»Nein, nein, nicht nötig. Wenn, dann müssten Sie ihn kennen. Er hat Sie mit in sein Testament aufgenommen. Im letzten Sommer. Und jetzt hat er Ihnen 25000 Euro hinterlassen.«

Aus der Freisprechanlage kam ein lautes Lachen. »Was? Sie machen Witze, oder?« Wieder Lachen. »Sie sind doch nicht von so einem Radiosender?«

»Nein«, kam es knapp und deutlich von Frithjof.

Das Lachen erstarb. »Hallo, Herr Arndt. T'schuldigung.«

»Schon gut. Und jetzt sprechen Sie mit meinem Kollegen wie mit mir. Das klappte ja auch.«

»Tschuldigung, Herr Hennings. Aber das ist alles so absurd. Ich kenne keinen Johann Braun. Ich weiß auch nicht, warum ich von ihm so viel Geld bekomme. Und es ist auch sicher, dass ich *der* Westfahlen bin, der gemeint ist? Es gibt viele Westfahlens auf der Welt.«

»Sie sind schon der Richtige. Kommen Sie morgen um zehn bitte aufs Präsidium. Wir brauchen eine offizielle Aussage.«

»Ja, sicher.«

»Kennen Sie einen Ingo Finke?«

»Sicher. Ingo gehört der Bootsverleih am See.«

»Sind Sie befreundet?«

»Nein, nicht in dem Sinne, den Sie sicher meinen. Wir unterhalten uns ab und zu. Immerhin leben wir von dem See und tauschen Informationen aus. Aber wissen Sie, wie soll ich es sagen? Wir haben nicht die gleiche Wellenlänge. Er tickt einfach ganz anders. Außerdem würde er mich mit seinen kurzen Antworten in den Wahnsinn treiben. Ich bin ursprünglich aus Schwaben, da babbeln wir schon gerne einmal mehr als gewollt.«

»Wo waren Sie vorgestern Abend zwischen acht Uhr und drei Uhr morgens?«

»Bei einem Geburtstag. Am Morgen kam Ihr Kollege mich besuchen. Meine Frau und etwa zwei Dutzend Freunde und Bekannte können bezeugen, dass ich auf dem Fest war.«

Lars bedankte sich und legte auf.

»Was sollen wir davon halten, Frithjof? Beide

Männer behaupten, Johann Braun nicht gekannt zu haben. Beide bekommen aber Geld von ihm.«

»Erinnerst du dich an Roberts Worte? Ein kräftiger Mann kann etwas Schweres allein tragen. Zwei mittelgroße Männer können es ebenso. Ein intelligenter Mann plant die Tat allein, zwei normal Begabte berichtigen sich in ihren Fehlern.«

»Wenn Finke dabei ist, bräuchte man noch eine ganze Menge mehr Männer!«

Ich weiß, dass ich eine Menge Geld bekomme. Ich spreche den an, der ebenfalls Geld bekommen wird. Ich brauche Geld. Ich begehe mit dem anderen Mann einen Mord. Der Förster hat mich erkannt. Er wohnt in der Nähe. Wir haben uns am See einige Male getroffen. Er wird mich und meinen Partner verraten. Er muss sterben.

Aber wofür bekommen die beiden Männer Geld? Warum werden die beiden im Sommer in das Testament aufgenommen? Warum bestreiten sie, Johann Braun zu kennen? Zum ersten Mal erschien Fritjof der Mord an Magnus Schuldt plausibel. Der Förster kannte wahrscheinlich beide Männer. Aber warum sagte er das nicht beim ersten Treffen? Und warum hat er nicht vorher schon einmal etwas gemeldet, wenn er dachte, da geschehen seltsame Dinge im Wald.

Frithjof wählte Roberts Nummer über Kurzwahl. »Robert, sieh bitte nach, ob Ingo Finke und Gero Westfahlen in finanziellen Schwierigkeiten stecken.«

»Geht klar.«

»Ist Quint im Haus?«

»Ist er. Soll ich ihm etwas ausrichten?«

»Ja, er soll vorsichtig die Finanzen von HiV4 checken.«

»Sag ich ihm.«

»Was macht der alte Fall?«

»Bin durch damit. Nichts Außergewöhnliches. Die Ermittlungen sind damals routinemäßig vonstatten gegangen. Der Tod der Großmutter war nicht eindeutig und der Arzt stellte eine überhöhte Dosis an Schlaftabletten fest. Später konnte nicht geklärt werden, ob die Großmutter die Tabletten gesammelt hatte oder Johann Braun sie ihr besorgt hat.«

»Keine Namen, die damals als Zeugen aufgetreten sind?«

»Nein. Nur der Arzt und die üblichen Anwesenden vom Gericht. Ich kann mir nicht vorstellen, dass der Arzt jetzt, all die Jahrzehnte später, dafür Johann Braun und seine Freundin tötet. Er war weder verwandt noch verschwägert mit der alten Frau. Genauso wenig konnte ich einen privaten Zusammenhang feststellen. Für mich eine Sackgasse.«

Frithjof stimmte ihm zu. »Sonst noch etwas?«

»Ja, ich hätte eh gleich angerufen. In dem Haus des Försters hat Sebastian tatsächlich eine weitere Spielkarte gefunden.«

»Bitte?«

»Ja. Einen Joker.«

»Wie passt das in dein Profil?«, fragte Lars.

»Klar ist nur, dass die drei Toten zusammengehören. Die Regeln des Spiels habe ich aber noch nicht verstanden. Auf alle Fälle sollen wir wissen, dass es die gleichen Täter sind.«

»Und am See? Haben wir dort eine Karte gefunden?«

»Nein. Blanca hat durch Quint Verstärkung bekommen und sie sind um den See gegangen. Auf der Suche nach einem Pfeil und einer Spielkarte. Beide Male negativ.«

»Wir wissen immer noch nicht, wer der Mann ist«, sagte Frithjof.

»Niemand aus der Gruppe?«

»Nein. Die beiden Jungen der Gruppe sind noch am Leben und sie haben uns gesagt, es gäbe keinen weiteren Freund, der dazu gehörte.«

Frithjof sah auf die Uhr. »Wir treffen uns morgen. Lars und ich werden heute Abend noch einige der weiblichen Mitglieder der Gruppe befragen und dann nach Hause fahren.«

»Alles klar. Viel Glück.«

»Euch auch.«

Ich töte die beiden Menschen und hinterlasse eine Spielkarte. Dann töte ich den Förster. Wieder eine Karte. Ein weiterer Mann wird getötet.

Frithjof überlegte. Der Einschuss war identisch. Die gleiche Waffe. Da musste eine Karte sein. Irgendwo. Das war eine Regel in dem Spiel. »Wir sollen wissen, dass *sie* es waren. Es würde nicht in das Spiel passen, wenn wir keine Karte finden.«

»Weißt du, was auch nicht passt?«, fragte Lars. »Dass Johann Braun im letzten Sommer sein Testament ändert und seine Freundin nicht erwähnt.«

»Du hast Recht. Verdammt.«

18

Der Himmel zog sich wieder zu, als sie vor Clara Webers Haus hielten. Es war schon Abend. Frau Weber hatte sich am Telefon bereit erklärt, auf sie zu warten. Sie hätte sowieso Besuch von Roma Magdya und sie würden nicht früh schlafen gehen.

Frau Weber bewohnte eine großzügige Wohnung in Elmshorn. Sie erklärte, von hier aus bräuchte sie höchstens eine halbe Stunde nach Hamburg zur Uni. Frau Weber glich in ihrem Aussehen einem Engel. Blonde lockige Haare tanzten um ihren Kopf. Helle grüne Augen sahen die Kommissare an, als sie sich vorstellten. »Maximilian hat mich angerufen und mir erzählt, was geschehen ist. Furchtbar.« Sie betraten das Wohnzimmer. In einem Sessel saß Roma Magdya. Sie hatte geweint. Langsam stand sie auf und reichte beiden Kommissaren die Hand. »Stellen Sie sich die beiden reinsten Herzen vor, die Sie sich vorstellen können«, hauchte sie. »Dann haben Sie Johann und Sofie. Wie konnte das nur passieren?« Sie setzte sich wieder und strich sich durch ihre schwarzen, langen Haare.

Lars und Frithjof nahmen Platz. »Und Magnus Schuldt?«

»Sehr allein«, kam es leise von Roma Magdya. »Ein Einzelgänger. Hochintelligent. Hat sich dann aber zurückgezogen. Ebenfalls ein guter Mensch.«

»Ich möchte Ihnen keine Angst machen, was mir sicherlich nicht gelingen wird, aber wir vermuten, dass es jemanden gibt, der sich an Ihrer Gruppe rächt. Für irgendetwas, was einmal geschehen ist.«

»Was soll das sein?«, fragte Clara Weber und setzte sich im Schneidersitz in die weichen Kissen des Sofas.

»Das wollen wir von Ihnen wissen. Überlegen Sie! Gibt es Menschen, die Ihnen etwas Böses wollen? Haben die Jungs Ihrer Gruppe einmal etwas getan und das ist außer Kontrolle geraten?«

Roma und Clara sahen sich an. »Nein. Würde man unser Leben verfilmen wollen, würde sich kein Produzent finden. Wir waren eine normale Gruppe von acht Freunden, die das Gleiche gemacht haben, wie alle anderen auch. Vielleicht sind die Themen andere gewesen, weil wir diese Begabung haben, aber das tut, glaube ich, nichts zur Sache.«

»Kennen Sie einen Ingo Finke oder Gero Westfalen?«

»Nein«, sagten beide fast gleichzeitig. »Wer soll das sein?«

»Johann Braun hat beide Namen in seinem Testament berücksichtigt.«

»Vielleicht zwei Freunde aus der Klinik, die er dort kennen gelernt hat und die das Geld gebraucht haben.«

Frithjof und Lars ließen diese Vermutung unbeantwortet.

»Johann hat keinem von Ihnen etwas hinterlassen. Können Sie sich das erklären? Schließlich waren Sie so etwas wie seine Familie.«

Es schien Clara Weber unangenehm zu sein, diese Frage zu beantworten. Zuerst druckst sie ein wenig herum. »Wissen Sie, wir sprechen nicht gerne über so etwas. Ich meine, es ist schon komisch und fast albern, dass man sich deswegen schämt. Wir würden das Geld nicht brauchen, Herr Arndt.« Sie sah zu Roma, wohl ein Zeichen für sie, weiter zu sprechen.

»In einem Satz: Wir sind hochbegabt und unsere Eltern haben Geld.«

Eine schöne Kombination dachte Frithjof. Er selbst war nicht übermäßig begabt und Geld hatte er immer zu wenig.

»Wie war die Beziehung zu seiner Freundin Sofie?«

»Es war diese Liebe, die einen neidisch macht«, sagte Roma, »die hatten nur Augen füreinander. Wahrscheinlich hat ihnen das geholfen, mit dem Virus zu leben.«

Lars faltete seine Hände und sah zu Clara. »Können Sie sich erklären, warum Johann Sofie nicht in sein Testament mit aufgenommen hat?«

Clara schwieg. Unsicher sah sie zu Roma. »Nein. Das kann ich mir nicht erklären. Sie müssen sich irren.«

»Nein. Sie steht nicht im Testament. Eigenartig nicht wahr?«

Beide Frauen nickten. Sagten jedoch nichts. Frithjof fand das seltsam. Oder war es nur die Überraschung, dass Sofie Kessler nicht im Testament stand?

»Wo waren Sie vorgestern Abend?«

»Verdächtigen Sie uns?«, lachte Roma.

»Diese Frage kennen Sie doch sicher aus dem *Tatort*. So was müssen wir fragen, sonst glaubt uns keiner, dass wir Polizisten sind.«

»Und Ihr Kollege ist Harry und holt den Wagen?« Wieder lachte Roma. »Wir waren bei Maximilian und haben dort den Abend verbracht.«

»Wann waren Sie dort?«

Unisono kam es von beiden: »Um acht.«

»Und dann?«

»Haben wir zuerst ein wenig in der Diele geplaudert. Die Mädchen sind in die Küche gegangen und die Jungs haben sich ins Kaminzimmer gesetzt.«

Lars schmunzelte. »Klassische Rollenaufteilung von anno dazumal, was?«

»Geben Sie unseren Jungs einen Topf und einen Löffel und das Einzige, was sie machen würden, wäre Lärm.«

»Maximilian erzählte uns etwas anderes.«

»Das kann nicht sein«, kam es schnell von Roma.

»Was?«, fragte Frithjof.

»Dass er etwas anderes erzählt hat. Weil es nämlich so war.«

»Er sagte, die Köchin hätte gekocht.«

Roma lachte wieder. »Ach so, Frau Thulke, ja, die Köchin. Die war aber schon nicht mehr da, als wir am Jagdhaus ankamen. Sie hat alles vorbereitet und auf kleiner Flamme köcheln lassen, sodass wir nur noch servieren mussten.«

»Sehr bequem, nicht?«

Beide nickten.

»Hat Ihnen Maximilian am Telefon gesagt, wie Johann und Sofie getötet wurden?«

Roma weinte jetzt. »Ja. Schrecklich. Die Armen.«

»Können Sie mit einer Armbrust schießen?«

Beide bejahten. Clara erklärte, alle aus der Gruppe könnten das. »Wir haben das im Internat gelernt. Ebenso das Schießen mit Pfeil und Bogen.«

»Ist das Schießen mit einer Armbrust schwer?«

»Mit den neuen Modellen nicht. Sie sind leicht. Sie stellen sich sicher alte Holzarmbrüste vor oder kleinere Jagdarmbrüste.«

Lars interessierte, was der Unterschied war und fand es faszinierend, dass die beiden sich so genau damit auskannten.

»Die Jagdarmbrust«, erklärte Clara, »ist handlich. Sie konnte früher von Mann oder Frau vom Pferd aus abgeschossen werden. Man braucht nur den Abzug mit einem Finger betätigen und eine Kerbe gab die Sehne frei. Die Pfeile, die so genannten Bolzen, hatten stumpfe Spitzen, die das Wild zu Fall brachten.« Sie strich sich die Locken aus dem Gesicht. »Die alte, schwere Armbrust aus dem 10. Jahrhundert war eine reine Männerwaffe, weil sie unheimlich schwer war. Wir hatten so eine im Internat. Die bekam ich kaum hoch, geschweige denn gespannt. Die Pfeile durchbohrten die Kettenhemden der Gegner noch aus 150 Meter Entfernung.«

»Unhandlich und schwer heißt, sie war keine gute Waffe für den Kampf«, stellte Lars fest.

»Richtig. Meist hatten die Fußsoldaten diese Waffe. Die waren froh, überhaupt etwas zu haben, außer ihren Händen oder stumpfen Schwertern. Aber das war ein Trugschluss. Das Nachladen dauerte fünf

Mal länger als mit einem Bogen und so konnte man in einer Minute nur zwei Schüsse abgeben.«

Frithjof wollte wissen, ob sie immer noch schießen würden. Roma bejahte. »Meist in dem Wald bei dem Jagdhaus.«

»Auch vorgestern?«

»Nein«, kam es von beiden.

Frithjof bedankten sich bei den beiden und sie verließen die Wohnung. Es regnete wieder. »War ja klar«, fluchte Lars und huschte schnell in das Innere des Autos.

Frithjof wartete einen Moment, bevor er losfuhr. Was war an dem Gespräch eben so seltsam gewesen? Er fragte Lars und auch der Kollege konnte sich nicht erklären, was es war. Gespürt hatte er das auch. »Sie verschweigen etwas, oder?«

»Was ist in der Vergangenheit passiert? Wieso trainieren sie noch immer? Wirklich aus sportlichem Ehrgeiz? Oder als Schutz?«

»Was meinte Roma Magdya damit, als sie sagte: *Das kann Maximilian nicht gesagt haben*?«

19

Lars sah seinen Eltern an diesem Abend an, dass sie geweint hatten. Schon wieder. Wieder einmal. Er dachte an die Koffer seines Vaters. Dachte an seine Mutter in seinen Armen. Es geht nicht mehr lange gut. Er sagte zu ihnen, dass sie ausgehen sollten. Spazieren, essen, ins Kino, irgendwohin. Seltsamerweise widersprachen sie ihm nicht, was sie sonst immer taten. Sie zogen ihre Mäntel über, Herr Hennings bot seiner Frau den Arm zum Halten an und sie hakte sich ein. Er gab ihr einen Kuss auf den Mund und eng umschlungen gingen sie in die Nacht. Straßenlaternen warfen ihre Schatten auf den Gehweg. Frisch Verliebte, dachte Lars. Mit schweren Schritten ging er in den ersten Stock hinauf. Vor dem Zimmer seines Bruders blieb er einen Moment stehen und ihm kam es vor wie gestern, dass Rai dort seine laute Musik hörte, die keiner im Haus ertrug. Lars hörte seinen Bruder und seine Freunde lachen, als sie dort zusammensaßen und sich *Melrose Place* anschauten, oder irgendwelche anderen amerikanischen Soaps. Sich CDs vorstellten und dazu im Zimmer herumtanzen und unten im Wohnzimmer die Tassen in den Vitrinen wackelten.

Jetzt lag Rai in einem Krankenhausbett, ohne Musik, ohne Freunde, ohne lautes Herumgetobe. Einzig das Piepen der Maschinen machte Musik. Es roch nach Eukalyptus, welches Heidi in eine Schüssel mit Wasser geträufelt hatte, weil Rais Atemwege verstopft waren.

»Na, Doofmann«, begrüßte Lars seinen Bruder und setzte sich neben ihn an das Bett. »Was hast du heute gemacht?«

Lars nickte mit dem Kopf, als würde er den Erzählungen seines Bruders zuhören. Das tat er immer, dann machte er sich einen Spaß daraus zu sagen, »ganz schön was erlebt, oder?« Doch heute blieb er stumm sitzen. Legte seine Hände auf Rais Arme und verharrte so. Nach einer Weile sank Lars' Kopf auf einen Arm seines Bruders und begann heftig zu weinen. »Du bist ein Idiot, Rai«, schluchzte er. »Weißt du, was du uns antust? Weißt du, was du Mama und Papa angetan hast? Sie gehen wegen dir vor die Hunde, nur weil du einmal der Held sein wolltest. Weil du einmal am Strand dachtest, du müsstest noch mal eine Kurve fahren. Hast du gar nichts gedacht, als du das gemacht hast?« Er schluchzte und konnte kurz nicht weitersprechen. »Weißt du, wie schlimm es für Mama und Papa war, als sie dich zum ersten Mal gesehen haben? Weißt du, wie furchtbar es für mich war, einen Bruder zu haben, der nicht mehr neben mir ist? Ich wünsche mir so sehr einen Bruder, mit dem ich sprechen kann, der mit mir durch dick und dünn geht. Der ein Verbündeter ist.« Lars wischte sich die Tränen aus dem Gesicht. »Und jetzt versuche ich unsere Eltern zusammenzuhalten, damit sie nicht zerbrechen. Versuche, ein Leben wiederzubeleben, das längst tot ist. Wo ist dein Sinn, Rai? Was macht dein Leben aus?« Er sprach es leise und fragend aus.

Fast peinlich berührt, so etwas zu fragen. »Wohin willst du? Wer bist du, wenn du ohne Maschinen nicht leben kannst? Denkst du gerade? Und wenn, was denkst du gerade? Was ich für einen Mist rede und gar nicht weiß, was in dir vorgeht? Oder ist da gar nichts mehr? Nur noch das Pumpen des Herzens, weil es muss, weil es angetrieben wird. Wo ist dein Sinn, Bruder? Ich möchte ihn so gerne wissen. Ich möchte dich so gerne verstehen.« Wieder kamen Tränen. Dieses Mal stärker. »Würdest du jetzt aufwachen, was würdest du denken? Würdest du an all die Zeit denken, die du verpasst hast? Würdest du an den Unfall denken? An mich, Mama und Papa? An deine Zeit in diesem Zimmer? An die Maschinen?« Er fasste Rai an die Wangen. »Wenn du jetzt weinen würdest, warum würden die Tränen kommen? Und wenn du lachen würdest, über was? Was hat dich all die Zeit beschäftigt? In deinem Kopf, deinen Gedanken?« Sanft strich er ihm über die Haare. Ließ seine Hände dort ruhen. »Was träumst du, kleiner Bruder? Was geht in deinem Kopf vor?« Lars' Tränen fielen auf Rais Gesicht. Er ließ sie dort. Schaute sie an. »Weinst du manchmal, wenn keiner da ist? Wenn du alleine bist? Wenn niemand die Tränen sieht?«

Als er seinen Bruder verließ, das Zimmer verließ, um ins Erdgeschoss zu gehen, fragte er Rai noch, »siehst du auch unsere Tränen?«

20

Pünktlich um acht saßen alle in Frithjofs Büro. Jeder von ihnen war bewaffnet mit Unterlagen, die er vor sich ordnete.

»Wir gehen der Reihe nach vor«, beschloss Frithjof und zeigte auf Gabrielle, die ihren Kaffeebecher beiseite stellte und auf ihre kleinen Zettel schaute. »Der Lebenslauf von Sofie Kessler ist nicht aufregend. Sie wurde 1976 in Kiel geboren. Ihre Eltern starben als sie drei war bei einem Autounfall in Frankreich«, sie sah von dem Zettel auf, »hatte also das gleiche Schicksal wie Johann Braun, der seine Eltern durch einen Autounfall verlor.«

»Dort irgendein Zusammenhang?«

»Nein. Nicht den Geringsten.« Gabrielle schob den ersten Zettel nach hinten und fuhr fort. »Sie wuchs bei Zieheltern auf. Verwandte gab es nicht. Sie schloss das Abitur in Kiel mit 1,2 ab und schrieb sich an der Uni für die Tiermedizin ein. Einige Semester besuchte sie die Universität, bis sie aus Krankheitsgründen die Universität verließ. Danach war sie bei Johann Braun gemeldet, bis sie sich beide entschlossen, dem Forschungsprogramm des HiV4 Institutes beizutreten.«

»Privates von ihr?«, wollte Quint wissen, der seinen Stock in einer Hand hin- und herrollen ließ.

»Nein. Das müssten Lars oder Frithjof wissen«, sie sah zu Lars.

»Wir wissen, dass sie und Johann Menschen waren, die von ihren Freunden als liebevoll und gut bezeichnen wurden. Keine auffälligen Dinge sind uns bekannt.« Frithjof nickte als Bestätigung und forderte Quint auf, von dem Institut zu berichten.

»Das Institut hat international einen sehr guten Ruf. Bisher keine Skandale. Bis auf einige Demonstrationen von Gegnern der Hospize. Meistens religiöse Kleingruppen, die dem Institut vorwerfen, Sterbehilfe in legaler Form zu betreiben. Alle Anschuldigungen sind jedes Mal widerlegt worden.« Er schob einen Zettel in die Mitte des Tisches. »Hier einige Auszeichnungen, die das Institut für Forschungsarbeiten bekommen hat. Die Gelder für diese Arbeiten kommen von der EU, dem Bund und von Spenden. Allein Johann Braun hatte ein Vermögen von über zwei Millionen Euro.«

Die Kollegen pfiffen durch die Zähne. »Ein reicher junger Mann«, meinte Lars.

»Das Geld fließt komplett als Spende an das Institut. Ausgenommen der zwei mal 25000 Euro, die an Ingo Finke und Gero Westfahlen gehen.«

Unruhe machte sich breit. Nicht alle hatten von dem Geldsegen an die beiden Männer erfahren. Frithjof sagte, dazu kämen sie später. »Wie steht es finanziell um das Institut?«

»Gut. Sehr gut. Sollte jemand denken, Johann Braun wurde wegen seines Geldes getötet, um das Institut zu retten oder ein Forschungsprogramm zu finanzieren, der liegt leider falsch. Dazu besteht kein Grund.«

Robert berichtete von der finanziellen Situation Gero Westfahlens und Ingo Finkes. »Beide Konten sind gedeckt. Herr Westfahlen kann seine Rechnungen für die Seeterrassen bezahlen. Ingo Finke ist Bauer, Bootsbesitzer, Frührentner, allerlei solche Sachen. Sein Kontostand ist mit etwa viertausend Euro im Plus. Nichts Weltbewegendes. Ich habe bei beiden keine Pläne für die Zukunft gefunden, wofür sie Geld gebraucht hätten. Eine Verbindung zu Johann Braun scheint es nicht gegeben zu haben. Jedenfalls keine, die ich entdeckt habe.« Er war noch nicht ganz fertig. Er suchte in den Unterlagen nach einer Jahreszahl, die er schnell fand. »1989 ist seine Frau in Holland in einem Hospiz gestorben. Sie hatte Lungenkrebs. Das wäre die einzige Gemeinsamkeit. Aber auch hier: keine Verbindung zu Johann Braun oder dem Institut HiV4.«

Das konnte alles nicht möglich sein, dachte Frithjof. Nichts, aber auch rein gar nichts passte zusammen. Vielleicht hatten sie mehr Glück mit Blanca. Er sah zu ihr hinüber und sie lächelte. Also hatte sie einen Trumpf im Ärmel.

»Dass wir im Haus des Försters eine weitere Spielkarte gefunden haben, wissen mittlerweile alle. Leider hatten wir noch keinen Erfolg an der Tonkuhle.«

Zu früh gefreut dachte Frithjof. »Und den Pfeil?«

Jetzt lächelte sie wieder. »Wir werden keinen Pfeil finden«, sagte sie fröhlich.

Die Anderen sahen sie verwundert an. Wie konnte sie sich nur so darüber freuen? »Erklär uns deine Freude«, bat Robert sie.

»Weil wir ihn schon haben!«

»Bitte?«

Quint wurde es zu bunt. »Sagen Sie, was sie herausgefunden haben und spannen Sie uns nicht so auf die Folter!«

»Der eine Pfeil aus dem Wald, dessen DNS wir Johann Braun zuordnen konnten, wies zwei unterschiedliche Stränge auf. Den anderen konnten wir bisher nicht nachweisen. Bis jetzt. Es ist die DNS des toten Mannes aus dem See!«

Stille. Dann hektisches Durcheinanderreden. Nach einer Weile schlug Frithjof auf den Tisch. Augenblicklich verstummten alle. »Wir haben zwei Leichen, die mit ein und demselben Pfeil getötet wurden?«

»Richtig. Robert hat uns erzählt, die Pfeile würden sich nicht verbiegen oder brechen, weil die Carbonpfeile aus diesen Dingsda-Vernetzungen bestehen.«.

»Quer- und Längsfasern«, half er ihr.

»Danke. Zuerst wurde der Mann im See getötet. Das ist zwei bis vier Wochen her. Dann vor wenigen Tagen Johann Braun.«

»Vor zwei bis vier Wochen?« Alfred war entsetzt. »Geht das nicht genauer?«

»Nein, leider nicht, da mehrere Faktoren zusammenkommen.« Sie holte tief Luft und versuchte es einfach zu machen. »Wenn jemand diesen Mann töten wollte, dann hat er es auf mehrere Arten geschafft, ihn ganz sicher zu töten.« Sie fasste sich an die Brust. »Erst der Schuss durch den Brustkorb, der höchstwahrscheinlich schon tödlich war. Dann hat man ihn in den See geworfen. Er hat kein Wasser in der Lunge, das heißt, er hat nicht mehr geatmet. Hätte er, wäre er entweder ertrunken oder erfroren oder an der Schussverletzung gestorben. Weil das Wetter aber plötzlich so warm wurde, ist Folgendes passiert: Er ist entweder erfroren oder an der Schussverletzung gestorben und ist dann durch die Gase in seinem Bauch explodiert.«

Frithjof wusste nicht, warum, aber er musste,plötzlich lachen. Als wären die Morde nicht schon grotesk genug, schilderte Blanca den Tod des Mannes wie einen billigen Splatterfilm. »Leute, das ist doch nicht wirklich euer Ernst, oder? Wir haben rein gar nichts, was irgendwie zusammenpasst. Was ist das jetzt wieder mit dem Pfeil, der mehrere Wochen später wieder verwendet wird?« Er stockte. »Wartet. Wir wissen dann aber, *wo* er erschossen wurde!«

Ich töte den Mann in dem Kleiderschrank in Seebad. Der Boden ist voller Blut. Er wird gereinigt. Ein Läufer verdeckt die nicht zu verwischenden Spuren. Der Pfeil tritt aus dem Rücken aus und schlägt in der Wand ein. Die Wand wird gekittet. Übermalt. Spuren vertuscht.

»Was machte er in dem Kleiderschrank? Warum brachte man ihn nach Itzehoe?«

»Vielleicht gab es einen Streit und es war ein Unfall«, meinte Gabrielle.

»Und dann wartete man mehrere Wochen, um den nächsten Menschen zu töten?«, fragte Robert.

»Gab es in der Wohnung eine Spielkarte, Frithjof?«, fragte Alfred. Frithjof verneinte. Das wäre ihm aufgefallen. Gerade weil alle anderen Sachen verschwunden waren. »Auf jeden Fall können wir jetzt schon einmal einen Ablauf erkennen, auch wenn wir nicht wissen, wie das alles zusammenpasst. Erst der Mann im Schrank, dann Johann Braun und Sofie Kessler, dann Magnus Schuldt.« Er deutete auf Blanca. »Was hat die Spurensuche vor Ort und im Labor ergeben?«

»In dem abgebrannten Haus haben wir nichts Wichtiges gefunden. Außer den unzähligen Kerzen und Gaskochern, die wahrscheinlich zu dem Brand geführt haben müssen.«

»Habt ihr Überreste eines Hundes gefunden?«, fragte Lars.

»Nein«, sagte Blanca verwundert. »Da war nichts.«

Frithjof erzählte, er hätte Johanna gefragt, die im Itzehoer Tierheim arbeitete, ob ein Hund abgegeben oder gefunden worden war. Dies war nicht der Fall. Johanna würde ihm jedoch unverzüglich Bescheid geben, sollte ein Pointer dort auftauchen.

Robert richtete seine Brille und bat um das Wort. »Mir leuchtet an dem Tod des Försters etwas nicht ein. Der oder die Täter töten ihn, hinterlassen eine Spielkarte, legen ihm einen falschen Knoten um den Hals, damit es aussieht wie ein Selbstmord und dann fackeln sie alles ab. Wäre der Mann mit seinem Hund nicht zu dieser späten Stunde vor Ort gewesen, hätten wir nichts davon erfahren. Weder vom Seil noch von der Karte.«

Die anderen sahen ihn ratlos an. Worauf wollte er hinaus?

»Ich meine, wir versuchen in dem Ganzen einen Ablauf zu erkennen, versuchen die Regeln des Spiels zu durchschauen. Die Täter legen uns ihre Visitenkarten auf ein silbernes Tablett und dann kommt der Mord an Magnus Schuldt, der für das Spiel nicht logisch ist. Nach dem Feuer hätte niemand gewusst, dass der Hausbrand mit zum Spiel gehörte. Weil wir schlicht nichts gefunden hätten.«

Er hatte Recht. Frithjof legte seinen Kopf in die Hände. War es ein Unfall gewesen, dass das Haus abbrannte? Genügend Kerzen standen dort herum.

Ich töte den Förster. Ich arrangiere seinen Selbstmord. Hinterlasse meine Karte. Ich will aus dem Haus gehen und bin unvorsichtig. Ich stoße etwas um. Einen Stuhl. Einen kleinen Tisch. Kerzen fallen zu Boden. Fangen Feuer. Das Holzhaus brennt. Ich kann es nicht ändern.

»Was, wenn es ein Versehen war? Wenn das Haus gar nicht abbrennen sollte?«

»Dann war es Glück für das Spiel, dass der Mann mit seinem Hund kam«, sagte Lars.

»Was hat Magnus Schuldt nur gesehen, dass er sterben musste?«, wollte Gabrielle wissen. »Kannte er die Täter?«

»Wenn er sie kannte, kommen bisher nur Ingo Finke und Gero Westfahlen in Frage«, sagte Frithjof. »Robert, kannst du dir vorstellen, dass sie sich diesen Plan ausgedacht haben?«

»Nach dem, was Lars mir von den beiden erzählt hat, vor allem von Herr Finke, kann ich es mir nur schwer vorstellen. Vor allem weil mir das Motiv fehlt. Wahrscheinlich ist es wirklich etwas, was mit der Vergangenheit der Gruppe zu tun hat und was sie bisher verschweigen.«

Frithjof berichtete von dem Treffen mit den beiden Jungen und Clara und Roma. Er erwähnte auch, dass er und Lars ein seltsames Gefühl hatten, als sie von den beiden jungen Frauen fortfuhren. Beschreiben konnte er es nicht näher.

Quint stand auf, er könne nicht mehr sitzen, sein Bein würde bei diesem Wetter schmerzen, erklärte er. »Wie machen Sie weiter?«, wollte er wissen und es klang so, als erwarte er die Lösung des Falls in den nächsten zehn Minuten.

»Wir werden Ingo Finke und Gero Westfahlen um zehn Uhr befragen«, sagte Frithjof, machte sich aber keine großen Hoffnungen. Quint kommentierte diese Hoffnungslosigkeit in Frithjofs Stimme mit: »Das wird schon. Bisher haben wir sie auch immer gekriegt!« Er verabschiedete sich.

Frithjof gab das Rauchen in seinem Büro frei und als Alfred gerade protestieren wollte, dass es ausgewiesene Raucherzonen im Gebäude gab, meinte Frithjof: »Zu dieser Zeit kannst du eh keinen beurlauben. Dafür sitzen wir tief genug in der Scheiße.« Alfred winkte ab und gab es auf.

Robert drehte sich eine Zigarette, zündete sie jedoch nicht an. Etwas beschäftigte ihn. Gabrielle bemerkte den nachdenklichen Blick und fragte, was er hätte. »Da ist diese eine Sache, die Frithjof vorhin erzählt hat. Über das Gespräch mit Titus im Wohnzimmer. *Was würden Sie an Ihrem letzten Tag machen*? *Was würde einen Sinn ergeben*?« Er überlegte wieder. Die Kollegen warteten, bis er seine Worte gefunden hatte. Kurz warf Lars ein, das ganze Leben mache keinen Sinn.

»*Das* ist es vielleicht«, sagte Robert und zündete sich seine Zigarette an. »Was macht wirklich Sinn, wenn man nur noch einen Tag zu leben hätte? Was tut man?« Wieder warteten alle. »Wir alle suchen in unserem Leben einen Sinn. Etwas, worauf wir hinarbeiten. Etwas, wonach wir uns sehnen. Irgendwann sterben wir und bereuen so viele Dinge, die wir nicht realisiert haben. Was, wenn man als junger Mensch gesagt bekommt, man müsse sterben? Was, wenn plötzlich alle Träume zerplatzen? Was, wenn der Sinn, den sich jeder selbst vorstellt, keinen Sinn mehr ergibt, weil man keine Zeit mehr hat? Was, wenn man etwas hinterlassen will, das niemand vergisst und in den Köpfen einiger Menschen bleibt? Und ich spreche nicht von den Erinnerungen der Hinterbliebenen, die nur an die furchtbare Krankheit zurückdenken und wie der Mensch mit ihr aussah. Sondern ich spreche von einer Idee, einem Spiel, das sie alle eint. Das über den Tod hinaus in ihren Köpfen bleibt und den Menschen nicht zuerst mit der Krankheit, sondern mit diesem perversen Spiel zeigt.«

»Man hat uns einen Verrückten geschickt«, sagte Frithjof. »Du meinst, Johann Braun und Sofie Kessler haben sich dieses Spiel ausgedacht, um etwas zu hinterlassen?«

»Nicht sie alleine. Die ganze Gruppe. Die Gemeinschaft. Sie alle haben euch erzählt wie furchtbar es wäre hochbegabt zu sein. Im Grunde haben sie euch schon angelogen. Schon mit euch gespielt. Sie sind überlegen. Sie wollen uns beweisen, dass *sie* diejenigen sind, die die Regeln bestimmen. Wer sonst hätte die Möglichkeit ein solches Spiel zu planen, als eine feste, eingeschworene Gemeinschaft? Ein intelligenter Mann kann sich den Plan ausdenken – sieben Hochbegabte konzipieren den perfekten Mord.«

21

Pünktlich um zehn Uhr waren Gero Westfahlen und Ingo Finke im Präsidium. Beide wurden getrennt voneinander vernommen. Lars bat darum, nicht Herrn Finke übernehmen zu müssen. Frithjof winkte ebenfalls ab und verabschiedete sich, um die letzte Person der Gruppe zu besuchen, Veronika Helmer. Frithjof gingen Roberts Worte durch den Kopf. Ein intelligenter Mann kann diesen Plan ausführen. Eine Gruppe Hochbegabter den perfekten Mord.

War es das? Gab deshalb so wenig einen Sinn? Die verschiedenartigen Knoten an den Körpern von Johann Braun und Sofie Kessler? War das alles nur ein Trick, ihnen die Zeit zu stehlen? Erklärte das auch, warum die beiden keine Verletzungen hatten? Waren Sie tatsächlich freiwillig mitgegangen und hatten sich töten lassen?

Im Auto ging er noch einmal die letzten Tage durch. Er fing beim Blutfleck in Seebad an.

In dem Schrank schieße ich auf einen Menschen. Der Pfeil durchbohrt den Brustkorb. Knochen splittern. Organe werden verletzt. Blut läuft auf den Boden. Der Pfeil tritt am Rücken wieder aus. Verletzt einen Wirbel. Streift ihn. Die Geschwindigkeit des Pfeils wird durch den Körper gedrosselt. Er schlägt in der Wand ein. Später werde ich versuchen, dieses

Loch zu vertuschen. Ich verspachtele es und streiche die Wand.

Wo verstaute man den Körper? Wie transportierte man ihn nach Itzehoe? Und vor allem, wer tat es? Vor einigen Wochen musste Johann Braun schon ziemlich schwach gewesen sein. Er hätte die Leiche nicht alleine fortschaffen können. Sofie war auch nicht die Stärkste. Und war der Mann schon tot? Wenn er noch gelebt hätte, müsste er sich gewehrt haben. Gehörte er zu der Gruppe und die Freunde verschwiegen ihn? Wer war der Mann im Schrank und was machte er dort?

Frithjof überlegte weiter. Der Mann musste in dem Zimmer getroffen worden sein. Ansonsten wären Blutspuren in den anderen Räumen gewesen. War der Mann dorthin geflüchtet? Aber wieso flieht man in einen geschlossenen Raum? Warum betätigt man nicht den Alarm?

Selbst im Schrank gab es Notknöpfe, erinnerte sich Frithjof schwach.

Ich bin der Mann, der tot ist. Ich bin entdeckt worden. Ich fliehe vor ...

Vor wem? Johann hätte leicht niedergeschlagen werden können. Da musste man nicht flüchten.

Ich gelange in den Schrank. Dort steht die Armbrust des Jungen.

Woher wusste der Mann, dass die Armbrust dort war? Wer konnte das wissen? Nach den Informationen von Dr. Gutz hätte fast jeder aus dem Institut hineingelangen können.

Warum wird der Mann nicht in Seebad in das Meer geworfen? Warum nach Itzehoe gebracht? Sollte er gefunden werden? Warum nicht in Seebad? Was hatte Itzehoe damit zu tun?

Er rief Quint an und bat ihn, die Autos der Freunde untersuchen zu lassen.

»Bitte? Aus welchem Grund, Herr Arndt?«

»Ich vermute dort Blut.«

»Von wem?«

»Dem Mann aus dem See.«

»Und wie soll ich das begründen?«

Frithjof wusste es nicht. Bisher war es nur eine gewagte Theorie von Robert, dass die Gemeinschaft dahinter steckte. Es gab keine Beweise. Wenn sie es tatsächlich gewesen waren, dachte er, würden sie auch keine finden. Aber der Blutfleck? Warum war so dilettantisch versucht worden ihn zu vertuschen? Der ruinierte Laminatboden und ein Läufer.

Ich lege Spuren. Wie die Spielkarten. Das Spiel beginnt. Ich werde erste Hinweise hinterlassen. Das nicht ganz fortgewischte Blut. Die neu gestrichene Wand.

Frithjof konnte sich nicht vorstellen, dass der Plan, sollte es einen geben, so kurzfristig geändert wurde. Warum nicht gleich die Karten?

Ich beginne, den Mord an Johann Braun und Sofie Kessler zu planen. Ich breche in das Bootshaus ein. Die Kette lege ich später wieder in die Halterung. Vor dem Sommer wird es niemand bemerken. Ich lasse das Boot zu Wasser. Verstecke es im Schilf.

Hatte es doch eine Bedeutung? Oder war es wie mit den Knoten an den Körpern? Hinweise, die ins Nichts führen sollten?

Die Löcher für die Pfähle werden ausgegraben.

In sie schütte ich Zement, dorthinein die Pfähle. Die Kerben für die Seile sind schon vorher eingeritzt worden.

Hat Magnus Schuldt dies beobachtet? Aber er gehörte zur Gruppe. Wieso brachte man auch ihn um?

Robert hatte von dem Sinn gesprochen, der verloren gegangen war, als Johann von dem Ausbruch der Krankheit erfuhr. Magnus war nicht krank. Das hätte Blanca herausgefunden.

Hatte auch Magnus den Sinn des Lebens verloren? Er hatte aufgegeben, hatte Frithjof öfter gehört. Sich in den Wald zurückgezogen und seine Begabung vernachlässigt.

Warum hatte man ihn dann nicht auch an einem Pfahl getötet?

Und Sofie? Auch sie war krank, hatte aber noch eine Chance. Sie glaubte wie Johann an das Institut. Die Hoffnung stirbt zuletzt, dachte Frithjof. Auch das hatte einer der Freunde gesagt.

Ich schieße auf die beiden Menschen. Nach jedem Pfeil warte ich ein gewisses Intervall ab und schieße wieder.

Warum nicht gleich alle Pfeile abgeben? Wieso nach dem aufgesetzten Herzschuss, der zum Tode führte, noch die anderen Pfeile?

Wenn es ein Spiel war, überlegte er, und sie alle an ihm teilnahmen, dann müsste vielleicht jeder einmal oder zweimal schießen. Sie mussten erst an den Ort kommen. Nacheinander.

Langsam ergab es einen Sinn, dachte er. Aus dem *Ich* seiner Überlegungen wurde tatsächlich ein *Wir*.

Wir stellen die Pfähle in dem Wald auf. Wir erschießen Johann und Sofie.

Robert hatte Recht, glaubte Frithjof. Nur so machte das alles einen Sinn. Er konnte sich Ingo Finke nicht mit einer Armbrust vorstellen. Aber was hatte die Änderung in dem Testament mit der ganzen Sache auf sich?

Wir legen Spuren. Das Blut auf dem Boden. Die Wand. Die Spielkarte. Das Boot. Die Knoten. Wir präsentieren der Polizei Namen. Wir bleiben unentdeckt. Andere Namen tauchen auf.

Wäre es dann nicht schlauer gewesen, Namen zu nehmen, die etwas mit Johann und Sofie zu tun gehabt hatten? Oder wollten sie niemanden, den sie kannten, da mit hineinziehen.

Wir wählen wahllos Menschen aus. Bekannte könnten etwas an uns bemerken. Könnten bei Bemerkungen misstrauisch werden.

Sind diese Menschen tatsächlich so grausam und lassen Menschen, andere Leben über die Klinge springen?

Wenn es tatsächlich ein Spiel war, grübelte er, war die einzige Antwort ja.

Wir wählen Namen. Magnus erzählt von zwei Männern am See. Dem Bootsbesitzer und dem Betreiber der Seeterrassen. Niemand hat etwas mit ihnen zu tun. Wir wählen diese beiden Menschen aus. Johann ändert sein Testament.

Wenn es ein Spiel der eingeschworenen Gemeinschaft war, hatten sie hier einen Fehler begangen, stellte Frithjof fest. Sie hatten Sofie vergessen. Ganz eindeutig. In ihren Köpfen war klar, dass auch sie sterben würde und man hatte sie nicht bedacht.

Wirklich nicht? Sieben Hochbegabte übersehen es gleichzeitig?

Noch eine Sache ging ihm nicht aus dem Kopf: Wo war der Hund?

Was war bei dem Förster schief gegangen? Gehörte das wirklich alles dazu? Robert hatte auch hier Recht. Wenn der Mann mit dem Hund nicht gewesen wäre, wären alle Spuren, die sie gelegt hatten, verbrannt gewesen. Niemand hätte die Tat mit dem Spiel in Verbindung gebracht.

Ich habe meine Freunde umgebracht.

War es Magnus, der die ersten Schüsse abgeben musste? War er es, der als Erster dort im Wald war und Johann und Sofie zum letzten Mal lebend gesehen hatte? Hatte er noch einmal die warme Haut der beiden gespürt? Den letzten Atem? Die letzten Tränen gesehen, bevor er abdrückte? Hatte er das Wimmern des anderen gehört, als der erste Pfeil abgegeben wurde? Hatte er den Körper vor sich gesehen, wie er in sich zusammenknickte?

Ich war der Erste. Ich habe den Tod gesehen, wie er in die Körper meiner Freunde trat.

Hatte er nicht so etwas an dem Morgen gesagt? Und Frithjof und Lars hatten es mit dem Nebel in Zusammenhang gebracht.

Es war, als wären die Seelen aus ihnen geflogen.

Konnte er nicht damit leben? War er sich erst nach der Tat bewusst, dass er ein Mörder war?

Er war hochbegabt, das hätte er sicher in seinem Kopf durchgespielt, dachte Frithjof. Er war aber auch schwach. Er gab seine Begabung auf und ging in den Wald.

Nur, wieso wähle ich ein schwaches Glied der Gruppe aus, um den ersten Schuss abzugeben?

Wir haben die Tat geplant. Wir haben gelost, wer der Erste sein soll. Dann folgten die Anderen. Reihum.

Wenn das so war, wussten die anderen, wer der Erste war?

Ich kann mit der Tat nicht leben. Ich beende mein Leben. Auch mein Leben hat keinen Sinn mehr. Ich erhänge mich. Etwas geht schief. Ich falle. Ich breche mir das Genick. Dabei fallen Kerzen auf den Boden. Die Karte, die ich gezogen habe, hatte ich den ganzen Abend in den Händen. Habe immer wieder auf sie gesehen. Immer wieder zeigte sie mir, was ich getan hatte.

Wieder ein Fehler dachte er. Der Knoten des Seils, mit dem er sich umbringen wollte, hätte sich niemals zusammengezogen. Wahrscheinlich wäre sein Kopf in der Schlinge gewesen, er hätte den Tisch oder den Stuhl zur Seite getreten und unter seinem Gewicht wäre er aus der Schlinge gerutscht und auf den Dielen aufgeschlagen.

War es so gewesen? Ein dummer Unfall? Nein, das konnte er nicht glauben. Der Junge war klug. Er hätte den Knoten geprüft. Hätte an ihm gezogen und gemerkt, dass es schief gehen würde.

Wie war es dann geschehen?

Frithjof stellte sich den Wald vor. Menschenverlassen. Zu Quint hatte er gesagt, er glaube, sogar die Tiere hätten diesen Teil der Welt verlassen. Wann hätte man die beiden Leichen entdeckt?

Nach einer langen Zeit! Warum meldete der Förster am nächsten Morgen seinen Fund bei der Polizei? Warum ließen sie die beiden dort nicht hängen? Er war sich sicher, dass sie noch weniger Spuren gefunden hätten, wie bisher. Niemand hätte die beiden dort draußen gefunden.

»Sie präsentieren uns die Spielkarten wie auf silbernen Tabletts«, hatte Robert gesagt. »Sie spielen mit uns.«

Was machte es für einen Sinn, wenn ein Spiel nicht entdeckt wird. Was bringt es einem Dichter ein Buch zu schreiben, das keiner liest? Ein Maler möchte seine Bilder ebenso ausstellen. Man will gelobt werden. Man hascht nach Anerkennung. Man möchte etwas hinterlassen.

War es das? Wenn man keine Zeit mehr hat für einen Sinn, ist der einzige verbleibende Sinn, auf den Tod zu warten. Spielt man dann ein solches Spiel? War es das, was Johann Braun und Sofie Kessler wollten? Etwas hinterlassen, was in den Köpfen blieb? Was einen zeit seines Lebens begleitete und nicht mehr losließ?

Er war nun schon eine Weile unterwegs. Was, wenn das alles nicht stimmte? Dann hatte er wieder wertvolle Zeit vergeudet. Was, wenn die Gruppe etwas verschwieg? Einen oder mehrere Menschen, die sie in der Vergangenheit verletzt hatten? Waren die anderen dann immer noch in Gefahr? Saßen sie jetzt zusammen und überlegten sich, wer es sein könnte? Oder wussten sie es und begannen mit Vorsichtsmaßnahmen? Er würde beides bei der Befragung von Veronika Helmer berücksichtigen.

Ich stelle das Spiel der Gruppe in Frage und gleichzeitig gebe ich Veronika Helmer jemanden, der hinter ihr her sein könnte.

Wollen wir doch einmal sehen, was zu mehr führt, dachte er.

22

Frithjof machte sich auf den Weg zu Veronika Helmer. Er fuhr aus der Stadt hinaus, vorbei an der zerfallenen Zementfabrik *Alsen*. Die Ruinen der alten Hallen und Türme hatten einen ungemeinen Reiz auf Fotografen, die aus ganz Deutschland hierher kamen. Auch nationale Künstler, wie zum Beispiel Scooter, hatten hier schon ihre Musikvideos gedreht. Frithjof blickte auf die unzähligen Graffitis an den Fassaden. Er mochte sie, so wie die meisten Itzehoer, die den Sprayern hier erlaubten zu sprühen. Die Farben der Bilder und das Grau der Gebäude hatten eine eigene Faszination.

Frau Helmer hatte Tee gemacht, den sie in ihrem kleinen Bungalow in Preetz auf einen kleinen, japanischen Tisch stellte, der nur knöchelhoch war. Sie setzte sich gerade auf den Boden und bat Frithjof dazu. Etwas ungelenk plumpste er neben sie. Veronika Helmer hatte kurz geschorene, rote Haare. Schmale Lippen, die sich kaum öffneten, wenn sie sprach, und weiß geschminkt waren. Die Hände hielt sie in ihrem Schoß gefaltet. Ihre Haltung war angespannt.

Wenn ich immer so sitzen würde, dachte Frithjof, würde ich auch verspannt sein.

»Sie haben sicher schon von einem ihrer Freunde erfahren, was geschehen ist?«

Sie nickte stumm und goss Tee ein. Vorsichtig nippte sie an der kleinen Tasse. In Frithjofs Händen schien sie zu verschwinden.

»Können Sie sich vorstellen, wer Johann Braun und Sofie Kessler getötet haben könnte?«

Sie schüttelte den Kopf.

»Ich habe von den Freunden gehört, dass sie gute Menschen waren. Was auch immer man sich darunter vorstellt.«

»Dass man ein reines Herz hat«, sagte sie leise. »Das soll es heißen.«

Frithjof überlegte. »Könnte es sein, dass es ein Geheimnis gab?«

»Wie meinen Sie das, Herr Arndt?« Sie stellte die Tasse ab.

»Dass es jemanden gibt, der sich an den beiden gerächt hat.«

Sie schien ihn nicht verstanden zu haben. Mit großen Augen sah sie ihn an. »Was sollte denn gerächt werden?«

»Das frage ich Sie.«

»Nicht Johann und Sofie.«

»Und ihre Gemeinschaft?«

»Guter Gott, nein. Was sollten wir getan haben, dass jemand drei Menschen tötet?«

»Wieso drei?«

»Magnus ist doch auch tot.«

»Er hat Selbstmord begangen.«

»Niemand bringt sich selber um. Es gibt immer etwas, das größer ist. Egal was passiert. Das Leben hat ihn umgebracht. Seine Begabung.«

Frithjof fand das seltsam. »Sie sehen bei seinem

Selbstmord eine Verbindung zu den Morden an Johann und Sofie?«

»An zwei aufeinander folgenden Tagen sterben drei meiner Freunde. Natürlich sehe ich da einen Zusammenhang.«

»Erklären Sie ihn mir.«

»Das kann ich nicht.«

»Trotzdem glauben Sie, die Tode haben etwas miteinander zu tun.«

»Ja«, mehr sagte sie nicht. Wieder führte sie die Tasse zum Mund. Frithjof gab es auf, aus der zu kleinen Tasse zu trinken. Er befürchtete wieder ein Malheur und stellte sie auf den Tisch.

»Wissen Sie, was mich wütend macht?«, fragte er sie.

»Was?«

»Dass es etwas in der Vergangenheit gab, das so schrecklich sein muss, dass niemand darüber sprechen möchte.«

Ihre Anspannung verstärkte sich noch einmal. »Wir verheimlichen nichts. Das ist absurd.«

»Sie sehen die Gefahr nicht. Was, wenn Sie die Nächste sind? Haben Sie keine Angst?«

»Nein.«

»Warum nicht?«

»Weil es nichts gibt, wovor ich Angst haben muss.«

Das war deutlich oder unheimlich gut gespielt, dachte Frithjof. »Sie waren vor drei Tagen alle in dem Jagdhaus von Maximilians Eltern zum Abendessen eingeladen?«

»Das ist richtig. Das machen wir öfter. Außer Johann und Sofie waren wir alle dort. Johann fühlte sich nicht wohl und wollte sich mit Sofie einen Film anschauen und dann früh zu Bett gehen.«

»Sie trafen sich dort um sieben, sagte Roma Magdya mir.«

»Da muss sie sich irren. Wir trafen uns um acht.«

»Clara Weber sagte auch, sie hätten sich um sieben getroffen«, versuchte es Frithjof.

»Sie müssen sich verhört haben, Herr Arndt. Es war acht. Wir trafen alle gegen acht ein. Setzten uns gegen halb neun zum Essen und ließen den Abend im Kaminzimmer ausklingen.«

»Bis auf Magnus haben alle dort geschlafen. Warum ist er nicht dort geblieben?« Es war ein billiger Trick, fand er, aber ein Versuch war es wert.

»Magnus schlief auch dort.«

»Dann muss er noch einmal fortgefahren sein, oder?«

Veronika Helmer überlegte gründlich. »Nein. Ist er nicht«, kam es langsam von ihr und es schien, als würde sie sich jedes Wort genau überlegt haben.

»Wir haben nach seinem Tod Nachforschungen angestellt und er hat an dem Abend einhundertfünfzig Euro aus einem Bankautomaten in Garda abgehoben.«

Sie stand auf und fragte, ob er noch einen Tee wollte. Er verneinte. Sie setzte sich wieder. »Ich war nun wirklich nicht betrunken an diesem Abend. Ich müsste mich daran erinnern, wenn einer von uns noch einmal rausgefahren wäre. Das kann ich beim besten Willen nicht.«

»Wozu brauchte er das Geld an diesem Abend.? Eben sagten Sie doch, er hätte dort geschlafen.«

»Ich weiß es nicht.«

»Sie brauchten kein Geld an diesem Abend?«

»Nein. Wozu auch?«

»Sie haben sich Essen kommen lassen?«

»Nein, Frau Thulke hat gekocht.«

»Das ist?«

»Die Köchin der Steintals.«

»War sie den ganzen Abend dort?«

Veronika Helmer entspannte sich wieder, fand Frithjof. Gewohntes Terrain? Das war wieder der Plan. Den kannte sie. Die Sache mit dem Geldautomaten hatte sie aus der Bahn geworfen. Hatte Robert tatsächlich Recht? Die Geschichte mit der dunklen Vergangenheit hatte sie deutlich verneint. Sie hatte auch keine Angst gezeigt, als er sie fragte, ob sie keine Angst haben würde, das nächste Opfer zu sein.

Weil es nichts gibt, wovor ich Angst haben muss.

»Frau Thulke hat das Essen vorbereitet und auf kleiner Flamme stehen lassen. Dann ist sie gegangen.«

»Hätte nichts passieren können?«

»Nein. Maximilian und Titus waren schon dort, bevor wir kamen.«

»Worüber haben Sie sich unterhalten?«

»Über Gott und die Welt. Dieses und jenes.«

»Gab es etwas Ungewöhnliches? Einen Streit? Eine Meinungsverschiedenheit?«

Sie überlegte. »Nein. Wir waren alle sehr entspannt. Es war ein schöner Abend.«

»Frau Weber und Frau Magdya haben mir erzählt, sie alle könnten mit Pfeil und Bogen schießen und auch mit Armbrüsten.«

»Das haben wir auf dem Internat gelernt.« Sie sagte das gleichgültig, so als wäre es das Normalste der Welt.

»Wie kam es, dass Sie an diesem Abend ein wenig geschossen haben?« Das war plump dachte er, aber es war zu spät.

»Wir haben was?« Sie lachte. »Ich weiß nicht, was diese Frage soll? Wir haben nicht geschossen.«

»Nein, nein, das habe ich mir so gedacht«, versuchte er es zu retten, »ich meine ja nur, wenn Sie schon einmal alle zusammen waren.«

»Wir gehen auch zusammen an den Strand. Da schießen wir aber auch nicht auf Möwen, nur weil wir zusammen sind.«

Jetzt lachte er, um die Situation zu überspielen. »Wo üben Sie sonst?«

»Es ist kein Üben. Wir treten in einen Wettkampf.«

»Wo haben Sie diesen Wettkampf?«

»Bei dem Jagdhaus. Es grenzt ein großes Grundstück mit Wald und Wiesen an das Haus.«

»Wann haben Sie dort das letzte Mal geschossen?«

Mit zwei Fingern knetete sie ihre Lippen. Ihre Augen verengten sich zu Schlitzen, als sie überlegte. »Ich weiß nicht. Im späten Herbst, als das Wetter noch einmal gut war. Genau kann ich Ihnen das gar nicht sagen.«

»Schießen Sie nicht in geschlossenen Räumen?«

»Nein. Nur im Freien.«

»Wir wissen, dass sich Johann Braun eine neue Waffe gekauft hat. Ich habe sie in seiner Wohnung in Seebad nicht gesehen.«

»Unsere Waffen befinden sich alle im Jagdhaus bei Maximilians Eltern.« Sie musste grinsen. »Wissen Sie, diese Waffen sind gefährlich. Johann hat sich eine *Sierra* gekauft. Die kann nicht einfach so in seiner Wohnung im Hospiz rumstehen, wo jeder reinmarschieren kann.«

»Haben Sie Ihre Waffe auch in dem Jagdhaus?«

»Ja. Was soll ich hier damit? Wir können eh nur bei den Steintals schießen. Anderenorts würde man die Polizei rufen. Kennen Sie die Waffen, mit denen wir schießen?«

»Ich habe Bilder gesehen«, winkte er ab, »ganz schön große Dinger.« Er überlegte, ob er den nächste Satz so überhaupt formulieren sollte, entschied sich aber dafür. »Ich würde sie mir gerne einmal ansehen. Ich meine, auf Bildern wirkt es immer anders.«

Frau Helmer zuckte mit den Schultern. »Warum nicht. Soll ich Maximilian fragen?«

»Wenn es keine Umstände macht.«

»Sicher nicht.« Sie erhob sich und ging durch den Raum, um ihr Handy aus einer kleinen Handtasche zu ziehen. Schnell wählte sie eine Nummer und wartete, dass abgenommen wurde.

»Hier ist Veronika. Die Polizei ist gerade bei mir. Herr Arndt würde sich gerne einmal die Armbrüste ansehen.«

»Nur um einen besseren Eindruck zu bekommen«, rief er dazwischen.

»Ist doch o. k., oder?« Einen Moment wartete sie. Dann nickte sie. Wieder hörte sie zu. »Nein, nein. Alles wie gehabt. Es geht mir gut.« Sie fuhr sich durch die kurzen Haare und ging einige Schritte aus dem

Raum. »Sag mal, hast du mitbekommen, dass Magnus Geld geholt hat, als wir letztens zusammengegessen haben?«

Mist, dachte Frithjof.

»Ich auch nicht«, wieder nickte sie, hörte zu. »Ja, ja, ich komme auch mit.« Sie sah zu Frithjof. »Ist doch in Ordnung, nicht wahr?« Etwas Hartes war in ihrem Blick.

»Natürlich«, antwortete er und wusste, dass der Gesprächspartner am anderen Ende alle anderen ebenfalls dazuladen würde. Bloß nichts Falsches sagen, dachte er.

»Ich fahre einfach hinter Ihnen her, Frau Helmer.«

»Gut. Wir sind ungefähr eine Stunde unterwegs, wenn die Straßen frei sind.«

Frithjof wollte aufstehen, merkte jedoch, dass ihm die Beine von den Knien ab eingeschlafen waren. Als er hochkommen wollte, versagten sie ihren Dienst. Er fiel mit einem hässlichen Geräusch vornüber auf das Tischchen und beförderte seine kleine Tasse quer über die Oberfläche.

23

Sie würden einmal quer durch Schleswig-Holstein fahren, um zum Jagdhaus zu kommen. Die Gruppe hatte Zeit genug sich zu formieren. Für Frithjof wäre es dann ein eindeutiges Indiz, dass sie zusammenbleiben wollten, um sich gegenseitig abzustimmen. Was meinte sie damit, als sie sagte, alles wie gehabt? Alles wie besprochen? Oder deutete er zu viel da hinein?

Was konnte die Gruppe aus der Bahn werfen? Was konnte er fragen, worauf sie nicht eindeutig antworten konnten?

Was war ihnen bei den Ermittlungen noch am wenigsten bekannt? Er dachte nach. Im Grunde alles. Und er musste laut lachen und hoffte, Frau Helmer würde es nicht im Rückspiegel sehen.

Bisher wussten sie noch nicht, was die Karten bedeuten sollten, die sie gefunden hatten. Eine Karte trug einen blutigen Fingerabdruck. Er stammte von Johann Braun. Warum waren auf den anderen Karten keine Fingerabdrücke?

Die Karte in dem Bootshaus lag einfach da, als er den schwarz gekleideten Motorradfahrer überrascht hatte. Was hatte er dort gemacht? Spielkarten hatten sie bisher nur gefunden, wenn es auch eine Leiche gab.

Falsch korrigierte er sich. Es gab keine Karte bei dem Mann im See. Und es gab keine Karte im Kleiderschrank.

Gehörte dieser Tote vielleicht gar nicht mit zu dem Spiel? Hatte er etwas davon mitbekommen, was die Gruppe plante, und musste deshalb sterben?

Bei Magnus Schuldt gab es auch eine Karte. Ohne einen blutigen Abdruck.

Was sollte die Karte im Bootshaus? Er konnte es sich nicht erklären. Hier fand er keinen Zusammenhang. Bekam die fremden Schuhe nicht an seine Füße.

Er wählte Blancas Nummer.

»Falcone.«

»Wo bist du?«

»Bei der Seeleiche.«

»Alleine?«, fragte er lüstern. »Lecker!«

»Sebastian und Frank sind auch da.«

»Du kriegst den Hals nicht voll, was?« Er lachte.

»Du bist ein Idiot! Was gibt's?«

»Ich brauche dich in Garda.«

»Willst du, dass ich Schleswig-Holstein an einem Tag kennen lerne?«, sie klang gereizt. Frithjof zählte in Gedanken bis fünf und wartete auf etwas Italienisches.

Eins, zwei, drei, vier, fünf ...

Er verstand es nicht. Aber es war italienisch.

»Was willst du in Garda?«, fragte sie, als sie zu Ende geflucht hatte.

»Mir die Armbrüste ansehen.«

»Wow, nicht schlecht.«

»Und? Kommst du?«

»Sicher. Mach dir aber keine großen Hoffnungen. Die Pfeile werden sauber gewesen sein, als sie abgeschossen wurden.«

»Bis auf einen«, und er meinte den Pfeil, der zuerst

für den Mord an dem Mann im See benutzt wurde und noch einmal auf Johann Braun abgegeben wurde. »Vielleicht haben Sie noch mehr Pfeile.«

»Wir haben genau so viele Pfeile gefunden, wie es Einschüsse gab.«

»Zum Vergleich?«

»Wir kennen die Pfeile. Zum einen liegen sie im Labor, zum anderen hat Robert uns Internetseiten gezeigt, wo man sie bestellen kann.«

Sie hatte Recht. Er fragte, ob sie Armbrüste oder Pfeile mitnehmen dürfte.

»Frag Quint. Ich wüsste nicht, wieso er das erlauben sollte. Wir haben keinen Grund anzunehmen, dass die Gruppe etwas mit den Morden zu tun hat. Wir haben nur Roberts verrückte Theorie, dass sie ein perverses Spiel mit uns spielen.«

Sie machte eine Pause, in der sie kurz überlegte. »Du glaubst an Roberts Theorie, nicht wahr?«

»Zuerst wollte ich es nicht glauben, aber ich bin immer mehr davon überzeugt, dass da etwas dran sein könnte.«

»Wie kommst du darauf?«

»Es ist die einzige Möglichkeit, die Sinn machen würde.«

»Du glaubst das, weil wir einfach nichts anderes gefunden haben, was ebenso einen Sinn ergeben würde.«

Als sie auflegten, wusste er, dass sie Recht hatte. Was hatten Sie schon? Nur eine verrückte Idee, eines frisch gestriegelten Absolventen der Akademie.

Schon als er glaubte, sich in Roberts Vermutungen verstrickt zu haben, kamen sie an dem Jagdhaus an. Vor dem Haus standen mehrere Wagen.

Sie sind alle hier, dachte er. Hatte er sie aufgescheucht oder freuten sie sich, sich weiter mit ihm und der Polizei zu messen?

Bevor er ausstieg und das Haus betrat, rief er Quint an. Kurz und knapp erklärte er, wo er war, was er vorhatte und dass Blanca auf dem Weg war. »Sie sind verrückt, Herr Arndt.«

»Das ist für Sie ja nichts Neues. Ich brauche nur das O. k. von Ihnen, bei zwingenden Beweisen die Waffen zu konfiszieren.«

»Was haben Sie für Argumente für mich?«

»Ein dummes Gefühl.«

»Das ist nicht viel.«

»Besser als gar nichts.«

Frithjof sah hinauf zu dem Eingang. In der Diele erkannte er die Gesichter der Gemeinschaft.

Die Gruppe hatte Zeit genug sich zu formieren.

24

Wie gewohnt waren die Freunde höflich. Sie baten ihn herein und er betrat ein edel eingerichtetes Haus. Was hier herumstand und an den Wänden hing, schien für ihn teuer zu sein. »Sieht ein wenig gemütlicher aus, als das Haus in Kratzmoor«, stellte Frithjof fest.

»Der Kontrast macht das Leben interessant«, sagte Maximilian. Sie gingen zusammen in einen ans Ende der Diele angrenzenden Raum. Ein Feuer loderte im Kamin. Gemütliche, schwere Sessel standen davor. Ein flauschiger Teppich lag auf dem Boden. Holzscheite waren an der Seite des Kamins gestapelt. Auf einer Anrichte standen Flaschen mit Likören und Whisky.

»Setzen Sie sich«, bat ihn Maximilian.

Eigentlich wollte er das nicht. Er merkte, wie er sich unwohl fühlte. Ein wenig kam es ihm vor, als würden sie ihn für ein Verhör platzieren. Dabei wollte er die Fragen stellen. Dazu musste er sie jedoch auseinandertreiben. Versuchen, sie in die Irre zu führen. Aber in welche Irre? Bisher hatten sie nichts Außergewöhnliches berichtet. Der Trick mit dem Geldautomat schlug fehl. Genauso würde es ihm ergehen, wenn sie nun alle zusammen in einem Raum waren. Sie würden sich abstimmen können.

»Wer von euch hat Magnus zu einem Geldautomaten fahren sehen?«, fragte Veronika. Alle sahen sie an und verneinten, dass das der Fall gewesen war. Magnus war den ganzen Abend und die ganze Nacht bei ihnen.

»Ich muss mich wohl getäuscht haben und ihren Freund mit jemandem verwechselt haben«, entschuldigte sich Frithjof. Noch immer stand er. Die Gemeinschaft hatte sich reihum gesetzt. Wie ein Lehrer stand er vor ihnen. »Ich frage Sie noch einmal: Was könnte in der Vergangenheit passiert sein, dass jemand Johann und Sofie getötet hat?«

»Wir haben darüber geredet und nachgedacht, Herr Arndt«, sagte Roma, »uns ist nichts eingefallen. Wirklich nicht. Das müssen Sie uns glauben. Wenn es so wäre, würden wir es Ihnen sagen, auch um Schutz von der Polizei zu bekommen oder um zu helfen den Mörder zu finden.«

Frithjof musterte sie. Es klang für ihn nicht auswendig gelernt. Es war ehrlich. Hatte Robert sich tatsächlich getäuscht. Und er auch?

Er hatte im Auto überlegt, ob diese Gruppe so dreist war, Menschen über die Klinge springen zu lassen. Oder gab es eine andere Gruppe, die Johann und Sofie ausgewählt hatte, ohne sie zu kennen? *Ich wähle mir wahllos Menschen aus. Ich finde zwei kranke Menschen, die bald sterben werden. Es ist egal wann sie sterben. Ob heute oder morgen. Ob in einer Woche oder in einem Monat. Sie sind Todgeweihte. Den Förster wählen wir ebenfalls aus. Er besuchte die beiden anderen. Er wird ebenfalls sterben.*

War es dann nur ein Zufall, auf diese Gruppe zu treffen? Konnten sie sich tatsächlich nicht erklären, wer ihnen so etwas antun würde?

Wären sie dann nicht aufgeregter? Frithjof stellte sich vor, nacheinander würden seine Freunde getötet. Hätte er dann nicht Angst der Nächste zu sein? Ja, das hätte er.

»Könnte das Internat etwas damit zu tun haben?«, wollte er wissen.

Maximilian legte ein Holzscheit in den Kamin und berichtete, dass er sich das Internat nicht besonders interessant vorstellen sollte. »Das war eine ganz normale Schule, Herr Arndt. Dass wir Hochbegabte waren, war für uns nicht wichtig, weil es für uns normal war. Andere Schüler auf normalen Schulen denken ja auch nicht, dass sie normale Schüler sind.«

»Vielleicht war der Zusammenhalt ein wenig stärker«, sagte Clara, »weil wir wussten, dass andere Menschen uns immer ein wenig komisch behandelten.«

»In wie weit komisch?«

»Sie hatten Angst mit uns zu sprechen, weil sie dachten, sie würden sich dumm anstellen und es wäre Blödsinn, was sie von sich geben.«

»Sie haben sich ständig für ihre Aussagen entschuldigt«, ergänzte Veronika. »›Das war jetzt sicher dumm, was ich gesagt habe‹, haben sie immer hinter ihre Sätze gestellt.«

Frithjof begriff langsam, wieso sie so stark waren. Sie schützten sich in ihrer Gemeinschaft vor einer Welt, die sie isolierte, als Außenseiter deklarierte. »Könnte es nicht jemanden geben, der das abgründig hasst?«

Titus lachte. »Dann würde jeder, der etwas besser kann, ständig Angst haben müssen ermordet zu werden. Nicht wahr?« Alle lachten.

Es klingelte. Maximilian öffnete die Eingangstür. Frithjof war erleichtert. Das hier führte zu nichts. Als Blanca in den Raum trat, erhob Titus sich höflich und reichte Blanca die Hand. »Haben Sie gut hierher gefunden?«

»Wie könnte man sich im Nichts verfahren?« Sie verdrehte die Augen. »Hier kommt eine Wiese nach der anderen. Man sollte keine Ortsschilder aufstellen, sondern einfach die Wiesen nummerieren. Dann würde man sich leichter orientieren können.« Blanca stellte den Koffer der Spurensicherung auf den Boden und klappte ihn auf. Ohne aufzusehen, bat sie die Anwesenden um eine Speichelprobe.

Frithjof liebte ihre Art, mit der Tür ins Haus zu fallen. Diese Angriffe auf die Intimsphäre verursachten jedes Mal eine Art kurze Lähmung bei den Menschen.

Die Gruppe sah sich unsicher an. Maximilian fragte, wozu das nötig sei.

»Meine Kollegen sind wieder vor Ort und untersuchen die Wohnung von Herrn Braun und Frau Kessler. Man sagte mir, sie seien des Öfteren dort zu Besuch gewesen. Wir haben allerlei Spuren gefunden, Haare zum Beispiel.« Sie reichte Frithjof eine kleine Anzahl von schmalen Behältern. »Jetzt wollen wir Ihre DNS zuordnen, um nur noch diejenigen übrig zu behalten, die dem Täter gehören könnte.«

Clara fuhr sich durch die Haare und schien nicht zu verstehen. »Sie sagten, Sie hätten die Haare in Seebad gefunden. Ich dachte, Johann und Sofie wären in der Nähe von Itzehoe getötet worden.«

»Im Laufe der Ermittlungen haben wir Spuren

gefunden, die uns nach Seebad führten. Wir wollen jetzt sicher gehen, dass nicht einer von Ihnen in unser Täterraster fällt.«

Es war geschickt von ihr, die Gemeinschaft aus dem Täterkreis fallen zu lassen. Oder war es gar kein Geschick, sondern glaubte sie wirklich, keiner von ihnen hätte etwas damit zu tun? Im Moment war es egal, dachte er. Solange sie sich bereit erklärten, Speichelproben abzugeben.

Roma war die Erste, die sich vor Blanca stellte und den Mund öffnete. Aus Frithjofs Händen nahm Blanca einen der schmalen Behälter und schob zwei Hebel nach unten. Ein kleiner Stab, der an seinem oberen Ende ein Wattebällchen hatte, fuhr heraus. Einige Male fuhr sie Roma damit an der Innenseite des Mundes entlang und schob den Stab wieder in das Röhrchen, das sich automatisch verschloss. Diese Prozedur wiederholte sie bei jedem der Freunde und bedankte sich danach bei ihnen. Frithjof schien es, als würden Titus und Maximilian dieser Aktion skeptisch gegenüberstehen. Ihre Gesichter waren konzentriert. Sie musterten Blanca.

Na, was geht in euren Köpfen vor? Fritjof brach das Schweigen.

»Hast du die Armbrüste schon gesehen?«, fragte Blanca ihn.

»Nein. Bitte zeigen Sie sie uns«, bat Frithjof Maximilian, der sie in einen kleinen Nebentrakt des Hauses führte. Die restlichen Freunde blieben in dem Kaminzimmer.

Der Raum, in denen sich die Waffen befanden, war spärlich eingerichtet. Einige Bänke und Schränke standen hier und in Vitrinen und an Haken lagen oder hingen die Armbrüste und Pfeil und Bogen. An den Wänden hingen Weide- und Jagdmesser, drei Hörner und Bügelfallen. Auf einem kleinen Bord lagen eine Hasenquäke und mehrere Kartons mit Patronenhülsen.

»Eine beachtliche Anzahl von Waffen«, sagte Frithjof. »Was sagen eigentlich Ihre Eltern dazu?«

»Das ist ein Jagdhaus, Herr Arndt. Was meinen Sie, was meine Eltern hier machen?«

»Jagen sie auch mit den Armbrüsten?«

»Nein. Sie haben Jagdgewehre. Sie sind dort im Schrank verschlossen.« Er nahm einen Schlüssel aus der Tasche und öffnete den Schrank. »Einzellader und Magazingewehre. Sie jagen Perlhühner, Hasen und allerlei Kleingetier. Zu den Jagdzeiten fahren sie auch zu Hirschjagden.«

»Schießen Sie Tiere?«, wollte Blanca wissen.

»Nein. Wir schießen auf Zielscheiben.« Auch diese präsentierte er ihnen.

Blanca ging auf die Armbrüste zu, die an der Wand hingen. Sie betrachtete die Schäfte und Sehnen. Augenscheinlich sah sie kein Blut. Das hatte sie auch nicht vermutet. Außer dem einen Pfeil waren die Pfeile sauber gewesen. »Wann haben Sie das letzte Mal mit den Armbrüsten geschossen?«

»Im Herbst«, sagte Maximilian. »Da gab es noch einmal ein paar schöne Tage.

Ich schieße mit der Armbrust. Sie hinterlässt keine Schmauchspuren.

Wie konnte man nachweisen, dass mit ihnen geschossen worden war? »Welche davon gehörte Johann?«

Maximilian zeigte sie ihnen. Sie war groß. Geradezu gewaltig. »Darf ich?«, fragte Frithjof und nahm sie von der Wand. Sie war leicht. Kein Problem für eine Frau, sie zu halten.

In seiner Manteltasche klingelte sein Handy. Umständlich fischte er nach ihm und um ein Haar wäre ihm die Armbrust aus der Hand gefallen. Als er auf das Handy sah, stutzte er. Blanca ruft an, stand auf dem Display. Er sah zu ihr hinüber. Schnell sagte sie, sie erwarte einen Anruf und nahm es ihm aus der Hand. »Falcone? Ja, ja«, sie wartete. »Und das ist ganz sicher? Das ist ja eine Sensation? Sonst noch etwas in Seebad gefunden?« Wieder Pause. Frithjof sah zu Maximilian. Wieder hatte er diesen konzentrierten Blick.

»Ist es identisch mit den Spuren im Wald? Ja, Spitze!« Sie lächelte, legte auf und gab Frithjof sein Handy zurück. Sie bat Maximilian, einen Moment allein mit Frithjof sprechen zu können. Sie würden gleich wieder zu ihnen ins Kaminzimmer kommen. »Es dauert nicht lange. Das kann leider nicht warten.« Wenig später waren sie alleine und sie zog ihr eigenes Handy aus der Tasche und wedelte damit vor seinem Gesicht herum. »Kleiner Trick«, lachte sie. »Wollen wir doch mal sehen, was die Gruppe jetzt zu besprechen hat, wo es doch so fantastische Neuigkeiten von der Spurensicherung gibt.«

Frithjof konnte es nicht glauben. »Du kleines Luder! Du glaubst also auch, dass sie etwas mit den Morden zu tun haben?«

»Ich glaube an dich. Wenn du dich irren solltest, haben wir wenigstens eine große Anzahl von Verdächtigen weniger.«

»Was wolltest du denn nun mit mir besprechen?«

»Gar nichts. Ich brauche nur Zeit.«

Sie stellte schnell ihren Koffer auf den Boden und öffnete ihn. Streifte sich Handschuhe über, hantierte mit zwei Fläschchen und bat Frithjof, die Armbrust gerade zu halten. Dann besprühte sie die Waffe mit einer Zusammensetzung aus Luminol, Natriumcarbonat, Wasserstoffperoxid und destilliertem Wasser. Nach wenigen Sekunden erschienen gelblich bis grünlich schimmernde Flecken in versteckten Ritzen. »Die Kombination der Stoffe reagiert mit Blut. Voilà!«

»Treffer, Bella!« Er war begeistert. Hatte er doch Recht gehabt.

»Sie haben doch gesagt, sie schießen nicht auf Tiere.«

»Du hast nicht gefragt, ob sie auf Menschen schießen.«

Mit dem Finger zeigte er Blanca einige Flecken. »Ist das mit dem Blut des Mannes aus dem See identisch?«

»Es kann auch das Blut von Johann Braun sein. Sofies Blut könnte auch dabei sein. Sicherlich haben sie die Waffe gereinigt, nur Blut bekommt man fast nie ganz weggeputzt. Bei den aufgesetzten Herzschüssen muss Blut gespritzt sein. Deshalb kann es von mehreren Personen stammen.«

»Wie bringen wir das nur alles in einen Zusammenhang? Eine blutige Waffe in dem Jagdhaus der Gruppe, die sich gegenseitig ein Alibi gibt.«

Blanca beugte sich zu einer Abseite hinunter, wo

sich lederne Köcher befanden. Sie zog einen hinaus und öffnete den Deckel. In ihm befanden sich dieselben Pfeile, die sie auch im Wald gefunden hatten. »Die Pfeile können wir ausschließen, denn die, die für die Morde verwendet wurden, haben wir gefunden.« Sie drehte den Köcher in den Händen und erkannte an einer Seite zwei Buchstaben, die in das Leder gebrannt waren: CW, für Clara Weber. Nacheinander nahm sie die Köcher hervor. In jedem befanden sich Pfeile. Auf dem letzten standen die Buchstaben JB, für Johann Braun. Aus dem Koffer nahm sie erneut die Sprühflasche mit der Luminolkombination und besprühte den Innenraum des Behälters. Winzige Flecken tauchten an dem Boden auf. Sie hatten fast die gleiche Farbe wie die auf der Armbrust. »Jetzt wissen wir, wie der Pfeil transportiert wurde.«

Ich erschieße den Mann im Schrank. Ich säubere die Waffe und den Pfeil. Ich stecke den Pfeil zu den anderen in den Köcher zurück. Ich habe nicht gründlich genug gearbeitet. Kleinste Mengen von Blut werden von dem Leder aufgenommen.

»Jetzt müssen wir nur noch herausfinden, wer geschossen hat«, sagte Blanca und Frithjof fragte sie, ob sie nicht auch dafür eine Kombination hätte, die sie auf die Gruppe sprühen könnte.

»Dafür haben wir dein Gehirn.«

Frithjof wählte Quints Nummer und erklärte ihm detailliert, was geschehen war, was sie gefunden hatten und wie er sich die weitere Vorgehensweise vorstellte.

»Das ist wackelig, sehr wackelig, Herr Arndt, was sie da vorhaben«, sagte Quint.

»Wir müssen die Gruppe jetzt auseinander bekommen. Das ist die einzige Möglichkeit, die wir haben, um herauszufinden, wie sich die ganze Sache abgespielt hat.«

»Wir haben ü-ber-haupt nichts in der Hand.«

»Wir haben Blut auf der Waffe gefunden, die wahrscheinlich die Tatwaffe ist, sowie Blut in dem Behälter, in dem einer der Pfeile für die Morde transportiert wurde«, wiederholte Frithjof lauter als gewollt und konnte es nicht glauben, dass Quint sich so anstellte.

»Sie sagen es doch selber. Wahrscheinlich! Die jungen Menschen haben ein Alibi.«

»Das sie sich selber geben.«

»Was, wenn man ihnen die Dinge untergeschoben hat?«

Darauf konnte er nicht antworten, wollte aber nicht von der Gruppe loslassen. »Einen Tag, Quint. Nur einen Tag.«

»Wissen Sie, wie die Anwälte uns zerfleischen werden, wenn wir nichts Hieb- und Stichfestes finden werden?«

»Nehme ich auf meine Kappe«, kam es aus ihm und etwas krampfte sich in ihm zusammen.

»Das haben Sie im Winter auch schon gesagt.«

»Und es ist gut gegangen.«

»Sie haben wohl vergessen, wie grausam das alles zu Ende ging?«, sagte Quint hart und Frithjof wollte nicht an den Nachmittag im Winter denken. Am Ende hatten sie den Mann gefunden, der für die Morde verantwortlich war. Das war das Entscheidende.

Frithjof konnte sichtlich spüren, wie es in Quints

Gehirn rotierte. Dann stimmte er zu. »Einen Tag. Nur einen Tag, Herr Arndt! Mehr Zeit gebe ich Ihnen nicht. Dann müssen Sie mir und den Anwälten der jungen Leute Beweise liefern.«

»Das werde ich«, wieder dieser Krampf im Bauch. Was sagte er da? Er lehnte sich weit aus dem Fenster.

»Ich schicke Ihnen Streifen vorbei, die die Fünf abholen.«

»Fünf Streifen. Ich will, dass sie alle getrennt werden. Sie sollen keine Möglichkeit mehr bekommen, sich in irgendeiner Weise abzusprechen.«

Er legte auf und sagte Blanca, sie hätten einen Tag. Sie schüttelte den Kopf. »Wer weiß, ob das mit den Tests so schnell geht.«

»Es muss so schnell gehen.«

25

Es war schon später Abend, als sie in Frithjofs Büro zusammenkamen. Robert, Lars, Gabrielle, Alfred und Quint. Blanca war in dem gegenüberliegenden Gebäude, wo sich die Spurensicherung befand. Quint berichtete, alle Fünf hätten ihre Anwälte angerufen und diese bombardierten ihn und die Polizei bereits mit Klagen.

Frithjof erklärte allen in kurzen Zügen, was sie herausgefunden hatten. In dem Jagdhaus hatten er und Blanca den fünf Freunden mitgeteilt, sie hätten an einer der Waffen Blut gefunden. Sie sagten nicht an welcher. Sie erwähnten auch nicht den Köcher. Sie sprachen von Blut, das auf einen der Anwesenden hinwies. Alles andere überließen sie der Fantasie der Gemeinschaft.

Maximilian empörte sich darüber, dass ohne einen richterlichen Beschluss eine Spurensuche in dem Haus seiner Eltern vorgenommen wurde. Blanca wischte den Einwand mit einem Mix aus Deutsch, medizinischem Kauderwelsch und Italienisch weg, was wenigstens für einige Sekunden Ruhe brachte. Frithjof sagte in freundlichem Ton, ihre Anwälte könnten gerne dagegen vorgehen. Aber fürs Erste würden sie nun von Streifen abgeholt und auf das Präsidium gebracht werden.

»Wir sind doch hier nicht in einem Polizeistaat, wo jeder kleine Polizeibeamte machen darf, was er will«, grölte Roma und Frithjof trat auf sie zu und verhaftete sie als dringend Verdächtige in einem laufenden Mordfall. An die anderen richtete er laut seine nächsten Worte. »Sie können freiwillig mitkommen, oder ich nehme Sie alle in Handschellen mit.«

Ich bin so am Arsch, dachte er. Was er da tat, war bar jeder Vernunft oder rechtsstaatlicher Genehmigung. Die kriegen mich mit all dem dran, wenn wir nichts beweisen können.

Jetzt sahen ihn die Kollegen an und warteten auf seine nächste Anweisung. »Wir wissen, was wir ihnen verschwiegen haben. Machen wir was draus. Ich glaube nicht, dass jeder etwas von dem Köcher weiß. Oder wie das Blut auf die Waffe gekommen ist.« Die Freunde saßen getrennt voneinander in Vernehmungszimmern. In jedem saß ein Beamter an der Tür, ein Diktiergerät stand auf einem einzelnen Tisch in der Mitte des Raums. Das Licht war grell. Unbequeme Holzstühle standen bereit.

Bevor die Personen in die Zimmer geführt worden waren, hatte Gabrielle je einen Köcher, den sie aus dem Jagdhaus mitgenommen hatten, in eine Ecke der Räume gestellt. Gut sichtbar für jeden der Freunde.

Als sie sich setzten, gab es in dem Raum nur eine Person der Gemeinschaft, den Beamten, das Diktiergerät, zwei Stühle, einen Tisch und einen Köcher.

Wenn jemand etwas von dem Köcher weiß, wird er nicht umhinkommen daraufzustarren oder eben krampfhaft nicht dorthin zu sehen. Der Rest würde ihn beachten wie etwas Selbstverständliches.

Und wenn sie alle davon wussten? Dann wäre dieser kleine Trick umsonst.

Es war nach Mitternacht, als die Kollegen wieder zusammentrafen. Sie sahen müde aus. Augenränder zierten ihre Gesichter. Die Augenlider waren schwer. Trotzdem mussten sie weitermachen. Sie durften jetzt keine Pause machen. Sie hörten sich die Bänder der Vernehmungen an.

Wie erklären Sie sich, dass Blut auf einer der Waffen gefunden wurde?

Alle Befragten verneinten, zu wissen, wie dies geschehen konnte.

Wann brachte Johann Braun die Waffe in das Jagdhaus?

Die konnte nur Maximilian beantworten. »Vor zwei Monaten etwa.«

Frithjof, der ihm zugewiesen war, fragte, warum er sie dort hinbrachte. Sie hätten im Winter nicht geschossen, das letzte Mal im Herbst, wie alle ausgesagt hätten.

»Er konnte sie nicht im Institut lassen. Das wäre viel zu gefährlich gewesen. Jeder hatte einen Schlüssel und hätte an die Waffe gelangen können.«

Wann waren Sie das letzte Mal in Seebad, in der Wohnung von Johann Braun?

Veronika: »Zu Weihnachten. Es gab dort ein kleines Fest für Verwandte und Freunde.«

Titus: »Ich bin über Weihnachten in Deutschland gewesen. Da gab es ein Fest. Johann und Sofie haben uns eingeladen.«

Maximilian: »Vor ein, zwei Monaten ungefähr. Danach kamen er und Sofie zu uns oder wir sahen ihn gar nicht, weil es ihm nicht gut ging und er alleine sein wollte. Wahrscheinlich wollte er uns vor dem Anblick schützen.« Er machte eine Pause. »Wobei es keinen von uns gestört hätte. Er war Teil unserer Familie.«

Clara: »Wir waren Weihnachten dort.«

Roma: »Vor ungefähr zwei Wochen. Johann war bei Maximilian in Kratzmoor und Sofie wollte sich einen gemütlichen Abend mit mir machen. Mit mir reden. Wir haben gegessen, sind dann dick eingemummt ans Meer gegangen und dann bin ich spät in der Nacht nach Hause gefahren.«

»Über was wollte sie mit Ihnen reden?«, fragte Quint sie.

»Über Johann. Es ging ihm schlechter und sie hatte Angst.«

»Wovor?«

Stille auf dem Band.

»Wovor hatte sie Angst?«

»Vor dem, was mit ihr geschehen würde. Sie sah all das, was mit ihr geschehen würde, vor ihren Augen. Sie sah Johann an und malte sich aus, wie lange sie wohl noch hatte, bis sie so aussah. Wie lange sie von den Schmerzen verschont bleiben würde, die er mittlerweile hatte.« Sie schluchzte. »Ich wusste immer gar nicht, was ich sagen sollte. Ich habe sie einfach nur an den Händen gehalten, sie umarmt, einfach nur getröstet. Mehr kann man als Freundin doch nicht machen, oder?«

Dann gab es eine Frage, bei der sie mehr Hoffnung hatten, zum Erfolg zu kommen. Sie hatten den Freunden nicht erzählt, auf welcher Waffe sie das Blut gefunden hatten. Jetzt unterstellten sie ihnen:

Die Waffe, auf der das Blut gefunden wurde, ist ihre. Wie können Sie sich das erklären?

Veronika: »Das kann nicht sein. Ich denke nicht, dass jemand sich die Waffe genommen hat.«

»Warum denken Sie, jemand könnte die Waffe genommen haben?«, fragte Robert.

»Ich sagte, ich kann es mir nicht vorstellen. So war es nicht.«

»Wie war es dann?« Seine Stimme klang tief und ruhig.

»Ich schieße auf Zielscheiben. Die bluten nicht. Die Anderen schießen auch nur auf Zielscheiben. Keiner nimmt sich die Waffe des Anderen.«

»Eine feste Regel?«

»Eine ungeschriebene, feste Regel.«

Titus: »Das kann ich mir nicht erklären.«

Lars wollte wissen, wer sich die Waffe hätte nehmen können.

»Jeder. Das tat sicherlich niemand. Das ist eine nicht ausgesprochene Regel. Jeder hat seine Waffe.«

Auch die Anderen beschrieben diese Regel.

In diesem Köcher hier wurde Blut gefunden. Einer der Pfeile ist darin transportiert wurden.

Jeder der Kollegen nahm in seinem Raum den Köcher in die Hand und verdeckte mit ihr die Initialen.

Roma: »Lassen Sie mich die Buchstaben sehen, dann kann ich Ihnen sagen, wem er gehört.« Er drehte den Köcher.

»Er gehört Johann.«

»Wie kommt das Blut in den Köcher von Johann Braun und das Blut auf Ihre Waffe?«

»Ich weiß es nicht.«

So erging es allen bei der Frage. Niemand führte seine Antworten aus. Jeder bestritt zu wissen, wie das Blut in den Köcher gekommen war.

Gerade als sie weiterhören wollten, kam Blanca in den Raum. In ihren Händen Blätter mit Tabellen.

»Ihr habt sie nicht geknackt?«, fragte sie.

»Nein. Es scheint, als wären sie es tatsächlich nicht gewesen und ihnen wurde die blutige Waffe untergeschoben oder sie haben sich unter Kontrolle«, erklärte Robert.

»Dann muss die fleißige Italienerin mal wieder den Karren vom Hof fahren.«

»Aus dem Dreck, Blanca. Der Karren ist im Dreck«, sagte Alfred, der mittlerweile akzeptiert hatte, dass Blanca sich keine deutschen Sprichwörter merken konnte.

»Egal ob Dreck oder Hof, ich habe einen Läufer!«, sagte sie froh.

»Den aus Seebad«, sagte Frithjof, »den kennen wir doch schon.«

»Aber nicht die Haare, die Sebastian darauf gefunden hat.«

Sie schob allen die Papiere hin.

»Jetzt müsst ihr das nur noch logisch beweisen, meine Lieben«, flötete sie und setzte sich an den Tisch. »Auf der einen Seite seht ihr die DNS der Haare und auf der anderen Seite seht ihr die DNS von der Speichelprobe.«

Die Kollegen trauten ihren Augen nicht. Eine Probe passte zu den Haaren! Maximilian von Steintal.

Jetzt mussten sie nur beweisen, wie er es gemacht hatte.

»Wie lange war der Mann aus dem See tot?«, fragte Frithjof.

»Zwei Wochen, circa.«

Robert suchte seine Unterlagen durch. »Bei der Befragung sagte Maximilian, es wären vier bis acht Wochen her, dass er das letzte Mal in Seebad war.«

»Da kann er gelogen haben.«

Quint pochte mit seinem Stock auf: »Beweisen Sie es ihm.«

Frithjof stand auf und ging in dem Raum auf und ab. »Im Kleiderschrank in Seebad erschießt Maximilian von Steintal einen Mann, den er später in Itzehoe in einen Badesee wirft. Das war vor zwei Wochen. Dann säubert er Waffe und Pfeil, jedoch nicht ausreichend, und wir finden Spuren.« Er blieb stehen. »Und dann?« Er sah die Anderen an. »Bringt er Johann und Sofie um? Wieso? Kann er das alleine? Wer hilft ihm bei der Aufstellung der Pfähle? Wieso haben sich die beiden nicht gewehrt? Hat er die Karten in dem Bootshaus und an dem Stumpf hinterlassen? Magnus ermordet?«

»Beweise«, kam es wieder von Quint.

Robert kam Frithjof zu Hilfe. «Fakt ist: Haarprobe und Speichelprobe sind identisch. Der erste Mord findet in Seebad statt. Dieser Mord muss vertuscht werden. Nur, warum? Wenn alle weiteren Morde inszeniert wurden und wir sie sehen sollten?«

Wieder hatte er Recht, glaubte Frithjof. »Mach weiter, Robert.«

»Er wurde vertuscht, weil er nicht in den Plan gehörte. Jeder Plan, der bis ins kleinste Detail ausgetüftelt ist, birgt die Gefahr, dass es keine Abweichung geben darf. Vielleicht war der Mann diese kleine Abweichung. Jemand, der zufällig von all dem erfahren hat. Der zur falschen Zeit am falschen Ort war. Einer musste ihn beseitigen und in diesem Fall war es Maximilian. Denkbar ist auch, dass Johann oder Sofie geschossen haben und er von ihnen gerufen wurde, weil sie zu schwach waren, einen Mann zu tragen.«

Sie alle hörten gebannt zu, was für Robert ein Zeichen war, weiter zu machen. »Der Pfeil geht einmal durch den Brustkorb durch, tötet den Mann, Blut fließt auf den Boden und der Pfeil beschädigt die Wand. Alles wird vertuscht. Der Läufer wird auf den Boden über den Fleck gelegt, Haare von Maximilian bleiben hängen.«

»Beweisen Sie mir, dass der Junge vor zwei Wochen dort war«, sagte Quint. Er fand es zwar äußerst spannend, was er da hörte, konnte jedoch nicht das kleinste Indiz dafür finden, dass Robert Recht hatte.

Frithjof durchfuhr es wie ein Blitz. Robert hatte Recht! Ja wirklich! Er schlug mit der flachen Hand auf den Tisch. Alle zuckten zusammen. »Verdammt, Quint! Ich kann es beweisen! Ich kann beweisen, dass der Junge dort war! Geben Sie mir eine Viertelstunde, ich müsste da jemanden anrufen – aber dann werde ich es Ihnen beweisen!«

Hastig rannte er zu seinem Wagen, wo er seit Tagen etwas vergessen hatte.

26

Der Schatten bewegte sich nicht. In der dunklen Nische des Raumes verharrte er. Der Herzschlag war ruhig. Der Körper war unter Kontrolle. Lange hatte er alles ausspioniert. Lange hatte er gewartet. Die Zeit war auf seiner Seite.

Die Geräusche der dunklen Wohnung drangen leise zu ihm. Dumpfe Stimmen waren in dem Raum hinter der Schranktür zu vernehmen. Einer Tür zu einem begehbaren Kleiderschrank. Einer Abstellkammer, die umfunktioniert wurde. Die Lamellen der Tür ließen kleine, schmale Lichtschlitze zu ihm in den Raum gleiten. Er stand außerhalb dieser Streifen.

Vor wenigen Stunden hatte er sich mit pH-neutraler Waschlotion geduscht. Ihn verriet nicht der Geruch. Ihn verriet nicht die Bewegung, da er keine machte. Er lauschte den Stimmen der beiden Menschen. In den Nächten zuvor hatte er an ihren Unterhaltungen Anteil gehabt. Er konnte nicht glauben, was er da hörte. Was für einen Plan sie schmiedeten.

Das Licht wurde gelöscht. Die Streifen verschwanden. Um ihn herum hingen Kleider und Anzüge an Bügeln. T-Shirts und Pullover. Auf dem Boden Schuhe, Handtaschen und schmutzige Wäsche. Der Wäschekorb war voll. Seit einigen Tagen hatten die Bewohner nicht gewaschen.

Einige Male musste er sich schon in die hinterste Ecke des Raumes drücken. Eins werden mit den Kleidungsstücken, als jemand den Raum betrat. Ganz nah waren sie ihm dann. Er konnte sie riechen. Fast auf seiner Haut spüren, wenn sie dicht neben ihn nach Kleidungsstücken griffen.

Langsam ging er auf die Lamellentür zu. Lauschte den Stimmen. Die beiden jungen Menschen lagen im Bett. Dicht nebeneinander. Von irgendwoher hörte er das Ticken einer Uhr. Das Rauschen des Meeres.

Die beiden Menschen sprachen über den Tod. Das Gespräch war ganz ruhig und sachlich. Das erschreckte ihn. Sie zeigten keine Angst. Es schien für sie natürlich zu sein. Später küssten sie sich. Dann liebten sie sich. Es dauerte lange, bis sie zum Höhepunkt kamen. Danach flüsterten sie sich etwas zu, was er nicht verstand. Dann schliefen sie ein.

Hier war es anders. Anders wie bei den Leuten, bei denen er im Dunkeln lauschte. Hier bekam er beim Zusehen des Liebesspiels keinen Steifen, um sich einen zu wichsen. Die Schwere der vorangegangenen Gespräche dämpfte seinen Drang, sich zu befriedigen. Trotzdem kam er wieder. Wie in einer Seifenoper wollte er wissen, wie die Gespräche fortgesetzt würden.

Als sie fest schliefen, glitt er aus dem Ankleidezimmer. Stand einen Moment vor ihnen am Fußende des Bettes und betrachtete sie. Der Raum roch nach Schweiß, obwohl das Fenster geöffnet war und ein kalter Wind hereinblies. Der Winter hatte sich gerade verabschiedet. Es war das letzte Aufbegehren, bis sich in einigen Wochen milde Luft einstellen sollte.

Der Mann sah noch einmal auf die beiden Menschen, die nicht ahnten, dass ein fremder Mensch vor ihnen stand. Nicht zum ersten und nicht zum letzten Mal.

27

Die Kollegen fragten Frithjof, wen er so spät noch anrufen wolle, doch er winkte ab und wählte eine Nummer. Nach einigem Warten meldete sich Dr. Gutz.

»Habe ich Sie geweckt?«

»Ich frage Sie: Wissen Sie, wie spät es ist?«

»Entschuldigen Sie die späte Störung, aber es ist wichtig. Ich brauche die Telefonnummer von Frau Wegner.«

»Mitten in der Nacht?«

»Bitte seien Sie so nett.«

Es dauerte eine Weile, bis Dr. Gutz die Nummer gefunden hatte und sie ihm durchgab. Frithjof verabschiedete sich mit einer abermaligen Entschuldigung und wählte die Nummer. Jetzt steckte er ein Kabel in sein Handy, sodass die Kollegen mithören konnten. Das Tuten hallte durch den Raum. Noch immer wussten Frithjofs Kollegen nicht, was er vorhatte.

»Ja?«

»Frau Wegner?«, meldete er sich. »Frithjof Arndt, von der Kripo in Itzehoe. Wir waren kürzlich in der Wohnung von Johann Braun und Sofie Kessler. Können Sie sich erinnern?«

»Sicher. Was gibt es so spät?« Frau Wegner gähnte.

Aus seiner Hosentasche holte Frithjof die Geldbörse von Maximilian von Steintal, die er aus dem Auto geholt hatte. Er musste sie untergemüllt und nicht mehr an sie gedacht haben, als er sein erstes Treffen mit dem Jungen hatte. Jetzt hielt er sie in den Händen und drehte sie, um sie von allen Seiten zu betrachten.

»Können Sie sich noch daran erinnern, wann Sie die Geldbörse von Maximilian von Steintal gefunden haben?«

Schweigen. Die Lautsprecher der Anlage rauschten. Ein Knistern tauchte von Zeit zu Zeit auf.

»Vor ungefähr zwei Wochen«, erinnerte sie sich.

»Sind Sie da sicher?«

»Ja. Ich glaube schon.«

»Wieso sind Sie da so sicher?«

»Weil wir unseren festen Rhythmus haben. Einmal die Woche wird jede Wohnung grundgereinigt.«

»Das sagt noch immer nicht ganz aus, warum Sie so sicher sind, dass es gerade zwei Wochen sind.«

Die Lautsprecher verrieten Kissen, die zur Seite gedrückt wurden. Ein Bettgestell knarrte. »Ich habe Ihnen doch von dem Läufer erzählt, der plötzlich da war und dieser Fleck, der auf dem Boden war.«

»Ja.«

»Sehen Sie, eigentlich macht eine andere Kraft die Tour unten am Meer. Ich bin ja nur für die Einteilung und Beaufsichtigung zuständig, aber wenn es mal eng wird, springe ich natürlich ein. Frau Hoffmann, die sonst dort reinigt, ist seit zwei Wochen im Mutterschutzurlaub. Es ging einfach nicht mehr. Es war zu anstrengend.«

Um die Geschichte abzukürzen, unterbrach Frithjof sie höflich. »Und Sie sind eingesprungen, weil Sie keine Kräfte hatten?«

»Ja, das stimmt.«

»Dann müssten Sie theoretisch zwei Mal dort sauber gemacht haben.«

»Richtig.«

Die Haare waren auf dem Läufer, dachte er.

»Wir haben auf dem Läufer im Kleiderschrank etwas gefunden, was uns in den Ermittlungen zu unserem Fall wundert.«

»Und das wäre?«

»Haare. Die da eigentlich nicht sein sollten, wenn Sie dort zwei Mal waren.«

»Nicht in dem begehbaren Schrank, Herr Arndt.«

»Bitte?«

Robert setzte sich gerade hin.

»Ich sagte doch, als ich den Fleck dort sah, dachte ich, ich mach da lieber nichts mehr, bevor es noch schlimmer wird, und das nächste Mal war der Raum zugestellt.«

Viele nutzen den Raum als Abstellkammer. Da gehen wir dann nicht bei, hatte sie damals gesagt.

»Sie haben uns sehr geholfen, Frau Wegener.« Er wünschte ihr eine gute Nacht und legte auf. Strahlend sah er in die Runde.

»Maximilian von Steintal war vor zwei Wochen dort. Hat versucht den Fleck zu beseitigen, den Läufer ausgelegt und seine Haare dort hinterlassen.«

Warum hatte er die Geldbörse nicht abgeholt? Frau Wegner hatte ihm auf das Band gesprochen. Meinte sie vielleicht nicht das normale Band eines Anrufbeantworters, sondern die Mailbox des Handys? Frithjof sah auf Maximilians Visitenkarte. Dort war nur eine Handynummer angegeben. Kein Festnetzanschluss. Er hatte dort ebenfalls angerufen. Die ersten

Male ging niemand an das Handy und er hatte aufgelegt, ohne eine Nachricht zu hinterlassen. Später meldete eine Stimme, dass der Teilnehmer nicht zu erreichen sei. Hatte er auch sein Handy verloren? Wusste er vielleicht gar nicht, dass man seine Geldbörse gefunden hatte? War er noch einmal zurück nach Seebad gefahren und hatte sie gesucht und nicht finden können, weil Frau Wegner sie an sich genommen hatte?

Was war mit den Morden an Johann Braun und Sofie Kessler? Alleine hätte er das nicht machen können. Hatte Magnus ihm geholfen? Hatte er ihn später als Gefahr gesehen und getötet? Waren die Spielkarten für etwas gut? Das Boot? Die Knoten? Falsche Fährten? Hatte er seine Freunde damit hineingezogen? Wollte er es darauf ankommen lassen? Wäre der Plan aufgegangen, hätte er nicht die Geldbörse verloren? Was war jedoch mit dem Testament? Hatten Johann und Sofie von dem Plan gewusst? Wollten Sie sterben und hatten vergessen, Sofie im Testament zu bedenken? Hatten Sie Ingo Finke und Gero Westfahlen nach dem Zufallsprinzip gewählt? Aber warum gaben die anderen Freunde Maximilian ein Alibi?

Weil sie eine Gemeinschaft waren. Durch dick und dünn gingen. Vielleicht wussten sie, was in der Nacht geschehen sollte, und taten so, als wären Magnus und Maximilian bei ihnen, und sagten dies nun auch aus.

Wenn der einzige Sinn im Leben ist, auf den Tod zu warten ...

Hatten sie alle den Plan akzeptiert? Hingenommen? Gut gefunden?

Nur, warum auf diese grausame Art? Warum nicht einfach Schlaftabletten, die keine Schmerzen verursachten.

Weil wir alle etwas hinterlassen wollen ...

Sie alle würden ein Geheimnis mit sich herumtragen. Ein Leben lang. Sie würden Johann und Sofie nicht vergessen. Sie würden sie nicht vergessen, weil sie krank waren, sondern weil sie es geschafft hatten ein perfides Spiel zu erschaffen, dessen Regeln unentdeckt blieben.

Nur einer sprang über die Klinge. Maximilian. Er hatte einen Fehler begangen. Dafür musste er gerade stehen.

Dieser Fehler, für den er gerade stehen musste, hatte jedoch nichts mit dem Spiel zu tun, wie Robert sagte. Es war ein Unfall.

Die Gruppe hatte das Spiel gewonnen, dachte Frithjof. Sie hatten alles richtig gemacht. Sie waren nicht hinter ihre Regeln gekommen.

Ein intelligenter Mann plant einen Mord – eine Gruppe Hochbegabter plant den perfekten Mord.

Quint rieb sich die Augen. Nicht nur er war müde. Er hatte sich Frithjofs Ausführungen noch einmal durch den Kopf gehen lassen und beschloss, dass es für einen Haftbefehl reichte. »Der Junge war in Seebad. Speichel- wie Haarprobe sind identisch. Die Waffen waren in dem Haus seiner Eltern. Sollen sich der Haftrichter und die Anwälte darum kümmern. Wir werden die Autos der Steintals auf Blutspuren untersuchen. Frau Falcone, das übernehmen Sie.«

Blanca nickte und fragte, warum sie nicht wach wurde, egal wie viel Kaffee sie trank.

Gabrielle räusperte sich verlegen. »Ist wahrscheinlich Frau Bommels Kaffee, den Robert gemacht hat. Der ist entkoffeiniert.«

Frithjof schloss die Augen und seine unterdrückte Aggression schüttete genug Adrenalin aus, um ihn wach zu halten.

Als er nach Hause fuhr, sah er noch Licht in Helenes Haus und ging hinüber. Puma bellte und wenig später öffnete sich die Tür. Helene hatte einen Morgenrock an und schaute ihn traurig an. »Immer noch so schlimm?« Sie lächelte ihn an. Dann nahm sie ihn in die Arme und es schien, als würde diese kleine, liebevolle Person in seinem Körper versinken. Puma sprang an ihm hoch. Frithjof nahm ihn hoch und küsste ihn auf den Kopf. »Es ist erst einmal vorbei. Jetzt habe ich wieder mehr Zeit für dich, Dicker.«

»Habt ihr den Mörder?«, fragte Helene, als sie in die Küche gingen.

»Wir haben einen kleinen Teil gelöst. Den Rest werden wir wohl nie durchschauen.«

Helene machte ihnen einen warmen Kakao und er fragte sie, wieso sie noch wach war.

»Ich konnte nicht schlafen«, sagte sie und trank einen Schluck, der einen weißen Bart über ihrer Oberlippe hinterließ. »Ich fühle mich manchmal einsam und kann nicht einschlafen.« Traurig sah sie ihn an. »Das kennst du doch auch, oder?«

Er nickte. Dann fragte er sie, was sie für einen Sinn im Leben hätte.

Sie lachte. »Einen Sinn? Du bist gut. Ich bin über achtzig. Mein Sinn ist es, morgens aufzuwachen und gesund zu sein. Ich habe schon so viel Sinn in meinem Leben gehabt, da ist es irgendwann einmal genug. Da rennt man irgendwann nicht mehr allem hinterher. Da ist man zufrieden mit dem, was man hat. Vor allem mit der Gesundheit.«

»Was, wenn die nicht mehr da ist?«, wollte er wissen.

»Du musst wissen, ich bin eine der Letzten aus meinem Freundeskreis. Ich habe schon so viele Freunde begraben und stand an Gräbern von Menschen, die ich geliebt habe. Mit denen ich fast mein ganzes Leben verbracht habe. Es wird von Mal zu Mal schwerer, weil man begreift, dass man immer einsamer wird. Dass vielleicht irgendwann niemand mehr da ist, der deine Erinnerungen teilen kann. Mit dem man über alte Geschichten lachen kannst weil sie keiner mehr kennt oder versteht.« Sie sah aus dem Fenster in die dunkle Nacht. Sie sah dorthin, um ihre Tränen vor Frithjof zu verbergen. »Weißt du, ich habe nicht nur an den Gräbern gestanden. Ich habe auch an den Krankenbetten gesessen. Ich habe gesehen, wie meine geliebten, gesunden Freunde zu kranken Menschen wurden. Wie ihre Gesichter einfielen, die Körper, einfach der ganze Mensch. Ich habe gesehen, wie Leben zu Ende gingen. Wie die Menschen aus meiner Erinnerung sich veränderten. Ich stand immer da und fühlte mich schuldig, weil ich die Bürde erhielt, einen Teil von uns so lange wie möglich aufrecht zu erhalten. Aber wer kann bestimmen, wie lange man Erinnerungen aufrecht hält? Das ist nicht in unserem Ermessen. Wenn Er sagt, es ist Zeit, dann hat man zu gehen. Auch wenn Er einen nicht immer würdig gehen lässt und sich fragt, was ein Mensch noch ertragen kann. Warum ein Mensch es verdient haben könnte, qualvoll zu sterben. Niemand ist so schlecht, niemand hat ein solch böses Herz, dass er leiden muss. Das glaube ich ganz fest. Ich bin dankbar für jeden Tag und ich bin gleichzeitig traurig um jeden Tag, weil ich einen anderen Tod sterbe.«

Frithjof nahm sie in den Arm und ganz lange saßen sie so da. Er nahm sich vor, so oft es ging zu ihr zu gehen. Sich ihre Erinnerungen anzuhören. Sie in sich wirken zu lassen und die Geschichten weiter zu tragen.

In dieser Nacht schlief er ruhig ein. In Helenes Haus brannte noch immer Licht. Woche für Woche verging. Das Leben ging weiter. Die Abende verbrachte Frithjof abwechselnd mit Helene und Johanna oder mit ihnen zusammen, gemeinsam an ihrem See. Nach Bente kannte er keinen Sinn in seinem Leben. Jetzt öffnete er die Arme für Johanna. Ließ es einfach geschehen. Lange keine Tagträume mehr gehabt. Schmetterlinge im Bauch, die wieder auftauchten. Es war gut.

Als Johanna nach einigen Wochen das Wohnzimmer betrat, der Fall abgeschlossen und Maximilian von Steintal auf seinen Gerichtstermin wartete, war es leer. Sie sah auf den Steg, wo Frithjof saß. In der einen Hand ein Glas Whisky, in der anderen eine Spielkarte.

»Die habe ich heute mit der Post bekommen. Es ist der Pik König.«

Teil Zwei

1

Johann Braun wurde am 24. April 1975 geboren. Es war ein sonniger Nachmittag, als Esther Braun in Marne ihr Kind zur Welt brachte. Ihr Mann, Walter Braun, stand unruhig vor dem Kreissaal und wartete. Eine Schwester hatte ihm gesagt, er könne gerne dabei sein und seiner Frau die Hand halten und miterleben, wie sein Sohn zur Welt kam.

Da Walter Braun nicht gut im Zusprechen und zu Lebzeiten ein schweigsamer Mensch war und überdies hinaus kein Blut sehen konnte, lächelte er der Schwester nur zu und schüttelte leicht den Kopf. Schweißperlen hatten sich auf seiner Stirn gebildet und seine Handinnenflächen waren nass.

Um ihn herum tobten Schwestern und Ärzte. Apparaturen piepten und unablässig ging ein Telefon am Ende des Ganges.

Walter Braun musste nicht lange warten, bis man ihm die freudige Nachricht übermittelte, Vater eines gesunden Jungen zu sein. Überglücklich wippte er einige Male auf den Zehenspitzen und hätte am liebsten einen Menschen in seiner Nähe umarmt, so euphorisch fühlte er sich.

Nach einer Weile konnte er zu seiner Frau, die den Kleinen im Arm hielt. Beide lächelten sich an und sahen dann auf den kleinen Jungen, den sie Johann nannten.

Bei seiner Geburt hatte er nur ein einziges Mal geschrien. Es war der Moment, als er sich vollständig aus der Mutter löste. Dann war er still. Zuerst hatte die Hebamme Sorge, etwas könnte nicht stimmen, doch nach wenigen Minuten konnten sie nichts dergleichen feststellen. Eine Krankenschwester flüsterte seiner Mutter zu: »Der Kleine lächelt.« Und das tat er die nächsten Tage und Wochen, Monate und Jahre.

Johann Braun war ein zufriedenes, unkompliziertes Kind. Wenn die Eltern gefragt wurden, wann Johann denn einmal bitterlich geweint hätte, mussten sie lange überlegen, um dann den Kopf zu schütteln und kundzutun, sich nicht erinnern zu können.

Johann kam ganz nach seinem Vater. Schweigsam und in sich ruhend. Er sprach nur dann, wenn es notwendig war oder es der Anstand und die Erziehung bedurften. Esther Braun, eine lebhafte, quirlige Person, hatte zwei Baumrinden am Tisch sitzen, wie sie gerne scherzhaft erzählte.

Esther plapperte und plapperte aber Walter und Johann verstanden sich wortlos.

Die Brauns wohnten außerhalb von Marne auf einem kleinen Resthof, um den es rundherum weite Felder gab. Auf denen grasten Kühe der umliegenden Bauern. In dieser Idylle wuchs Johann heran. Schnell freundete er sich in den nächsten Jahren mit den Bauernkindern der umliegenden Höfe an. Entweder besuchte er sie oder die Kinder kamen zu den Brauns auf den Hof.

Ein wenig war er der Sonderling unter all den lärmenden Kindern, die Räuber und Gendarm, Cowboy und Indianer spielten. Oft saß er nur im hohen

Gras und beobachtete die Anderen. Ab und an sahen sie zu ihm hinüber, blieben einen kurzen Moment stehen, winkten ihm zu und lächelten. Alle mochten ihn. Mit sechs Jahren wurde er mit den meisten anderen Kindern der Höfe eingeschult. Früh morgens trafen sie sich am Bushäuschen und warteten gemeinsam auf den Schulbus, der sie quer über das Land zur Schule brachte. Nach der Schule arbeitete Johann mit Fleiß die Unterrichtsstunden nach und lieh sich allerlei Bücher aus der Fahrbücherei, um noch mehr über einzelne Dinge, die ihn interessierten, zu erfahren. Es kam vor, dass er seine Eltern nur zu den Essenszeiten sah und sich dann wieder in seine Bücher vergrub.

Johann war ein ausgezeichneter Schüler und nach vier Jahren schlugen die Lehrer ihn für das Gymnasium vor.

»Frau Braun, Johann ist ein sehr intelligenter Schüler, was halten sie davon, ihn auf ein Internat für Hochbegabte zu schicken?«, sagte seine Deutschlehrerin zu Esther. »Wir würden dafür sorgen, dass Johann an einem speziellen Test teilnimmt.« Die Deutschlehrerin Frau Kähler war sehr aufgeregt und davon überzeugt, Johann sei hochbegabt. Esther hatte wohl schon von diesen Internaten gehört, meinte jedoch, Johann sollte das entscheiden.

»Dafür ist er noch zu jung, um das zu entscheiden«, meinte sie. Doch Esther konnte sie überzeugen, dass Johann über einen solchen Einschnitt in seinem Leben mitentscheiden sollte. Außerdem wäre Walter auch noch da.

Frau Kähler stimmte zu, sagte aber mit mahnender

Stimme, sich nicht zu viel Zeit zu lassen. »Die Plätze an diesen Schulen sind immer schnell vergeben.«

Noch am selben Abend beraumte Esther einen Familienrat ein, wie sie es seit Langem praktizierten, wenn etwas entschieden werden musste, was die ganze Familie anging.

Esther berichtete kurz, worum es Frau Kähler ging, und stellte die Option Hochbegabteninternat zur Diskussion.

Der Erste, der etwas sagte, war Johann. Er war gerade elf geworden und hatte sich in den Jahren herausgemacht. Er war für sein Alter gut gebaut, hatte kurzes, schwarzes, zur linken Seite gescheiteltes Haar und wunderschöne grüne, helle Augen. Seine kleinen Finger lagen ruhig auf seinem Schoß, als er seinem Vater und seiner Mutter sagte, er würde den Test gerne machen. »Was schadet es schon? Wenn es nicht klappt, gehe ich einfach auf das Gymnasium.« Und da sich das für einen Elfjährigen sehr vernünftig anhörte, hatte Walter nichts weiter zu sagen, nickte nur und übergab somit kommentarlos Esther das letzte Wort.

»Mit euch zu diskutieren ist einfach langweilig«, sie verdrehte die Augen und trank den letzten Schluck Rotwein aus. »Der Eine ist so verdammt vernünftig und der Andere spricht einfach nicht.« Sie lachte und streichelte Johann über den Kopf. »Aber so machen wir das. Du versuchst es und wenn es klappt, klappt es.« Das war zwar nicht sehr philosophisch, aber traf genau das, was der Rat beschloss.

Es war ein regnerischer Tag, als Johann mit dem Bus zum Test fuhr. Zuerst wollten seine Eltern ihn begleiten, jedoch rief Großmutter Lilli am Abend zuvor an und teilte Walter und Esther mit, dass eine Katastrophe geschehen sei. Da bei Großmutter Lilli immer alles eine große Katastrophe war, wollte Esther Großmutter Lilli auf die nächsten Tage vertrösten, hörte sich aber die Geschichte brav an.

Großmutter Lilli hatte am Vorabend ihre Trockenhaube aufgezogen, die nach wenigen Minuten Feuer gefangen hatte. »Weiß der Himmel, wieso die plötzlich rauchte«, krächzte sie. Danach hatte sie die Haube in die Toilette geworfen, wo sie nun reglos lag und sich so dermaßen verkeilt hatte, dass sie nicht mehr herausgezogen werden konnte.

»Lilli, wir haben beim besten Willen nicht die Zeit, bei dir vorbeizukommen. Der Junge hat morgen früh seinen Test, du weißt doch ...«

»Soll ich jetzt mit einem Eimer in den Garten gehen, Esther?«, fragte Großmutter Lilli und es klang sehr vorwurfsvoll.

Nach einigem Hin und Her, vielen ungerechten Vorwürfen und einem gut einstudierten Weinanfall, versprach Esther, gleich am nächsten Morgen vorbeizukommen. Johann würde dann alleine mit dem Bus fahren.

»Und bring Walter mit«, bestimmte Lilli.

»Sicher kann der Trockenhauben aus dem Klo ziehen.«

Bei diesem Satz schüttelte Walter nur den Kopf und zwinkerte Johann zu, der leise lachte.

»Ich krieg den Test auch schon alleine hin«, sagte er. »Fahrt ihr nur zu Großmutter.«

Auch wenn Großmutter Lilli durch ihr schlechtes

Gehör kaum etwas verstand, hörte sie Johann durch den Hörer und meinte zu Esther. »Wieso kann der Junge mich nicht Oma nennen?«

»Weil Großmutter für ihn vernünftiger klingt.«

Vom anderen Ende der Leitung hörte man nur ein Grummeln und sie verabschiedeten sich.

Eines der letzten Dinge, an die sich Johann erinnern sollte, war, dass seine Mutter ihm Brote schmierte (auch noch Jahre später wusste er, dass es zwei Mischbrote mit Nutella waren), ihm drei Caprisonnen und einen grünen Apfel in den Rucksack steckte. Sie war aufgeregter als er und redete und redete in einer Tour. Ihre Augen blitzten und in ihnen war ein ganz besonderer Glanz von Stolz. Immer wieder streichelte sie Johann über den Kopf und küsste ihn auf die Stirn und die Wangen. Esther Braun roch nach einem sommerlichen Duft, den Walter ihr vor einer Woche geschenkt hatte. Auch diesen Duft vergaß Johann nicht.

Walter Braun saß mit seiner Zeitung am Frühstückstisch und tat so, als würde er lesen. Aber eigentlich lugte er ständig über die Zeitung hinweg auf seinen Sohn und in seinen Augen war derselbe Glanz wie bei Esther – nur dass Walter seine Freude stiller zeigte.

Als Walter seinen Sohn zum letzten Mal umarmte, roch Johann das Rasierwasser seines Vaters und würde es zeit seines Lebens auch benutzen.

Esther und Walter fuhren Johann zur Bushaltestelle, warteten so lange, bis der Bus eintraf und er eingestiegen war. Johann blieb an der Tür stehen, die sich schloss, und durch die Scheiben winkten sie sich zum Abschied zu. Esther hatte Tränen in den Augen.

»Großer Tag heute, was?«, fragte Herr Warmling, der Busfahrer. Auf dem Dorf blieb nichts lange unbekannt.

»Wir werden sehen«, antwortete Johann artig und setzte sich in die erste Reihe. Nieselregen und ein großer träger Scheibenwischer waren das, was Johann durch die Frontscheibe des knatternden Busses sah.

Esther und Walter stiegen freudig erregt in ihren alten Saab, als der Bus davon gefahren war. »Was meinst du, Walter? Wird er es schaffen?«

»Johann ist ein kluger Junge.« Mehr musste er nicht sagen. Esther griff nach seinem Arm und drückte ihn sanft. Sie sah ihren Mann an und immer noch hatte sie Tränen in den Augen.

Da sie Walter ansah, konnte sie nicht sehen, wie ein großer Traktor aus einem Feldweg auf die Landstraße fuhr. Genau auf die Spur, auf der sie sich befanden. Esther hörte ihren Mann erschrocken aufschreien. Vor Schreck krallte sich Esther in den Arm ihres Mannes, den sie noch immer festhielt, was bewirkte, dass der Wagen ins Schleudern kam. Wie in Zeitlupe nahmen beide die letzten Augenblicke ihres Lebens war. Die Landschaft glitt fast lautlos an ihnen vorbei. Felder, Bäume, der Horizont, der Traktor.

Der Saab prallte, nach einigen Drehungen, frontal in den Traktor. Die große Gabel für die Heuballen durchbohrte in einem Scherbenregen die Windschutzscheibe. Eine Gabel zerschmetterte Walter Braun den Schädel, die Andere trennte Esther Brauns Kopf von ihrem Rumpf. Die blutverschmierte Fahrerkabine wurde zusammengedrückt. Esther und Walter waren auf der Stelle tot.

Johann bestand seinen Test mit Bravour, ahnungslos, was geschehen war. Auf seltsame Weise erfuhr Johann während und nach seiner Prüfung für das Hochbegabteninternat nicht, dass seine Eltern verunglückt waren.

Nach der Prüfung setzte er sich in den Stadtpark, verspeiste seine Brote mit Nutella und trank zwei seiner Caprisonnen. Während er dort saß, versuchten Nachbarn ihn zu erreichen. Sie riefen in der Schule an und teilten mit, was geschehen war. Daraufhin setzte sich eine kleine Armada von Lehrkräften in Bewegung, um Johann ausfindig zu machen.

Umso erstaunter waren die Nachbarn der Brauns, als Johann am frühen Nachmittag froh gelaunt zu Hause ankam.

Die Gesichter der Nachbarn, die Johann als Erste sahen, wurden bleich. Hastig gingen sie zu ihm und nahmen ihn in die Arme. Sie redeten auf ihn ein. Es täte ihnen ja so furchtbar leid und als Johann nach einer Weile fragte, was denn eigentlich los sei, schienen die Menschen förmlich zu erstarren.

»Du weißt es noch gar nicht, Johann?«, fragte ihn Frau Meifort, die eiskalte Hände hatte und Johanns Wangen umschlossen hatte.

»Was weiß ich noch nicht?« Johann wurde unruhig und löste sich von Frau Meifort. Pfarrer Kerling kam auf ihn zu und hob wie ein Adler seine Arme. Sein Talar breitete sich unter den Armen wie Schwingen aus. »Johann«, predigte er. »Mein guter Johann!«

Bevor auch er Johann in die Arme nehmen konnte, duckte sich Johann und rannte ins Haus, wo er seine Großmutter sah.

»Was ist passiert? Ist etwas mit meinen Eltern?« Johanns Stimme überschlug sich. An Großmutter Lillis Augen konnte man erkennen, dass sie geweint hatte. Sie trug eine schwarze Hose und einen schwarzen Pullover und Johann dachte im ersten Moment, sie hätte abgenommen; wieso er gerade das in diesem Moment dachte, wusste er weder damals noch später.

Nachdem sie ihm erzählt hatte, was geschehen war, sah Johann allen Anwesenden in die Augen und sagte leise, er würde jetzt gerne für eine Weile auf sein Zimmer gehen.

»Er ist immer so vernünftig«, bemerkte Großmutter Lilli.

Als Johann die Treppe hinauf in den ersten Stock ging, wo sich sein Schlafzimmer befand, sah er noch einmal durch die Stufen hindurch in das Haus und stellte sich vor, wie seine Eltern um ihn herumgingen. Seine Mutter plappernd und sein Vater schweigend. Sich gegenseitig liebend.

In seinem Zimmer stand er eine Weile am Fenster und schloss die Augen. In seiner Brust wurde es schwer. Er bekam keine Luft. Mit seiner Stirn lehnte er sich an die Glasscheibe und blieb so eine ganze Weile stehen. Durch seine Atemluft beschlug die Scheibe. Dahinter erstreckten sich im fahlen Grau, im norddeutschen Nieselregen, Felder und Wiesen.

Johann erinnerte sich an den Duft seiner Mutter, seines Vaters, den er am Morgen gerochen hatte. Mit diesen Erinnerungen legte er sich vollständig angezogen auf sein Bett und schlief ein.

Außer Großmutter Lilli gab es keine weiteren Angehörigen. Nach langem Hin und Her sprachen die Behörden ihr das Sorgerecht zu. Der Resthof wurde verkauft und das Geld auf ein Treuhandkonto für Johann eingezahlt. Eine hübsche Summe, wie Großmutter Lilli sagte.

Noch erstaunter war sie, als sie erfuhr, was für ein Vermögen ihre Tochter und ihr Schwiegersohn verdient und angespart hatten. Herr Braun leitete eine Bank in der näheren Umgebung und hatte ein stolzes Einkommen, das er mit Aktienspekulationen noch vermehrt hatte.

Esther Braun hatte von zu Hause aus als Übersetzerin gearbeitet und ihr Einkommen war auf das Konto ihres Mannes eingegangen.

Nachdem die Formalitäten nach etlichen Wochen erledigt waren, war Johann Braun ein sehr wohlhabender, elfjähriger Junge, auf dessen Treuhandkonto ein sechsstelliger Betrag ruhte.

In dem Sommer, bevor Johann auf das Hochbegabteninternat gehen sollte, zog er bei Großmutter Lilli ein und war zufrieden mit dem Mansardenzimmer, das sie für ihn entrümpelt hatte. Immer wieder versuchte sie, mit Johann über den Unfall zu sprechen, er lebte jedoch in seiner eigenen Welt, die aus Büchern und langen Spaziergängen bestand. Sie hatte keinen Zugang dazu.

»Der Junge muss seinen Kopf frei bekommen«,

sagte die Psychologin, die Johann betreute. »Lassen sie ihm seine Zeit.«

Großmutter Lilli nickte und schnäuzte sich in ihr Stofftaschentuch. Noch immer fand sie es recht merkwürdig.

Ebenso, dass Johann sich an einem Nachmittag das Rasierwasser seines Vaters und das Parfüm seiner Mutter in einer Drogerie kaufte. Die Verkäuferin fragte, ob sie es als Geschenk verpacken solle, aber Johann verneinte und sagte in ihr erstauntes Gesicht, es sei für ihn. Auf dem Weg nach Hause öffnete er das Fläschchen mit dem Rasierwasser und träufelte sich eine kleine Menge auf die Wange und direkt unter die Nase.

Zu Hause angekommen sprühte er ein wenig von dem Parfüm der Mutter auf sein Kopfkissen und legte sich auf das Bett. Er schloss die Augen und schlief ein.

Der Sommer verging und sein erster Schultag im Schiller-Internat kam heran. Das Internat stand idyllisch in einem großen Kreis von Feldern, so wie er es von seinem Elternhaus gewohnt war.

Den Tod seiner Eltern erwähnte er bei seinen Mitschülern mit keinem Wort. Weder in dem ersten, noch in den darauf folgenden Jahren. Alleine das Rasierwasser und das Parfüm hielt er als Erinnerung an sie aufrecht. Auch als er nach acht Jahren das Internat verließ und auf die Universität nach Hamburg wechselte, um Mathematik und Physik zu studieren, änderte sich an dieser Gewohnheit nichts.

Großmutter Lilli war es noch immer unheimlich,

wie der Junge den Tod seiner Eltern verarbeitete. Weder sie, noch die Lehrkräfte des Schiller-Internats hatten eine Ahnung, wie es in dem Kopf von Johann Braun aussah.

2

Die Luft war voller Gerüche. Um die acht Freunde herum und über ihnen. In ihnen, daneben und mittendrin. Von Fleisch, Lachs und Scampis. Ausgepusteten Streichhölzern, Zigarettenqualm, Parfüm, Gewürzen und brennender Kohle. Der Duft von frisch gemähtem Gras. Atem voller Gin, Tequila und Whisky. Hände, die den Geruch des Essens aufgesogen hatten. Vom Ablecken der Finger – salzig, ölig, feucht. Vom Verstreichen – cremig, körnig, matschig. Von der Gabel schiebend – heiß, fettig, angenehm.

Die Luft war voller Gelächter und Satzfetzen. Sätze, Worte, die zum Ende lauter anschwollen, da sie Gehör verschafft bekommen wollten.

Dazwischen verstohlenes, leises Reden und Getuschel unter zweien, welches nur für das Gegenüber bestimmt war. Leise Geheimnisse, ausgetauscht an einem friedlichen, wohltuenden Sommerabend. Die Geheimnisse würden in den Bäumen und Sträuchern verharren. Erst verschwinden, wenn auch die Gerüche ihren Weg hinaus aus dem Garten, hinaus in die Nacht gefunden hatten.

Maximilians Eltern befanden sich in Schottland und die Freunde hatten das Gutshaus und das gesamte Anwesen für sich. So saßen er, Johann, Magnus, Titus, Clara, Roma, Sofie und Veronika an einem großen, schweren Holztisch im Garten. Mit vereinten Kräften hatten sie die wuchtigen Wohnzimmersessel des Jagdhauses hinausgetragen und saßen unter zwei riesigen Weiden. Titus hatte Lautsprecher in die Äste gehängt, aus denen leise die traurig melancholische Musik von Jan A. P. Kaczmareks *Finding Neverland* drang. Zufrieden lächelte er. Durch seinen letzten Surfurlaub in Kuba waren seine schulterlangen Haare hell geworden und seine braune Haut glänzte in der untergehenden Sonne Norddeutschlands.

Johann stand vor dem Grill und versuchte vergeblich, die Kohlen zum Glühen zu bekommen. Die schwere Schale unter dem Rost hatte er mit Aluminiumpapier ausgelegt und Kohlen hineingestreut. Sie wollten einfach nicht brennen. Nachdem ihm das Feuerzeug hineinfiel und die Schale gefährlich wippte und aus der Verankerung zu springen drohte, flüsterte Roma Maximilian zu, »die fällt gleich runter. Mach doch was. Ich habe Hunger. So verhungern wir kläglich.«

Maximilian zog sein Polohemd zurecht, verdrehte seine Augen und erhob sich langsam aus seinem Sessel und ging zu Johann hinüber. Der wedelte mit den Armen und meinte, er würde das schon hinbekommen.

»Nachdem der Pizzaservice da war, ja«, kommentierte Maximilian in seiner gewohnt ruhigen Art und zog ein Taschenmesser aus seiner Gesäßtasche, mit dem er die Schraube an der Schale fester zog.

»McGywer hat mit einem Taschenmesser und einem Kaugummipapier mal eine Atombombe gebaut«, sagte Titus und beäugte interessiert Maximilians Versuche, die Schale zu befestigen, die einen Augenblick später hinunterfiel.

»Ach, leck mich doch«, fluchte Maximilian, »dann bestellen wir eben wirklich was vom Pizzadienst.«

»Bei einer Bestellung über zwanzig Euro bekommen wir auch eine Flasche Wein gratis«, meinte Clara und zwirbelte einige ihrer lockigen Haare um zwei Finger. Sie hatte ein engelsgleiches Gesicht, mit wunderschönen grünen Augen, die interessiert alles und jeden beobachteten. »Du bist die schönste Nicht-Ballerina, die ich kenne«, hatte Titus einmal zu ihr gesagt und höflich hatte sie einen Knicks gemacht und gegluckst.

»Wir kriegen das mit dem Grill schon hin«, sagte Johann und hievte mit Maximilian die Schale hoch zum Rost. »Nur Geduld!«

»Sag das meinem Magen«, kam es ein wenig bissig von Veronika.

Maximilian drehte sich zu ihr um und verschränkte die Arme vor seiner Brust. »Sag mal, Bella, was ist, wenn deine Eltern sich scheiden lassen, sind sie dann immer noch Bruder und Schwester?«

In ihrem Blick konnte man erkennen, dass sie bereit war für einen verbalen Schlagabtausch mit Maximilian. Sie lächelte ihn falsch an. »Auf alle Fälle habe ich mir meinen Magen nicht an dem Boden einer Petrischale voll gehauen.«

Noch bevor Maximilian etwas sagen konnte, rief Johann: »Und Gott sprach, es werde Licht!« Und tatsächlich loderten Flammen zwischen den Kohlen empor. Niemand konnte sich erklären, wie er es geschafft hatte – am wenigsten er, der es noch nicht einmal schaffte, ein IKEA-Regal aufzubauen.

Titus nahm aus dem Gras eine Tequilaflasche und ging in der Runde herum und goss ein.

Sie tranken den Tequila und bissen auf eine mit Kaffeepulver gepuderte Orangenscheibe. Johann blieb am Grill stehen und achtete mit jenem verträumten Blick, mit dem man wartet, dass das Spülwasser einläuft, dass das Feuer nicht ausging.

Sie aßen wie die Könige, üppig und voller Lust. Sie lachten, erzählten Anekdoten, neckten sich, strichen sich über Arme, Hände und Rücken, küssten sich auf Mund und Wange, ließen die Finger in einer Hand des Anderen, verweilten in den Augen des Gegenübers, lauschten dem Wind in den Weiden und waren Teil ihrer eigenen, nur für sie zugelassenen Welt.

Nach dem Essen lehnten sie sich in den Sesseln zurück und Titus spielte auf der Gitarre einen alten Billy-Joel-Song.

Sometimes it's so easy to let a day slip on by, sang er.

Sie tranken einen George Dickel No. 8 und der leicht fruchtige Geschmack klebte am Gaumen. Geschnittene Tomaten, Zwiebeln, Mozzarella lagen auf Holzbrettern. Ein Messer, glänzend mit einem flüssigen Film überzogen, war in das Gras gefallen. Salatsaucen waren neben die Teller gekleckert. Teelichter standen in Gläsern auf dem Tisch. Fackeln standen wahllos im Garten verteilt im Boden und die Feuerschatten pendelten im leichten Abendwind über das Gras.

This is the time to remember

'Cause it will not last forever
These are the days to hold on to

Titus Stimme war tief und schön. Eine Weile hörten ihm alle zu. Die Mädchen hielten sich bei den Händen, Magnus hatte eine Hand auf Titus Schulter gelegt. In ihren Gesichtern war ein seelenvoller Frieden eingekehrt. Unbesiegbar, unbezwingbar, von niemandem kontrollierbar. Man selbst sein. Füreinander da sein. Eine eingeschworene Gemeinschaft, in die niemand treten konnte. Schweigend wurde hier ein Bund, den es seit Jahren zwischen ihnen gab, gefestigt, bestätigt, gestärkt.

These are the days to hold on to, sang Titus noch einmal und noch ein letztes Mal zupfte er die Saiten. Johann stand auf, hob sein Glas, woraufhin die Anderen dieser Geste folgten und dann stand er ganz still da. Kein Trinkspruch, keine Worte, kein Hauch kam über seine Lippen. Erwartungsvoll sahen seine Freunde ihn an. Weiterhin reglos stand Johann da, hinter ihm wehten Weideäste, flackerten Fackeln, kamen Tränen, die seine Wangen hinunterliefen. Seine Hand, in der er das Glas hielt, zitterte, bemüht es ruhig zu halten, sah er in die Dunkelheit des Gartens, die sich hinter den Rücken seiner Freunde breit machte. Einer Dunkelheit, an die er sich gewöhnen musste, da der Abschied nicht mehr fern war.

»Alles in Ordnung, Johann?«, fragte Maximilian vorsichtig und sah zuerst zu ihm, dann zu den Freunden. Sofie starrte auf ihre abgekauten Fingernägel. Sie wusste, was geschehen war. Leise lösten sich auch aus ihren Augen die ersten Tränen.

Niemand sagte etwas, bis Johann bat, Kaczmarek

zu hören. Es erklangen abermals Violinen, Geigen, Oboen und Harfen von *Finding Neverland*, der Geschichte von Peter Pan, in der nächtlichen Stimmung des Gartens. »Ich bin der Pan. Der, der nicht erwachsen wird. Weil er nicht kann, weil er nicht darf. Weil er krank ist.« Tränen, die Johann an die Kieferknochen gelaufen waren, rutschten gen Kinn, trafen sich dort, wurden eins, wurden schwer und fielen knapp an dem Weinglas vorbei in das platt getretene Gras. »Jetzt ist es nur noch ein Traum Kinder zu haben, nur noch ein Traum mit einer Frau in ein Haus zu ziehen und dort glücklich zu sein. Nur noch ein Traum Wünsche wahr werden zu lassen. Nur ein Traum die Welt zu sehen. Alles nur noch ein Traum, was man sich als Kind gewünscht hat. Flüchtig und doch ein Traum, jemand zu sein, wichtig zu scheinen. Nur noch ein Traum. Dort wo es einmal Hoffnung gab. Ich bin der Pan. Der, der nicht erwachsen wird. Weil er nicht kann, weil er nicht darf. Weil er krank ist. Heute Morgen ist die Krankheit bei mir ausgebrochen. Es war alles nur ein Traum – dachte ich. Falsch gedacht. Ausgeträumt. Ich bin noch nicht einmal der Pan. Wer bin ich jetzt? Wenn nicht einmal ein Traum ein Traum sein darf?«

3

Titus sah mit verträumtem Blick durch hellblaue Augen. Leicht bewegten sich seine langen, blonden Haare im Morgenwind. Schnee fiel sachte auf die Welt, die Weide, den Garten, auf ihn. Die im Herbst nicht fortgeräumte Liege hatte er von dem nächtlichen Schnee befreit und eine Decke auf sie gelegt. Sich auf sie und in sie gesetzt. Seine Hände an einem heißen Kaffeebecher gewärmt. In seinem verlorenen Blick spiegelten sich taumelnd tändelnde Gestalten aus seinen Gedanken, den noch nicht vor der Helligkeit fortgehuschten Träumen. Träume, noch in Wintermäntel verpackt.

Seine kleinen, wohl geformten Finger formten das Zigarettenpapier. Ohne auf den Tabak zu sehen, arrangierte er ihn in die Mitte, drehte alles zu einer gerade Rolle und ließ sie, immer noch gedankenverloren, einen Moment zwischen Daumen und Mittelfinger hin und her rollen.

Seine Beine hatte er an seinen Oberkörper gezogen, er rückte die Kapuze seines Pullovers zurecht und zündete die Zigarette an. Für einen kurzen Augenblick schloss er die Augen. Traumkörner kratzten an den Lidern und der Geschmack des teuren kubanischen Tabaks legte sich auf seine Zunge. Das letzte Mal hatte er hier im Sommer gesessen. Den gleichen Tabak geraucht. Mit seinen Freunden. Dieser Sommerabend schien Lichtjahre entfernt zu sein. Dann kam Tag um Tag, Woche für Woche, Monat um Monat die Gewissheit, dass sie ihre Unschuld verlieren würden. Von dem Abend an, an dem Johann kein Pan mehr war, warteten sie darauf, es ihm gleich zu tun. Der Pan hatte die Unschuld der Kindheit in sich bewahrt. Sie hatten an diesem Abend, in diesem Sommer die Unschuld hinter sich gelassen. Keiner von ihnen würde mehr das gesegnete Land der Kindheit wiederentdecken. Das Erwachsenwerden und die Verantwortung kamen ihnen dazwischen. Einfach so. Wie das Leben. Da konnte man nichts machen. Es war so. Wie gesagt, einfach so.

In seinen Wimpern verfingen sich Schneeflocken. Er ließ sie dort. Schielte, um sie zu betrachten. Filigran und wunderschön hingen sie vor seinen Augen, seiner Welt, die nicht schön war. Da konnte man nichts machen.

Niemals wäre er freiwillig in dieser Jahreszeit nach Deutschland zurückgekommen. Nicht in dieses grauenhafte, nasskalte Wetter. Titus war gekommen, weil er die Anweisung, den Befehl dazu bekommen hatte. Von wem wusste er nicht. Er hatte den Tag am Strand verbracht, als er am Abend die Mails checkte. In der *Betreff*-Zeile stand: *Sn. Rossi sucht das Glück*. Mehr nicht. Auf seltsame Weise konnte er sich nicht daran erinnern, wie sie zu diesem Namen gekommen waren, den sie als ihre Aufforderung sahen, das Spiel zu beginnen. Der Name musste durch eine Bemerkung, einen Witz oder etwas Ähnliches entstanden sein. Sie waren oft betrunken gewesen im vergangenen Sommer oder hatten Drogen genommen, als sie das

Spiel ausgearbeitet hatten, da entstanden dann solche Namen wie *Sn. Rossi sucht das Glück*.

Mit einem Schnippen seines Fingers fiel Asche in den Schnee.

Irgendwo ging hinter Titus die Sonne auf. Er betrachtete das Haus. Ein Fenster war erleuchtet, als Schatten machte er Maximilian aus, der gerade aufgestanden war. Wer weiß, wann wir je wieder ruhig schlafen können, dachte Titus und zog seine Knie dichter an seinen Oberkörper heran. Ihn fröstelte. Gestern war er aus Kuba gekommen, dort würde er jetzt in Shorts und T-Shirt am Strand sitzen.

Ein erneuter Windstoß ließ einen weiteren Schauer über seinen Körper laufen. Schauderte er wegen der Kälte oder weil das Spiel jetzt ernst wurde?

Noch war das Spiel blanke Theorie, bisher war alles nur Fiktion und es fehlten einzig wenige Details, die bald erledigt sein würden, damit sie beginnen konnten.

Wieder verfiel sein Blick der Sehnsucht. Kuba, Sonne, Surfen. Den Kopf frei haben. Gedanken nachjagen. Schattenreflexe vor den Augen, tanzende blonde Haare lenkten ihn nicht ab in dieser ruhigen Trance, in diesem weißen Treiben aberhunderter Schneeflocken. Wie versteinert saß er da. Die Zigarettenglut brannte an seinen Fingern, ohne sofort Notiz davon zu nehmen, ließ er sie erst einige Sekunden später los. Im Schnee zischte der Stumpen nur kurz auf.

Die E-Mail kam aus einem Internet Café in Hamburg Altona. Die Nachricht trug keine Unterschrift. Es gab keinen Text. Nur die Betreffzeile. *Sn. Rossi sucht das Glück*.

Titus hatte seinen Koffer noch in jener Nacht gepackt, über das Internet einen Flug am nächsten Tag nach Hamburg gebucht und sich kurz und knapp, unverbindlich von seinen, meist einheimischen, Freunden verabschiedet. Sie tranken noch einige Biere zusammen am Strand, wo er versuchte zu erklären, wie Schnee riechen würde, wenn er sich langsam auf das emporgereckte Gesicht legte.

Der letzte Abend in Kuba roch nach dem Salz des Meeres, kubanischen Zigarren, eingecremten Körpern, Limetten und Fisch. Es duftete nach Unschuld und Sünde zugleich. Sand klebte zwischen Zehen und Haaren. Diego, der Strandhund, hinterließ salzig feuchte Tatzenabdrücke im Sand. Eine Frau begann zu singen. Es war ein langsames, trauriges Lied.

Jemand verliert das Liebste, das er besitzt, übersetzte man ihm. »Was meint sie damit? Was ist das Liebste?«, fragte er. »Das ist für jeden etwas anderes. Niemals gleich«, erhielt er als Antwort und sie lauschten weiter der rauen, von vielen Abenden, von vielen Verlusten gezeichneten Stimme. Glühwürmchen tauchten auf. Jemand verliert das Liebste. Wie einen Stock oder einen Hut.

Das alles war erst wenige Stunden her und doch so weit weg. Anderes war nun nah. Johanns und Sofies Entscheidung war gegenwärtiger als je zuvor. Titus konnte sich auf einmal genau an den Moment erinnern, als Johann ihnen mitteilte, was er geplant hatte. Sprachlos hatte Titus dagesessen, zugehört und sich nicht angemaßt Kritik zu üben. Es war Johanns letzter Wille. Es war sein Leben. Es war seine Krankheit.

Es war der Verlust des Pans. *Was, wenn ein Traum kein Traum sein darf?*

Während Johann sprach, schaute Titus in die Runde. Carla stand das Entsetzen ins Gesicht geschrieben. Im Laufe des Gesprächs wurde sie still, blass und richtete meist ihren Blick zu Boden. Einige Male blickte Titus zu ihr. Er konnte ihre Reaktion nicht verstehen, missbilligte ihr Verhalten, verabscheute es sogar. Sie zeigte Schwäche. Das war gefährlich für die ganze Sache. Er würde sie im Auge behalten müssen.

So oder so hatte er das Gefühl, dass er im Verlauf der Geschichte einer der wenigen sein würde, der die Fäden zusammenhalten musste. Alleine Maximilian traute er innere Stärke zu. Er vertraute ihm. Als Mathematiker würde er die Sache nüchtern und kühl wie eine Gleichung betrachten. Auf ihn konnte sich Titus verlassen.

Magnus machte ihm auch Sorgen. Er musste dafür sorgen, dass die beiden Körper einige Wochen unbemerkt blieben. Das würde es der Polizei erschweren ihre Ermittlungen zu führen. Alles andere wäre zu gefährlich.

Erst sollte eine gewisse Zeit vergehen und dann würde die öffentliche Geschichte beginnen. Die falschen Fährten, die sie legen würden, waren vorbereitet. Ein Boot müsste in dem nahe gelegenen See versteckt werden. Vier von ihnen sollten Knoten schnüren, die keinen Sinn ergeben sollten. Sie hatten sich unschuldige Opfer ausgeguckt, die sie mit in die Ermittlungen ziehen würden, ohne dass sie etwas dafür konnten. Einige von ihnen würden vielleicht gesellschaftlich wie familiär über die Klinge springen müssen. Wer wusste schon, was Ingo Finke und Gero Westfahlen vertuschten, das jetzt plötzlich ans Licht kam. Johann hatte ihnen fünfundzwanzig Tausend Euro hinterlassen. Das würde die Polizei eine Weile aufhalten.

Noch wusste keiner der beiden Männer, dass ihr Schicksal längst besiegelt war. Dass Gott aus einer Gruppe junger, reicher, hochbegabter Menschen bestand, die über ihr Leben richten würde. Keiner dieser Unschuldigen würde später sagen können, wie und wann ihr Leben, so wie sie es kannten, zu Ende ging und sie unaufhörlich in einen Abgrund stürzten.

Insgeheim freute sich Titus auf diese Schicksale. Er würde beobachten können, wie ehrbare Menschen, die sich augenscheinlich nichts zuschulden hatten kommen lassen, zerbrachen und vor die Hunde gingen.

Titus steckte sein Kinn unter den Rand seines Pullovers und grinste. Es war ein böses, diabolisches Grinsen. Auf seltsame Weise gefiel ihm die Vorstellung, als Richter, als Gott zu fungieren. Einfach so. Mit wenigen Mitteln konnte man Menschen deformieren, ruinieren, brechen und zerstören. Man musste nur wissen, wie – und er glaubte, sie hatten herausgefunden wie.

Jetzt konnten sie nur noch abwarten. Die Geschichte ging nun seinen Lauf. Jetzt schon war es zu spät alles zu stoppen.

4

In den Fenstern des Hauses standen Kerzen. Schwach schimmerte das Licht in eine eiskalte, klare Winternacht hinaus. Noch einmal zeigte der Winter seine Stärke, als die Temperaturen in den zweistelligen Minusgradbereich rutschten. Der Schnee, der rings um das Haus auf den Feldern und den Wiesen lag, war hart gefroren.

An diesem Abend waren sie zu sechst in dem Gutshaus der Steinthals. Maximilian, Titus, Magnus, Veronika, Roma und Carla. Sie kamen mit drei Wagen bei dem Gutshaus an. Magnus mit seinem Landrover, Veronika und Roma in einem Volvo V14 und Carla in einem Audi A6. Titus wohnte, solange er in Deutschland war, bei Maximilian.

Sie parkten ihre Autos so, dass niemand behindert war hinauszufahren, sollte er die Runde frühzeitig verlassen wollen.

Der erste Wagen traf um Viertel vor acht ein, es war Magnus mit dem Landrover. Wenige Minuten später erreichte der Volvo mit Veronika und Roma das Gutshaus. Magnus notierte es in einem Buch und blieb sitzen, ebenso wie Veronika und Roma noch nicht auf das Haus zugingen. Sie warteten.

Nach fünf Minuten traf Carla ein und ihre Ankunftszeit wurde von allen in ihr jeweiliges Buch notiert, das sie dabei hatten. Die Motoren der Wagen waren ausgestellt, das Licht der Innenräume dunkel. Die Scheiben beschlugen von innen. Um genau acht Uhr öffnete sich die Eingangstür des Gutshauses und Maximilian von Steinthal stand mit Titus in einem Lichtkegel in der ovalen Rundung des Türbogens. Fast augenblicklich wurden die Türen der Autos geöffnet und knirschende Geräusche von Schritten entstanden auf der schneebedeckten Einfahrt. Die Autos verabschiedeten sich mit grellem Piepen und kurzem Aufflammen der Blinker von ihren Besitzern, die in dem Gutshaus verschwanden und hinter denen die schwere Tür zugezogen wurde.

Die sechs Freunde standen in der großen Diele des Hauses. Es roch nach Kerzenwachs und Tannenzweigen. Aus dem Nebenraum hörten sie ein Feuer prasseln. Veronika sagte etwas über den wunderschönen weihnachtlichen Duft, der sie umgab. Sie lächelte dabei ein wenig verkrampft, aber doch bemüht höflich. Wie alle Anderen war sie angespannt. Es war ein Versuch die Situation aufzulockern. Maximilian bedankte sich bei ihr und sagte, er würde das Kompliment gerne weiter an die Köchin geben, wenn sie morgen wieder im Hause war. Ohne eine Regung in seinem Gesicht und ohne eine Pause zu machen, bat er sie um ihren Mantel. Veronika drehte sich mit dem Rücken zu ihm und er half ihr galant heraus. »Ein schwarzer Wollmantel, dazu ein schwarzkarierter Schal, Handschuhe, die ich in die linke Manteltasche stecke«, kommentierte er laut und deutlich, als er den Mantel nahm und ihn in die Wandgarderobe hängte. Dann ging er zu Magnus, der seinen Mantel bereits ausgezogen hatte und ihn ihm hinhielt.

»Ein beiger Mantel, mit vier großen Knöpfen. Ein roter Schal, keine Handschuhe. Ich stecke den Schal in den rechten Ärmel des Mantels.«

Sie hörten Maximilian zu, als er den Mantel auf einen Bügel hängte und ihn ebenfalls in der Garderobe unterbrachte, die in der Wand eingelassen war, wie ein kleiner Raum. Keiner sagte ein Wort, nur ihre Köpfe bewegten sich und folgten Maximilians Bewegungen. Dieser ging gerade auf Carla zu und nahm ihr den Mantel ab. »Ein grauer Mantel, ein grauer Schal, zwei graue Handschuhe, alles in ein und demselben Farbton. Dazu eine Mütze, in der gleichen Farbe, die in der rechten Manteltasche steckt. Carla hat sie nicht bei ihrem Eintreffen getragen.«

Roma war die Nächste, die ihren Mantel abgeben musste. Sie atmete schwer und gab Maximilian den Mantel mit den Worten: »Ein Steppmantel.« Harsch wurde sie von ihm unterbrochen. »Ich beschreibe!« Er hatte kalte Augen, sie hatte schon einige Male diesen Blick bemerkt. Berechnend hatte sie gedacht, hochkonzentriert und kalt.

»Natürlich«, gab sie ihm Recht und wich seinen Augen, seinem Blick aus.

»Ein Steppmantel. Grün. Ein beiger Schal. Keine Handschuhe.«

Schnell zog Roma zwei lederne Handschuhe aus ihrer Gesäßtasche. »Doch. Hier!« Sie hielt diese Maximilian entschuldigend hin. Zwei Adern traten an seinem Hals hervor.

»Hier. Ich hatte sie vergessen. Es tut mir leid. Hier, hier nimm sie, bitte. Ich hatte sie nicht an.«

»Sei nicht so nervös«, presste er durch kaum geöffnete Lippen und seine Stimme nahm die Kälte seiner Augen an. »Reiss dich zusammen!«

Unruhig sah Roma zu den Anderen. Versuchte einen Blick zu erhaschen. Vielleicht ein aufmunterndes Lächeln, doch die Gesichter aller waren auf den Boden gerichtet. Magnus hatte sogar seine Augen geschlossen. Alle hörten zu, wie Maximilian die Kleidungsstücke aufzählte.

»Titus war den ganzen Tag hier«, sagte Maximilian. »Er hat, wie ich, keine Jacke bei eurem Eintreffen getragen.« Er schloss die Türen der Garderobe. Sie knarrten laut.

Sie sahen hoch, sahen sich in die Gesichter. Niemand sagte etwas. Von draußen hörten sie den Wind, der an der Tür und den Fenstern rüttelte. Nach einer Weile drehte sich Maximilian zu Titus. »Du sagst uns, wie wir hier ankommen.« Seine Stimme war hart und fordernd und immer noch kalt.

Titus nickte, zog Luft durch seine Nase, atmete einmal ein und aus und fuhr sich mit einer Hand durch die langen Haare. »Wir sind wohl erzogen. Es ist eine Form der Höflichkeit pünktlich zu sein. Keiner von uns Gästen ist zu spät gekommen, das heißt, keiner von uns kam nach zwanzig Uhr.« Er sah sich um, strich sich eine blonde Strähne hinter ein Ohr und fuhr fort: »Wir belassen die Ankunftszeiten bei den Zeiten, die wir uns vorhin notiert haben. Der Erste von uns war sicherlich Magnus«, Titus sah zu ihm und Magnus bestätigte diese Vermutung mit einem Nicken und der genauen Zeit. »Viertel vor acht.«

»Magnus traf um Viertel vor acht ein«, er sah zu Veronika und Roma, »und ihr zwei?«

»Zehn vor acht«, sagte Roma leise.

»Veronika und Roma kamen um zehn vor acht. Keiner von uns betrat einen Raum, außer der Diele, bevor nicht alle da waren.« Seine Schuhe hinterließen einen leisen, quietschenden Laut, als er sich fast einmal um die eigene Achse drehte, um allen ins Gesicht zu sehen. »In der Diele haben wir uns über dieses und jenes unterhalten. Maximilian hat uns die Mäntel abgenommen, durch die Fenster sahen wir die Anderen kommen und warteten hier.«

»Haben wir über etwas Bestimmtes gesprochen?«, wollte Veronika wissen. Von der anderen Seite der Runde nahm sie Maximilians kalten Blick wahr. Reflexartig zog sie den Kopf ein.

»Nein«, sagte Titus ruhig, »wir sollten nicht anfangen, gleich zu Beginn alles zu kompliziert zu machen.« Anders als Maximilian, sprach Titus mit angenehm tiefer Stimme, die den Sachverhalt, den er sich überlegt und ausgedacht hatte, erklärte. »Fünf Menschen treffen innerhalb von zehn Minuten an ein und demselben Ort ein. Da unterhält man sich über das Wetter, die Kälte, den Schnee, die Temperaturen. Man spricht über die letzten Tage der Ferien, und dass die Uni wieder losgeht. Nichts Weiter, nur Geplänkel, dieses und jenes. Man kann sich später gar nicht mehr daran erinnern, worüber man überhaupt mit wem geredet hat.«

Die Anderen stimmten ihm mit einem stummen Kopfnicken zu.

Titus sah auf die Uhr. »Keiner von uns weiß die genaue Uhrzeit, wann wir die Diele verlassen haben. Es war einfach nach zwanzig Uhr: Kurz nach, Viertel nach, zwanzig nach, egal, wer weiß das schon?« Auch wenn er eine Pause machte während des Vortrages, erwartete niemand eine Antwort. Mit einem Pusten beförderte er eine hartnäckig ins Gesicht fallende Haarsträhne aus seinem Gesicht. »Die Männer gingen in das Kaminzimmer und die Frauen in die Küche.«

Carla zog Luft durch die Nase ein und noch bevor sie etwas sagen konnte, fuhr Titus mit erhobener Hand und erhobenem Zeigefinger fort. »Klassische Rollenverteilung, Carla! Bitte keine Diskussion! Für die folgende Einteilung ist diese verkrustete Geschlechteraufteilung einfach die Risikoärmste.« Er ging einen Schritt auf sie zu und sah ihr tief in die Augen. »Sollte man dich fragen, worüber du dich mit den Männern im Kaminzimmer unterhalten hast, müssten wir eine Geschichte erfinden, die Fehler bergen könnte. Genau wie eine Geschichte, sollte *ich* in der Küche mithelfen. Welchen Topf haben Sie wo und wann heruntergestellt? Was befand sich darin? Woraus haben sie das Besteck genommen? Mit welcher Art von Kelle haben Sie dieses und jenes getan?« Titus machte eine Pause und warf theatralisch seine Arme zur Seite. »Ich habe keine Ahnung von so etwas!« Er musste grinsen, weil diese Behauptung stimmte und er von allen damit aufgezogen wurde. »Und die Männer können einfach über Fußball, oder allgemein über Sport reden, da kann man euch nicht begeistern.« Auch hier musste er lächeln, weil alle wussten, dass er Recht hatte. »Worüber haben Sie sich im Kaminzimmer unterhalten, bis das Essen fertig war? – Fußball, Herr Kommissar. Dass der HSV wieder einmal den Beginn der Saison vergeigt hat und zur Winterpause hin stärker wurde, bla, bla, bla. Fußball, unser Leben.«

Carla biss sich auf die Unterlippe und räumte ein, dass er Recht hatte, auch wenn sich in ihrem Inneren ein Sturm des Protestes regte.

Titus wollte von Maximilian wissen, wann die Köchin gegangen war. Er selber hätte fast den ganzen Abend geschlafen und es nicht mitbekommen.

»Frau Thulke ist gegen halb acht gegangen«, antwortete er.

»Und du, Max? Wann bist du gekommen?«

»Ich bin den ganzen Tag hin und her gelaufen. Ich war im Kanuclub und habe für meine Eltern die restlichen Rechnungen der Weihnachtsfeier bezahlt, dann war ich im Breitenburger Golfclub und habe einen Tisch für das nächste Wochenende im Restaurant reserviert und bei meinem dritten Verlassen des Hauses war ich in der Videothek. Dort habe ich einen Film reklamiert. Bei jedem meiner Besuche habe ich versucht, unauffällig auffällig zu sein.«

»Hast du dir Zeiten gemerkt?«, fragte Titus.

»Nein«, Maximilian zuckte mit den Schultern, »warum auch? Wer sieht schon ständig auf die Uhr, um nachweisen zu können, dass er zu einer bestimmten Uhrzeit einen Tisch bestellt oder einen Film reklamiert hat? Das würde auffallen, wenn ich es getan hätte. Meine Zeiten müssen die Angestellten wissen, nicht ich«, er wirkte plötzlich sehr unschuldig, so, als würde er schon in diesem Moment vor einem Polizisten stehen. »Ich hatte zwar eine Uhr um, habe aber nicht auf sie geschaut, da ich nicht im Zeitdruck war am Nachmittag. Nachrichten habe ich auch nicht im Auto gehört. Da höre ich lieber CD anstatt der Dudelfuzzies der Sender, die blödsinnigen Kram von sich geben.« Als er wieder lächelte, bildeten sich kleine, längliche Grübchen auf seinen Wangen. »Ich kann mich nur daran erinnern, dass ich kurz vor sechs zu Hause war«, fordernd sah er Magnus an, der sofort verstand und in das Spiel einstieg.

»Warum wissen Sie so genau, wann Sie zu Hause waren, Herr von Steinthal?«

»Ich habe auf die Uhr gesehen, als ich mir ein Bad habe einlaufen lassen, als ich etwa eine Stunde später herauskam, stand ich noch einige Zeit Frau Thulke im Weg, so wie ich es immer tue – Sie können sie gerne fragen, sie wird es bestätigen, ich probierte hiervon und davon und gegen halb acht ließ sie mich allein und sagte, ich könne alles auf kleiner Flamme bis zum Eintreffen meiner Freunde auf dem Herd stehen lassen.«

Magnus schnalzte mit den Fingern und fing an, spitzfindig zu werden. »Sie waren also eine viertel Stunde alleine, Herr von Steintal?«

»Ja. Aber was soll man in einer Viertel Stunde schon großartig machen? Ich habe Musik aufgelegt, das Kaminholz kontrolliert und nachgesehen, ob Frau Thulke auch alles auf dem Tisch bereitgestellt hatte. Gläser, Kerzen, sie wissen schon«, er verschränkte die Arme vor der Brust, »aber wie immer hatte Frau Thulke an alles gedacht. Eine Perle«, er stockte und lachte dann, »die Perle lasse ich weg, wir sind hier nicht auf *Howards End*.«

»Einverstanden«, bekräftigte Veronika seinen Vorschlag. Alle grinsten und es schien, als hätte sich die Anspannung gelöst, die beim Eintreffen fast spürbar in der Luft gehangen hatte. Nun schien es tatsächlich ein Spiel zu sein, das sie gemeinsam bestritten.

»Soll ich jetzt schon den Tisch beschreiben?«, fragte Maximilian, »oder ist es sinnvoller, wenn wir alle an ihm sitzen?«

»Wenn wir dort sind«, meinte Magnus und die Anderen pflichteten ihm bei. Carla übernahm das Wort, indem sie feststellte, dass die Ankunft somit verplant war. Ihre Finger berührten ihre hochgesteckten Haare und schienen prüfen zu wollen, ob alles an seinem Platz war. »Wir Mädels gehen jetzt in die Küche und besprechen, was sich dort abspielt. Das müsst ihr nicht mitbekommen.« Ihre Hände hatten die Inspektion der Haare abgeschlossen und stemmten sich in die Hüften. »Wäre sehr merkwürdig, wenn ihr Jungs haarklein wüsstet, was wir in der Küche getrieben haben.« Sie lächelte kokett, wies die drei Jungs an, ins Kaminzimmer zu gehen und sah auf eine alte Standuhr, die im hinteren Teil der Diele stand. »Es ist fünf vor halb neun«, las sie die Uhrzeit laut vor. Des Weiteren teilte sie Magnus, Titus und Maximilian mit, dass *sie* sie rufen würden, wenn sie Hilfe beim Tragen der Töpfe brauchten.

Carla, Roma und Veronika verschwanden in die Küche, währenddessen die Jungs die Diele entlanggingen und Titus Maximilian einen Arm um die Schultern legte und fragte, ob sein Vater wieder neuen Scotch bekommen hatte.

»Logisch hat er«, lachte Maximilian. »Steht schon im Kaminzimmer für uns bereit!«

»Ich liebe es, privilegiert zu sein«, flötete Titus und die Jungs flachsten herum und betraten das Kaminzimmer. Eine wohlige Wärme empfing sie. Ihre Gesichter röteten sich und es schien, als würde dieser Raum die letzte Anspannung aus ihren Köpfen vertreiben. Der Reiz an dem Spiel schien sie nun eingenommen zu haben. Genau betrachteten Magnus und Titus den Raum und prägten sich alles ein. Maximilian schenkte den beiden zuerst einen Scotch ein und füllte dann sein Glas. Der herbe Geruch zog sich durch den Raum und schmeichelte sich wenig später um die dicken Rauchfäden der Zigarren, die die Jungs pafften. »Auf einen perfekten Plan!« Maximilian prostete seinen Freunden zu. »Auf einen perfekten Plan«, erwiderten sie mit erhobenen Gläsern und wussten nicht, dass schon längst jemand einen Fehler gemacht hatte.

5

Vor ihnen auf den Tellern lag ein Umschlag, den sie, nachdem sie sich gesetzt hatten, in die Hände nahmen und öffneten. Niemand von ihnen sprach ein Wort, als sie die Zeilen lasen, die dort standen. Der Inhalt der Umschläge beschrieb die Konversation, die sie an diesem Abend halten würden und die später wiedergegeben werden konnte.

Auf dem Tisch brannten Kerzen, in langen, silbernen Ständern. Die Servietten steckten in verzierten Ringen und glänzend lag das Besteck wie in einem teuren Restaurant neben den Tellern. Die beiden zerteilten Kaninchen rochen wunderbar mit Rotkohl und Kartoffeln um die Wette. Bohnen und Erbsen dampften verlockend. Maximilian begann das Fleisch zu servieren und reihum bedienten sich die Freunde an der festlichen Tafel. Aus versteckten Lautsprechern drang leise Musik von Rabih Abou-Khalil. Sie hatten verabredet nicht zu sprechen, so lauschten sie, während sie aßen, dem leisen Jazz, der sich mit arabischer Musik verband.

Nachdem sie ihre Teller aufgegessen hatten, hielten sie inne, sahen auf die Uhr und notierten sich auf dem Blatt, auf dem die Anweisungen der Gespräche standen, die Zeit. Wieder stand Maximilian auf und reichte das Fleisch herum. Wieder bedienten sie sich und aßen, notierten danach wieder die Zeit.

Während des Essens hielt sich jeder der Speisenden an seine für ihn gestellten Anweisungen. Maximilian verließ zwei Mal die Tafel, um in seinem Zimmer nach CDs zu suchen. Er sah auf seine Uhr, als er die Treppe aus dem ersten Stock wieder hinunterkam und blieb vor der Tür des Esszimmers stehen und wartete, bis seine vorgegebene Zeit abgelaufen war, die er fortbleiben sollte.

Roma ging nach dem zweiten Gang auf die Toilette und blieb dort etwa eine viertel Stunde. *Es geht dir nach dem zweiten Gang nicht gut. Du hast zu viel gegessen und bekommst Magenschmerzen*, stand in ihrem Brief. *Notiere die Zeit!* Die Schriftart war in allen Briefen Courier New. Sollte ein Brief gefunden werden, könnte keine Schrift etwas verraten.

Nebeneinander gelegtes Besteck bedeutete nach einigen weiteren Runden das Ende der Mahlzeit. Die Schüsseln waren fast vollständig geleert. Nur noch wenig Fleisch war übrig geblieben. Die Anweisung in Magnus' und Claras Brief lautete, dass sie die Reste untereinander aufteilen und mit nach Hause nehmen sollten.

Sie verließen das Esszimmer und gingen alle in das Kaminzimmer. Die Jungs tranken Scotch, die Mädchen Sekt. Die Stimmung war nun wieder angespannt. Jeder hatte seinen Umschlag in seiner Nähe, bis Maximilian sie anwies, diesen zur Hand zu nehmen. Das Kaminfeuer prasselte und die Freunde warfen dunkle Schatten an die gegenüberliegende Wand und die schweren, ledernen Möbel. Titus war der Erste, der seinen Brief vorlas. Immer wieder strich er sich Haarsträhnen aus dem Gesicht. Seine Stimme klang ruhig.

Nachdem er die Uhrzeiten zwei Mal vorgelesen hatte, warf er den Brief in das Feuer des Kamins. Andächtig sahen alle auf das sich langsam zusammenrollende Papier, bis es vollständig zu Asche verbrannt war. Als Nächste las Clara ihren Brief vor und tat es Titus gleich. So verfuhren sie, bis jeder Brief zwischen den Holzscheiten verschwunden war. Sie alle dachten einen Moment an die Zeiten und die Vorgaben, die sie bekommen hatten. Im Vorfeld hatten sie beschlossen, die Briefe noch an diesem Abend zu vernichten. Man sollte sich nicht wochenlang all das Geschriebene eintrichtern, zu unglaubhaft wäre es gewesen, wenn sechs Freunde bis auf die Sekunde genau gewusst hätten, wer wann und in welcher Reihenfolge ein Stück Kaninchen bekommen hätte und wann wer auf die Toilette gegangen war. Es sollte eine Vorgabe sein, an die sich gehalten werden sollte. Abweichungen waren in Ordnung. Niemand auf einer Party konnte genau sagen, wann was geschehen und wann was gesagt wurde.

Veronika brach das Schweigen. Vorsichtig fragte sie, wer noch etwas trinken wollte. Von allen bekam sie ein Nicken und sie schenkte nach und setzte sich dann im Schneidersitz vor den Kamin. Ihr Rücken war schmal und sanft strich Titus ihr über die Schultern. »Alles in Ordnung, bei dir?«, fragte er. Veronika zeigte keine Regung. Stumm saß sie da und sah in das Feuer.

»Sie wollen es so. Wir wollten es so«, Titus stockte, sprach dann, um jedes Wort kämpfend, weiter. »Wir wollten alle dieses Spiel. Jeder von uns hätte nein sagen können.«

»Dieses Spiel ist krank«, sagte sie leise.

»Unser System ist krank«, versuchte Titus ihre Zweifel zu besänftigen. »Sie werden nicht leiden. Es wird ganz schnell gehen. Nicht so, wenn wir es *nicht* tun. Dann werden sie Höllenquallen durchleben und wir haben uns geschworen, dass wir das nicht zulassen.«

Veronika trank ihren Sekt in einem Schluck aus und drehte sich mit tränenbenetzten Augen zu ihm um. »Und wer wird *uns* vor diesen Qualen beschützen?« Eine dicke Träne lief ihre Wange hinunter und Titus stoppte sie mit dem Daumen und strich sie fort. Traurig lächelte er ihr zu. »Jeder schützt sich selber. Wir versprechen, dass wir für einander da sind und niemanden im Stich lassen. Am Ende liegt doch jeder alleine zu Hause in seinem Bett und muss versuchen, in den Schlaf zu finden. Am Ende sind wir alleine mit unseren Gedanken und müssen versuchen, damit fertig zu werden.« Er stellte sein Glas auf den Boden und breitete seine Arme aus. Dankbar für diese Geste schmiegte sie sich an seine Brust und verkroch sich in seiner Umarmung.

Das Spiel hatte eine Wendung genommen. Die Lust an der Herausforderung, einen Mord zu begehen, der nicht aufzuklären war, der perfekt war, wurde zur drückenden Realität. Zu tief waren sie in dem Geschehen. Es gab kein Entrinnen mehr. Niemand konnte jetzt, an dieser Stelle der Geschichte, aussteigen. Zu sehr war man ein Teil des Plans. Zu sehr zählten Johann und Sofie auf sie und darauf, dass sie Wort hielten, ein perfides Spiel mitzuspielen.

Die Stimmung änderte sich auch nach weiteren Gläsern Scotch und Sekt nicht, schlimmer noch, sie sackte ab. Immer mehr verfielen sie dem Schweigen, dem Nachhängen der eigenen Gedanken, was gefährlich war. Magnus sah blass aus und es schien, als wäre ihm übel. Etwas wacklig auf den Beinen, erhob er sich und entschuldigte sich für einen Moment, indem er darum bat, frische Luft schnappen zu dürfen. Maximilian registrierte die nervöse Stimmung, die zwischen den Freunden nicht abklingen wollte, und bat darum, den Abend an dieser Stelle zu beenden. Er sah auf die Uhr und sagte laut. »Wir haben nach dem Essen über dieses und jenes gesprochen, wie in der Eingangshalle. Über das Essen, die Uni, die Ferien, das Wetter. Wir alle waren der Meinung, dass der Alkohol das Fahrverhalten getrübt hat, und gingen zu Bett.«

Er erhob sich und schüttete den letzten Rest seines Scotchs in das fast erloschene Feuer, das in einer kleinen Stichflamme noch einmal aufloderte. Energisch steuerte er zur Tür, wartete bis auch seine Freunde aufgestanden waren und ging in die Diele. Hier hatte sich der Duft des Essens noch nicht verflüchtigt. Schwer und angenehm hing er in der Luft.

In einigen Wochen würden sie dieses Treffen wiederholen, Frau Thulke würde dasselbe Essen zubereiten, auf Wunsch aller, weil es so köstlich war und sie würden sich jeder in ein anderes Zimmer zurückziehen, um dort den gesamten Abend alleine zu verbringen. Das Essen würde nicht angerührt, sondern gleich von Clara und Magnus in Schüsseln verteilt werden. Sie würden sich nicht der Gefahr aussetzen einen Fehler zu begehen. Am Ende des Abends würden sie alleine in den Zimmern einschlafen und nur einer der Freunde würde fehlen, da er sein Zimmer schon verlassen hatte, um zwei Menschen zu töten.

Wer es war, das konnte niemand sagen. Sie hatten Spielkarten gezogen. Auf einer hatte Johann einen blutigen Fingerabdruck hinterlassen. Jeder sollte schweigen. Niemand sollte aus der Tür seines Zimmers oder dem Fenster sehen, wenn diese Person das Haus verließ. Jetzt war sie auf sich allein gestellt.

6

Der Nieselregen benetzte die Haare von Johann und Sofie, die an die Pfähle gebunden waren. In nassen Strähnen hingen die Haare an ihren Gesichtern herunter. Die Arme waren ihnen nach hinten gebunden und mit Schnüren verknotet worden. Ihre Füße standen fasst einen Meter über dem Boden auf hölzernen Brettern. Auch hier Schnüre. Seltsam verknotet. In das Fleisch der Fußgelenke drückend. Die jungen Menschen waren nackt. Die Kleidung lag unterhalb von ihnen und würde später mitgenommen. Gänsehaut überzog ihre Körper. Sie zitterten. Die Pfähle standen auf einer kleinen Lichtung. Rings um sie herum Wald. Nadelbäume in der Nacht. Leichtes Licht des Mondes. Kaum Schatten. Die jungen Leute hielten die Köpfe gesenkt. Erwarteten ihren Tod.

Magnus stand in einem Ölmantel vor ihnen. In einer Hand hielt er eine Armbrust. Seine Hand zitterte. Er versuchte die Waffe ruhig zu halten. Seine Augen suchten in dem dunklen Wald nach etwas, was nicht gefunden werden konnte: Ruhe. Frieden. Zu sich finden.

Magnus musste dem Plan folgen. Er hatte eine Leiter aus dem Wagen geholt und vor den Pfahl von Sofie aufgestellt. Mit schweren Schritten erklomm er die Leiter.

Die Armbrust war leicht. Aus einem Köcher auf dem Rücken zog er einen Pfeil, legte ihn in die Schiene und zog ihn fest an den Schlitten.

Sofie wimmerte, als die Armbrust auf ihre linke Brust gesetzt wurde. Der Pfeil in dem Lauf war Regenüberzogen. Glänzte feucht in dem schwachen Licht.

Der Finger am Abzug der Armbrust zitterte. Zögerte. Haderte. Mit sich selber. Dem Plan. Der Geschichte.

Ein Nachtvogel erhob sich aus einem Wipfel der Bäume. Kreischte seinen Schrei in die Nacht. So, als wolle er gegen das, was geschehen sollte, protestieren. Heftiger Flügelschlag. Ein dumpfes Geräusch zusammenschlagender Federn. Wenig später wieder Stille. Nur ein leichter Wind, der Äste gegeneinander rieb.

Magnus streckte seinen Kopf der Frau entgegen. Ganz langsam kamen seine Lippen ihren näher. Für einen kurzen Augenblick sah sie auf. Sah in seine Augen. Magnus erschrak, hielt in seiner Bewegung inne. Selbst in dem Dunkel der Nacht erkannte er Sofies Angst. In diesem Moment wusste er, dass er diese Augen sein Leben lang nicht vergessen würde.

Sofie senkte wieder ihren Blick und ließ zu, dass Magnus sie küsste. Ganz leicht. Ganz vorsichtig. Ganz zärtlich. Ganz kurz.

Sie schluckte. Das konnte man hören. Sie kniff ihre Augen übertrieben fest zusammen. Ihre Wangenknochen traten hervor. Sie biss die Zähne zusammen. Lautlos. Den Mund geschlossen.

Der Körper von Sofie wurde durch den Stoß des Pfeils nach hinten gegen den hölzernen Pfahl gepresst.

Mit dreihundertsechzig Stundenkilometern schoss der Carbonpfeil durch den Körper. Schoß durch den Brustmuskel, zwischen zwei Rippen hindurch in das Herz, in den linken Lungenflügel und streifte auf der Rückseite eine Rippe. Zerschmetterte das Schulterblatt, trat aus dem Rücken aus und schnellte in den dunklen Wald. Dort endete sein Flug mit einem leisen, dumpfen Laut, als er in einer Tanne stecken blieb.

Der Körper von Sofie kippte nach vorne. Soweit es die Schnüre um die Hand- und Fußgelenke zuließen. Sofie sackte in sich zusammen. Einige röchelnde Laute entglitten dem Körper, bis er leblos vor Magnus hing.

Die Taue schnitten sich unter dem Gewicht des Körpers in das Fleisch. Verkanteten sich in dem Holz des Pfahls. Schlaff und schwer hing Sofie etwa einen Meter über der Lichtung. Blut lief aus der Austrittswunde den Rücken hinunter.

Johann am anderen Pfahl wollte schreien. Aus unerklärlichen Gründen kam jedoch kein Laut aus seiner Kehle. Lautlos riss er den Mund weit auf und röchelte. Er wand sich. Versuchte die Schnüre von seinen Gelenken loszubekommen und schlug mehrere Male hart gegen den Pfahl. Nach wenigen Sekunden hing er erschöpft in seiner Fesselung da. Tränen liefen über sein Gesicht und dann blickte er hinüber zu Magnus, der die Leiter hinunterstieg. Er bemerkte, wie die Hand, in der die Armbrust gehalten wurde, zitterte.

Die Leiter wurde umgestellt und schnell bestiegen.

Die Armbrust spannte sich von alleine, als Magnus den dafür vorgesehenen Schalter betätigte. Zwei Räder an dem Bogen ließen die Kabel und Sehnen nach hinten gleiten. Dies geschah fast lautlos. Nur ein leichtes Surren.

Dann wieder der Griff auf den Rücken, in den Köcher hinein zu den Pfeilen. Es befanden sich noch elf in ihm. Sie würden alle verschossen werden.

Magnus hielt inne und sah auf den Pfeil, den er in die Schiene gelegt hatte. Er schloss die Augen. Etwas zog sich in seiner Brust zusammen. Die Augen von Sofie sahen ihn noch immer an. Die Angst, die Verzweiflung und die letzte Hoffnung eines Menschen waren in ihnen gewesen und auf ihn gerichtet worden. Sein Magen krampfte sich zusammen. Er hatte einen Menschen getötet. Es ging schnell. Das erschreckte ihn.

Langsam richtete Magnus die Armbrust auf Johann.

»Du musst es tun«, sagte Johann leise. »Mach es schnell. Dann ist es vorbei.«

Wieder näherten sich die Lippen des Mannes denen seines Opfers. Ein kurzer Kuss. Tränen waren auf die Lippen gelaufen. Salziger Geschmack. Auch so kann der Tod schmecken, dachte er.

Die Spitze der Armbrust legte sich auf die nackte, linke Brust. Er gab keinen Laut von sich. Die Augen waren geschlossen. Der Kopf wie bei Sofie gesenkt. Er erwartete den Tod. Die Erlösung seiner Qualen. Ein kranker Körper. An diesem Pfahl. Auf der Lichtung. In diesem Wald. In einem Nieselregen, der sachte die Geräusche schluckte, als der Pfeil von der Armbrust durch seinen Körper gejagt wurde.

In weniger als einer Sekunde bohrte sich der metallene Kopf des Pfeils durch die Haut und durch Johanns Herz und trat an der Rückseite seines Körpers wieder aus. Irgendwo hinter den Dreien endete der Flug in der Dunkelheit.

In dem Moment, in dem der Körper hinüberglitt aus dem Leben in den Tod, schien es still zu werden im Wald. Kein Geräusch. Kein Wind. Keine Vögel, die sich erhoben, die Schreie ausstießen, in eine alte Nacht, die zu sterben drohte. Es gab nur Magnus in seinem Ölmantel und die beiden toten Körper, die an den Holzpfählen hinunterhingen.

Langsam floss das dickflüssige Blut aus den Wunden. Erreichte die Füße, das Brett, auf denen sie vor wenigen Augenblicken noch Halt hatten, und tropfte, in einem lautlosen Fall, auf den taubedeckten Boden.

Vorsichtig ging Magnus über die Lichtung in den Wald hinein. Dort gab es einen Baumstumpf, auf den er die Armbrust legte. Dann zog er den Köcher von seinem Rücken und lehnte ihn an den Stumpf. Er sah auf die Uhr. Die Zeit war genau eingeteilt.

Noch ein letztes Mal blickte er hinüber zu den toten Körpern. Weiß hingen sie da, mit rotblutigen, überdimensionalen Adern über der Haut.

Was hatte die Nacht aus ihnen gemacht?

Seine Schritte waren leise. Kaum wahrzunehmen, als er, wieder auf die Uhr sehend, durch das Gehölz stapfte. Die Leiter nahm und sie zu seinem Kombi schleppte.

Nur eine halbe Stunde später wieder Schritte. Wieder der Griff nach der Waffe. Einen Pfeil in den Köcher ziehend. In der Waffe gespannt. Dann auf Sofie gezielt. In dem Display des Zielfernrohrs schimmerte die Frau grün. Vor schwarzem Hintergrund. Ein weißer Kreis auf ihrem Oberarm. Dann schnell abgedrückt. Ein leises Zischen. Die Nacht wurde in ihrer Ruhe gestört.

Der Pfeil traf Sofie am Oberarm. Der Körper wippte kurz zurück und schwang langsam zurück. Der Pfeil war in der Nacht verschwunden.

Der zweite Pfeil wurde aus dem Köcher gezogen, die Armbrust spannte sich selber, der Pfeil wurde eingelegt und auf Johann abgegeben. Er traf ihn im Bauch.

Der Unterleib knickte kurz ein. Wölbte sich dann wieder nach vorne.

Die Armbrust wurde zurückgelegt. Ein Blick auf die Uhr. Der Zeitplan war nicht durcheinander gekommen. Es würde weiter gehen.

Langsam verabschiedete sich die Nacht. Weit hinter dem Wald ging die Sonne auf. Die ersten Vögel begannen zu singen. Nicht passend zu dem Bild auf der Lichtung.

Nach einer bestimmt festgelegten Zeit nahm Magnus die Armbrust erneut in die Hand. Ein weiterer Pfeil wurde in den Lauf gelegt und abgeschossen.

Dieses Mal traf es Sofie in den Hals. Schnitt zuvor in den Unterkiefer, der herunterhing. Johann zertrümmerte ein weiterer Pfeil die Kniescheibe und die Spitze bohrte sich beim Austreten in das Holz des Pfahles.

Wieder wurde die Armbrust zurück auf den Baumstumpf gelegt. Ein Blick auf die Uhr. Noch immer war alles so, wie es geplant war.

Noch bevor der Tag die Nacht ablöste, das Dunkel dem Hellen wich, schossen weitere Pfeile in die toten Körper der beiden jungen Menschen. Schossen Pfeile durch die Stille des Waldes. Zerschnitten die Luft. Zerschnitten Haut und Adern. Zertrennten Muskel- und Nervenfasern.

Und am Anfang eines neuen Tages sollte nichts mehr so sein, wie es die Helligkeit zeigte und die Dunkelheit es niemals vorher vorgaukeln konnte.

7

Der Landrover hielt vor dem Haus. Schlamm spritze auf. Die Reifen rutschten auf dem durchnässten Boden. Es regnete in Strömen. Die Scheibenwischer des Wagens waren auf die höchste Stufe gestellt. In grauen Linien zeichnete sich der Regen vor den Scheinwerfern ab.

Dunkelheit trat ein, als Maximilian den Zündschlüssel aus dem Schloss zog. Er wartete einen Moment und sah zu dem Forsthaus hinüber. Schwaches Licht drang aus zwei Fenstern in den Wald. Sonst kein Licht.

Er stieg aus dem Wagen. Augenblicklich war seine Kleidung durchtränkt von den Regenmassen. Es störte ihn nicht. Wieder wartete er einen Moment. Wartete, dass Magnus aus dem Haus kam. Er musste den Wagen gehört haben. Herr Wagner jedenfalls bellte. Der Wind peitschte die Äste der Bäume gegeneinander. Dumpfe Holzgeräusche, scharfes Blatttreiben zischte durch die Nacht und den Wald.

Regentropfen liefen über sein Gesicht. Mit seiner Zunge leckte er über seine Lippen. Biss kurz darauf und atmete tief durch.

Leise schloss er die Wagentür und ging auf das Haus zu. Seine Stiefel sanken in den Waldboden. Es roch nach Gras und Nadeln. Nach Erde und Holz.

Sachte klopfte er an die Tür des Hauses. Immer noch bellte Herr Wagner. »Psst, Herr Wagner, ich bin's doch nur«, sagte Maximilian, den Sturm nur schwach übertönend und doch war Herr Wagner augenblicklich still.

Regen lief in seinen Kragen und er zog unbewusst seinen Körper zusammen. Nach kurzem Warten erhielt er von Magnus keine Antwort. Abermals klopfte er an die Tür. Dieses Mal energischer. Wieder keine Antwort. Dann hämmerte er gegen sie und rief Magnus Namen.

»Mach die verdammte Tür auf, Magnus!«

Aus dem Haus kam ein dumpfes Geräusch.

»Magnus! Himmel mach die Tür auf!«

Ein Schleifen. Etwas fiel zu Boden. Magnus schien etwas zu sagen, was er nicht verstand. Er horchte. Hielt in seinem Klopfen und Rufen inne. Regenmassen trommelten auf das Holzdach. Die Geräusche aus dem Haus wurden von dem Wüten des Sturms fast übertönt.

Schritte. Ein Husten. Ein Schlüssel, der in der Tür gedreht wurde. Hundekrallen auf dem Dielenboden. Das Knarren der Tür, als sie geöffnet wurde.

»Wie siehst du denn aus?«, fragte Maximilian erschrocken, als er Magnus sah und wich einen Schritt zurück. Herr Wagner leckte seine Hand zur Begrüßung, dann setzte er sich neben ihn auf den Boden.

Magnus' Augen waren blutunterlaufen. Tiefe Augenringe zierten sein Gesicht. Seine Haut war blass. Wirkte wie tot. Wie seine Augen. Sie schienen durch alles hindurchzusehen. Angestrengt versuchte Magnus seinen Freund zu fixieren, etwas zu sagen, was ihm nicht gelang. Seine Hand, die sich am Türrahmen festgehalten hatte, rutschte ab und Magnus stürzte hart auf die Dielenbretter. Dort blieb er einen Moment bewegungslos liegen. Speichel lief aus seinen Mundwinkeln. Dann hustete er. Herr Wagner wuselte um sein Herrchen herum und schnüffelte an ihm.

»Scheiße, was hast du gemacht?« Er drehte Magnus auf den Rücken und vernahm den Geruch von Whisky. »Wie viel hast du in dich reingeschüttet?«

Magnus reagierte mit einem Grunzen. Klappte kurz die Augen auf, sah ihn gläsern an und verschwand kurz darauf wieder in der Bewusstlosigkeit.

Mit seinen kräftigen Armen hob er Magnus unter den Armen hoch und schleifte ihn durch die Diele ins Wohnzimmer. Kerzen waren überall im Raum aufgestellt. Ruhige Musik spielte. Auf dem Tisch standen zwei Whiskyflaschen und ein Glas. Der Aschenbecher war voll. Asche war auf den Tisch und den Fußboden gefallen. Der Raum war verqualmt. Es war kein Fenster geöffnet.

Mit einem Ruck setzte er Magnus' Körper in einen Sessel. »Komm zu dir, Alter.« Er schüttelte ihn und schlug ihn auf eine Wange.

Keine Reaktion.

Wieder schlug er zu, dieses Mal heftiger. Magnus öffnete die Augen, sah auf die Flaschen Whisky auf dem Tisch und wollte danach greifen.

»Du hattest, glaube ich, genug«, sagte er, als er Magnus' Blick sah. »Was machst du hier für einen Scheiß?«

»Sie sind tot. Tot«, stammelte Magnus. »Tot.«

»Das weiß ich. Das sollte auch so sein.«

Magnus schüttelte den Kopf. Biss seine Zähne aufeinander und presste Worte hinaus, die nicht einmal er verstand. Nur Wortfetzen. Fragmente.

»Hingerichtet ... Freunde ... meine Schuld ... wir ... überall Blut ... die Vögel kamen ... ausgeblutet«, dann überschlugen sich seine Worte und er brach ab. Sah zuerst in den Raum, ließ seinen Blick unkontrolliert umherschweifen und richtete ihn schließlich auf seinen Freund. »Wir müssen es sagen, Maximilian! Wir können das nicht machen. Wir müssen zur Polizei!«

Maximilian packte Magnus' Arme und drückte sie kräftig, sodass sein Griff Schmerzen verursachte. »Es wäre alles nicht so gekommen, hättest du dich an den Plan gehalten!«

»Du hast leicht reden«, lallte er, »du hast sie nicht gesehen. Du brauchtest es dir nicht ansehen, wie sie dort hingen.« Er würgte. Fing sich wieder. »Was wir mit ihnen gemacht haben.« Magnus machte eine Pause. »Ich werde es sagen. Das sind wir ihnen schuldig.«

»Werde erst einmal nüchtern und morgen sprechen wir über alles, o. k.?«

»Du weißt, dass ich die Spielkarte mit dem Fingerabdruck hatte? Kannst du dir vorstellen, was das für ein Gefühl war, gestern Nacht? Wie es ist, zwei Menschen, zwei Freunde zu töten?«

Maximilian konnte nicht antworten. Er nahm die Whiskyflaschen vom Tisch und nahm sie mit. Er vergewisserte sich, dass nicht noch mehr Alkoholflaschen im Haus standen. Noch einmal sah er in das Wohnzimmer. Magnus war eingeschlafen.

Armer Kerl dachte Maximilian. Was hatte ich für ein Glück, nicht die blutige Karte gezogen zu haben. Morgen müssten sie mit ihm reden. Er durfte den Plan nicht gefährden. Schnell trat er in den Regen hinaus und schlüpfte in das Auto. Schlamm spritzte auf, als er das Forsthaus verließ. Er sah nicht, dass einige Meter hinter ihm ein Motorrad ohne Licht wartete, als er losfuhr.

»Max?«, fragte Magnus benommen, als er wachgerüttelt wurde. Noch bevor er das Gesicht desjenigen erkannte, der ihn ansah, kam plötzlich der Schlag. Es war einer der Freunde aus der Gruppe. Derjenige, der vor zwei Wochen von Johann angerufen wurde und ihm helfen musste, einen Spanner zu beseitigen, der sich wohl schon des Öfteren dort versteckt hatte. »Er hat alles gehört. Es war ein Reflex. Ich habe ihn erschossen. Titus, du musst uns helfen. Der Plan wird sonst nicht funktionieren!«

Titus kam sofort. Er merkte, noch bevor es richtig losging, ging schon etwas schief. Er musste Vorsichtsmaßnahmen treffen. Auf keinen Fall wollte er geschnappt werden. Diese Blöße würde er sich nicht geben.

Maximilian kutschierte seine Eltern wieder einmal zu einem ihrer Wohltätigkeitsfeste und Titus suchte in Maximilians Zimmer nach seiner Geldbörse, dem Handy seines Freundes und einer Bürste. Das genügte. Dann würde er mit einem der Wagen von Steintals nach Seebad fahren.

Für den Fall, dass die Polizei ihre Wagen nach Blut untersuchen würde, würde man in seinem Auto nichts finden.

Mit diesen kleinen, fiesen Tricks würde er sich freikaufen. Hier ging es um Johann. Um seinen Plan. Sein Spiel. Da mussten Bauern geopfert werden.

Titus verpasste Magnus einen Schlag auf die Wange. »Bist du bescheuert? Warum hast du die Polizei gerufen? Das ist gegen die Spielregeln! Willst du, dass wir geschnappt werden? Willst du, dass Johanns Erbe an uns schon nach einem Tag entdeckt wird? Wir haben es ihm und Sofie versprochen! Jetzt müssen wir dafür grade stehen! Jetzt muss man mal Rückgrad beweisen und du knickst ein! Du erbärmlicher Wichser! Erst die großen Reden schwingen und sich hier im Suff entscheiden, alles publik zu machen. Du bist mir ein schöner Freund!« Er zeigte mit dem Finger auf ihn. Seine Augen waren voller Zorn.

Magnus war nach dem Schlag noch immer perplex und konnte nichts sagen. Er hörte die Rede seines Freundes, mit dem etwas geschehen war, etwas Böses, etwas Verrücktes und Magnus beobachtete nun, wie er durch den Raum ging. Magnus hatte plötzlich Angst vor Titus. In seinem Blick schienen sich Hass und Wut zu vereinen. Und noch bevor Magnus etwas sagen konnte, schoss sein Freund auf ihn zu und packte ihn am Hals und zwischen den Beinen.

Titus war viel stärker als Magnus. Es war für ihn kein Problem, Magnus aus dem Sessel zu hieven. Gerade jetzt, wo er fast keine Kontrolle mehr hatte über seinen Körper.

Die Muskeln in Titus Körper waren prall gespannt, als er Magnus Körper in die Luft hob, ihn dort schwenkte und ihn mit voller Wucht, mit dem Kopf zuerst, auf die Bodenbretter schleuderte.

Die Wucht des Aufpralls erzeugte einen lauten Knall auf den Holzdielen, der die Geräusche brechender Halswirbel übertönte.

Schwer atmend stand er vor dem Haufen Mensch vor seinen Füßen.

Herr Wagner bellte ihn an, fletschte die Zähne und sein Rückenfell hatte sich hochgestellt.

Mit tiefer, wuchtiger Stimme brüllte er: »AB! ABER SOFORT!« Niemand auf der Welt hätte bei der Bestimmtheit, die er in Stimme, Augen und Haltung hatte, Widerspruch eingelegt, so knickte Herr Wagner augenblicklich den Schwanz ein, ein klägliches letztes Wuff kam aus seiner Kehle und fast ausschließlich rückwärts schleichend, suchte er seinen Weg zu seinem Körbchen.

Die Kerzen spendeten ein unheimliches Licht. Schatten zitterten an den Wänden, den Möbeln, auf dem toten Körper.

Er sah sich um. An der Decke befanden sich Holzbalken, die ihren Zweck längst getan hatten und nun bei jeder Renovierung als Zierde belassen wurden. Er schätzte den Abstand der Balken zu dem Wohnzimmertisch und begab sich auf die Suche nach einem Seil. Er fand eines im Geräteschuppen und schnürte den Prusikknoten. Er wusste, dass es ein Knoten für Bergsteiger war. Heute hatte er sich einen Satz Spielkarten gekauft und eine Karte davon würde er hier hinterlassen. Sollte die Polizei auf sie kommen und sie müssten ihre Spielkarten zeigen, hätte er immer noch die Seine.

Er warf das Seil über den Balken, kletterte, nachdem er seine Schuhe ausgezogen hatte, auf den Tisch und befestigte es. Die Schlaufe des Prusikknotens ließ er in der Höhe in der Luft hängen, als würde Magnus seinen Kopf hindurchstecken.

Unheimlich baumelte der Henkerstrick in dem fahlen Licht. Er sah sich um, bei einem Schritt zur Seite stieß er aus Versehen eine Lampe mit Petroleum um. Noch einige weitere Kerzen fielen zu Boden. Titus fluchte. Er nahm den Strick wieder von dem Balken und legte ihn Magnus um den Hals.

Schnell betrachtete Titus den Raum, sah sich um, ob er auch nichts zurückgelassen hatte. Durchsuchte die Schubladen, Schränke und Abseiten nach möglichen Hinweisen auf ihr Spiel. Er konnte nichts finden und hoffte, sollte er doch etwas übersehen haben, würde es verbrennen. Die Spielkarte legte er in einen metallenen Kasten und hoffte, sie würde nicht so schnell verbrennen. Wenn doch, machte das nichts. Dann gäbe es für die Polizei einen Selbstmord, statt eines Mordes.

Im Hinausgehen nahm er die Leine von Herrn Wagner an sich, die über einem Haken an der Flurwand hing, rief den Hund und ließ ihn hinaus ins Freie laufen.

Im Türrahmen stehend sah er noch einmal zurück. Der tote Körper auf dem Boden zusammengekrümmt. Armer Kerl, dachte er und gleich danach, du Idiot. Hast selber Schuld. Was musstest du dich auch nicht an den Plan halten.

Schnell entflammte sich das ausgelaufene Petroleum, das Holz der Dielenbretter knisterte, genauso wie die Wände und die Fensterrahmen. Das Feuer breitete sich rasant aus.

Herrn Wagner würde er hinaus in den Wald locken, ihm die Leine um den Hals legen, fest zuziehen und den Hundekörper tief im Wald verscharren, wo ihn niemand vermuten und finden würde.

Titus sah noch einmal zurück auf das Haus.

Magnus Schuldt hatte sich nicht an den Plan gehalten, dachte er. Der Sturz hatte ihm das Genick gebrochen, das Haus war sein Sarg, das Feuer seine Bestattung.

Bis vorgestern Nacht war Magnus Schuldt ein guter Mensch gewesen.

Armer Kerl. Selber schuld.

Epilog

Ich mag es, hier zu sitzen. Den Wellen zuzusehen, den Wolken, dem wechselnden Licht. In meiner Decke, meiner eigens geschaffenen Welt. Um mich tobt das Leben. Ich sitze hier. Ganz ruhig. Ganz für mich. Die einzige Wahrheit ist in mir. Meine Gedanken kreisen um mich. Werden nicht fortgeweht. Bleiben bei mir. In diesem Moment bin ich mir selbst der Nächste. Bin der, der ich sein möchte. Entscheide über mein Leben. Nicht die Krankheit. Nicht die Ärzte. Nicht die Gesetze. Meine Gedanken sind frei. Ich schließe meine Augen und sehe, was ich niemals sehen werde. Meine Fantasie ist groß. Mein Wille zum Leben größer. Doch die Krankheit ist stärker. Wird stärker sein, sagen die Ärzte. Ich werde strotzen, solange ich kann. Und wenn mein Wille gebrochen wird, meine Träume in den Wogen versinken werden, werde ich mein Ende selbst bestimmen. Werde ich etwas Großes daraus machen. Etwas, was einigen Leuten in Erinnerung bleiben wird. Keine neue Erfindung, keine neue Formel, nichts, was die Menschheit bewegen wird, nur mich und einige Menschen. Ich werde sterben, wie ich es will. Ich werde in Erinnerung bleiben. Ich sehe auf die Wellen, sehe das Licht und weiß, dass es gut ist. Ich habe mich in der Krankheit kennen gelernt. Ich weiß um meine Grenzen. Ich weiß um meinen Horizont. Ich weiß über mich Bescheid. Ich weiß um meine Krankheit. Ich weiß, wer ich bin. Ich habe das lange nicht gewusst. Ich kann wieder lachen. Ich kann wieder fühlen. Ich weiß, dass das Ende gut sein wird. Das Meer ist endlos. Der Wind pustet meine Gedanken durcheinander. Ich alleine. Nur ich. Ich lächle, ich lache, seit langer, langer Zeit ist es das erste Mal. Ich wäre gerne der Pan. Der, der niemals erwachsen wird. Der Pan, der fliegen kann. Der Wendy liebt. Der die Uhr in das Krokodilmaul wirft. Der, der die Zeit anhalten kann. Ich schwebe über dem Nimmerland. Der letzte Abend in dieser Welt. Und ich bin glücklich. Was kann ein Mensch mehr von seinem Leben erwarten? Dass er zurückblickt und zufrieden ist. Vieles hätte ich anders machen können, vieles hätte ich besser hinbekommen, was bringt es jetzt noch? Geschehenes ist geschehen, Handlungen sind getan. Ich habe Menschen verletzt, ich habe Menschen geliebt. Mit vollem Herzen, mit ganzer Liebe. Das kann mir keiner nehmen. Ich bin ich geblieben. Nicht verbogen, nicht verlogen, nicht falsch, einfach ich. So werde ich gehen. Zufrieden und im Reinen mit mir. Noch ein Blick nach vorne, kein Blick zurück, das ist abgeschlossen und gut. Wer weiß, was da noch kommt. Auf dass ich das Kommende genauso abschließen werde, wie das Jetzt. Vielleicht werde ich ja dort der Pan. Und wenn nicht?

Ein Traum ist noch immer ein Traum.

ENDE

Weitere Krimis finden Sie auf den folgenden Seiten und im Internet: www.gmeiner-verlag.de

Friederike Schmöe
Fratzenmond

277 Seiten, 11 x 18 cm, Paperback.
ISBN 3-89977-675-5. € 9,90.

Privatdetektivin Katinka Palfy wird von der 76jährigen Ida Schenck um Hilfe gebeten. Angeblich schleicht allabendlich ein als der berühmte »Bamberger Reiter« verkleideter Mann um ihr Haus und jagt ihr Angst und Schrecken ein. Katinka glaubt zunächst an eine etwas zu üppige Fantasie der alten Dame, doch als sie sich im Garten auf die Lauer legt, wird Ida Schenck zur selben Zeit in ihrem Haus ermordet …

Adolf Heinzlmeier
Bankrott

227 Seiten, 11 x 18 cm, Paperback.
ISBN 3-89977-667-4. € 9,90.

Als der Arbeitslose Waller bei seiner Bank einen Kredit beantragen will, um eine Ich-AG zu gründen, gerät er in einen Banküberfall und wird als Geisel genommen. Privatdetektiv Peter Merton erhält von dem dubiosen Roderich Luger den Auftrag, die Bankräuber zu finden. Zwei Morde verkomplizieren die Lage und Mertons Auftraggeber wird ungeduldig …

KRIMI IM GMEINER-VERLAG

Eva Klingler
Königsdrama

374 Seiten, 11 x 18 cm, Paperback.
ISBN 3-89977-666-6. € 9,90.

Die Malerin Alicia Aherne zeichnet vor dem Straßburger Münster das Porträt einer Frau. Als diese wenig später im Mannheimer Stadtwald ermordet aufgefunden wird, mischt sie sich in die Ermittlungen ein. Die Ermordete hatte in Straßburg offenbar eine sensationelle Entdeckung gemacht und die Spur führt ans Mannheimer Nationaltheater, wo in dieser Saison das Shakespeare-Drama »Macbeth« inszeniert werden soll …

Veronika Kramer
Todesgeheimnis

278 Seiten, 11 x 18 cm, Paperback.
ISBN 3-89977-671-2. € 9,90.

Per Zufall findet Journalistin Lea Winter eine Nachbarin tot in deren Wohnung auf. Bei ihr ist der vierjährige Sohn Luca, der tagelang bei der Toten ausgeharrt hatte. Die Polizei geht von Selbstmord aus, doch Lea hat erhebliche Zweifel. Als wenige Tage später auch Lucas Großmutter tot aufgefunden wird, beginnt sie auf zu eigene Faust zu recherchieren. Und schon bald hat es jemand auf ihr Leben abgesehen …

Veronika Kramer
Rachesommer

276 Seiten, 11 x 18 cm, Paperback.
ISBN 3-89977-627-5. € 9,90.

Lea Winter lebt in einer kleinen verträumten Stadt im Hochsauerland. Nachdem sie als Journalistin geschasst wurde, weil sie dem »Filz« in ihrem Heimatort in hartnäckiger Weise auf die Spur gekommen war, will sie in einer Waldhütte nahe Olsberg einen Krimi schreiben.
Als jedoch dort eines Tages der Bürgermeister verschwindet, ist Leas journalistischer Urinstinkt wieder geweckt. Und ohne es zu ahnen wird sie selbst in einen Kriminalfall hineingezogen, der sie in eine ihr fremde Welt führen soll. Die Spur führt nach Paderborn …

Ella Danz
Osterfeuer

326 Seiten, 11 x 18 cm, Paperback.
ISBN 3-89977-677-1. € 9,90.

Trude Kampmann wollte das Osterwochenende mit ihren Freundinnen nutzen, um ihnen die Schönheiten ihrer ostholsteinischen Wahlheimat zu zeigen und sie mit eigenen Kreationen aus der Landhausküche zu verwöhnen. Doch die Vorfreude wird getrübt, als auch Margot aus dem Auto steigt, von der sich Trude gewünscht hatte, sie nie wieder zu sehen. Als Margot zwei Tage später, am Morgen nach dem traditionellen Osterfeuerfest, tot im Mühlteich gefunden wird, sind Ruhe und Frieden auf dem malerischen Anwesen endgültig dahin.

GMEINER-VERLAG
www.gmeiner-verlag.de

Leo Valdorf
Grossstadtsumpf

277 Seiten, 11 x 18 cm, Paperback.
ISBN 3-89977-676-3. € 9,90.

Vor den Toren Münchens wird eine weibliche Leiche gefunden. Der Fall scheint klar: Das Opfer wurde vergewaltigt und erdrosselt – ein klassischer Sexualmord. Doch warum wurde die Identität der jungen Frau sorgfältig verschleiert? Und warum wurde ihr die Zunge herausgeschnitten? Die Ermittlungen führen Hauptkommissar Bruno Brandi ins Münchner Rotlichtmilieu und was als Routinefall begann, wird zur größten Bewährungsprobe seines Lebens.

Uta-Maria Heim
Dreckskind

374 Seiten, 11 x 18 cm, Paperback.
ISBN 3-89977-661-5. € 9,90.

Ein wohlhabendes Dorf, das aus den Fugen gerät – eine im Mittelalter angelegte Idylle, in der ein siebenjähriges Mädchen brutal ermordet wurde und ein sechsjähriger Junge spurlos verschwindet. Und bei der Stuttgarter SOKO liegen die Nerven blank, denn seit einem halben Jahr treten die Ermittlungen auf der Stelle …

KRIMI IM GMEINER-VERLAG

KRIMI IM GMEINER-VERLAG

Das neue Krimijournal ist da!

2 x jährlich das Neueste aus der Gmeiner-Krimi-Bibliothek

KRIMI Journal

Nr. 4 www.gmeiner-verlag.de Die Zeitung für Krimifreunde 1/2006

Endlich ist sie wieder da

Krimipreisträgerin Uta-Maria Heim

Bundestrainer Jürgen Klinsmann in Gefahr?

Der Krimi zur Fußball-WM 2006 in Deutschland

ISBN 3-89977-950-9
kostenlos

In jeder Ausgabe:

- Vorstellung der Neuerscheinungen
- Hintergrund-informationen zu den Themen der Krimis
- Interviews mit den Autoren und Porträts
- Allgemeine Krimi-Infos (aktuelle Krimi-Trends, Krimi-Portale im Internet, Veranstaltungen etc.)
- Die Gmeiner-Krimi-Bibliothek (Gesamtverzeichnis der Gmeiner-Krimis)
- Großes Gewinnspiel mit „spannenden" Buchpreisen

Erhältlich in jeder Buchhandlung oder direkt beim:

Gmeiner-Verlag
Im Ehnried 5
88605 Meßkirch
Tel. 0 75 75/20 95-0
www.gmeiner-verlag.de

KRIMI IM GMEINER-VERLAG

Alle Gmeiner-Autoren und ihre Krimis auf einen Blick

Anthologien: Grenzfälle (2005) • Spekulatius • Streifschüsse (2003)
Artmeier, H.: Katzenhöhle (2005) Schlangentanz • Drachenfrau (2004)
Baecker, H.-P.: Rachegelüste (2005)
Beck, S.: Einzelkämpfer (2005)
Bekker, A.: Münster-Wölfe (2005)
Bomm, M.: Schusslinie (2006) • Mordloch • Trugschluss (2005) • Irrflug • Himmelsfelsen (2004)
Bosch van den, J.: Wassertod • Wintertod (2005)
Buttler, M.: Abendfrieden (2005) •Herzraub (2004)
Danz, E.: Osterfeuer (2006)
Emme, P.: Heurigenpassion (2006) Schnitzelfarce • Pastetenlust (2005)
Erfmeyer, K.: Karrieresprung (2006)
Franzinger, B.: Wolfsfalle • Dinotod (2005) • Ohnmacht (2004) • Goldrausch (2004) • Pilzsaison (2003)
Gardener, E.: Lebenshunger (2005)
Gokeler, S.: Supergau (2003)
Graf, E.: Löwenriss • Nashornfieber (2005)
Haug, G.: Gössenjagd (2004) • Hüttenzauber (2003) • Finale (2002) • Tauberschwarz (2002) • Höllenfahrt (2001) • Todesstoss (2001) • Sturmwarnung (2000) Riffhaie (1999) • Tiefenrausch (1998)
Heim, Uta-Maria: Dreckskind (2006)
Heinzlmeier, A.: Bankrott (2006) • Todessturz (2005)
Karnani, F.: Takeover (2006)
Keiser G./Pofilka W.: Puppenjäger (2006)
Klewe, S.: Kinderspiel (2005) • Schattenriss (2004)
Klingler, E.: Königsdrama (2006)
Klugmann, N.: Schlüsselgewalt (2004) • Rebenblut (2003)
Kohl, E.: Zugzwang (2006)
Koppitz, R. C.: Machtrausch (2005)
Kramer, V.: Todesgeheimnis (2006) • Rachesommer (2005)
Kronenberg, S.: Flammenpferd • Pferdemörder (2005)
Lebek, H.: Karteileichen (2006) • Todesschläger (2005)
Leix, B.: Zuckerblut • Bucheckern (2005)
Mainka, M.: Satanszeichen (2005)
Matt, G. / Nimmerrichter, K.: Schmerzgrenze (2004) • Maiblut (2003)
Misko, M.: Winzertochter • Kindsblut (2005)
Nonnenmacher, H.: Scherlock (2003)
Puhlfürst, C.: Dunkelhaft (2006) • Eiseskälte • Leichenstarre (2005)
Schmöe, F.: Fratzenmond (2006) Kirchweihmord • Maskenspiel (2005)
Schröder, A.: Mordswut (2005) • Mordsliebe (2004)
Schwab, E.: Großeinsatz (2005)
Schwarz, M.: Maienfrost • Dämonenspiel (2005) • Grabeskälte (2004)
Stapf, C.: Wasserfälle (2002)
Steinhauer, F.: Racheakt (2006)
Thadewaldt A./Bauer C.: Kreuzkönig (2006)
Valdorf, L.: Grossstadtsumpf (2006)
Wark, P.: Epizentrum (2006) • Ballonglühen (2003) • Absturz (2003) • Versandet (2002) • Machenschaften (2002) • Albtraum (2001)
Wilkenloh, W.: Hätschelkind (2005)